家族最後の日

植本一子

太田出版

家族最後の日 ― 目次

写真　植本一子
ブックデザイン　TAKAIYAMA inc.

母の場合

市内での仕事を終え、実家の最寄り駅に着いた。迎えに来た軽自動車の後部座席に乗り込むと、ただいま、と母に声をかける。

迎えのお礼を言うと、じゃ、出発しますよーと目線を前に移し車を出す。こういうとき、母はいつも、とんでもございませんよ、などと冗談めかして返す。その気持ちは、私もよくわかる。なんだか、照れくさいのだ。普段、人から言われ慣れていないからだろうか。

駅から実家までは、車で一五分ほどかかる。駅の周りには何もなく、ただ開けているだけで、数分も走ればすぐに緑の生い茂る山の中へ入る。文字通り、山ひとつ越えて家に帰るのだ。

「もう目が見えんでね、夜は運転せんのんよ」

母は運動神経がいいほうではなく、運転もうまいわけではない。それでも、車社会の田舎では車に乗らざるを得ない。夜に出歩くことはないと思うが、冬は夕方には暗くなる。不便になったのかもしれない。

カーステレオからはAMのラジオ、窓は全開。これがいつもの夏の母の車だ。私もいまだに車のクーラーが苦手で、東京で車に乗るときも、なるべく窓を開けたい。窓からの風はいつでもどこでも気持ちがいい。もうすぐ七月も終り、いよいよ暑さのピークだ。

二日前、東京から子どもを連れて三年ぶりに広島に戻った。この三年間はなんだかんだと理由をつけて実家には帰らないようにしていた。それを強く咎められることもなかったが、『かなわない』を出版したことで、広島でもトークショーに誘われ、いい機会だと帰ることにした。実家に帰り母に会うことにはかなり慎重になっていたが、三年という月日が私の背中を押した。自分で自分を、もういい加減に、と励まし、まあ大丈夫でしょ、と勇気づけた。何かと理由をつけて帰らなかったのと同じで、何かと理由をつけなければ帰ることができなかった。

「子どもたちはどうだった？」

なにより気になっていたことを運転している母に尋ねる。昨日、子どもたちは兄の家族と私の父母と一緒に、レンタカーを借りて大所帯で水族館へ行ったらしい。私は仕事中、兄や母からのメールに添付された写真で、娘たちの様子を知った。

「ええ子しとりましたよ」

母は昨日のことを思い出したようで、穏やかに微笑んで言う。

実家に着いた当日は、午前から夕方まで、子どもたちと一緒に実家で過ごした。

空港に迎えに来た母は、会って早々、あんたにゃいろいろ聞かにゃいけんことがあるけんね、と言った。もしかしたら、私の本のことかもしれない。こうして広島に帰る数ヶ月前に、父から連絡があった。父の友人が、

「あんたの娘さんの本が新聞の書評に載っとる」

とわざわざ家まで、その新聞を見せに来たのだという。父は、気になるので本を送ってください、と本の代金を振り込んできた。正直、買ってなかったのか、と思った。

「あんたにゃいろいろ聞かにゃいけんことがあるけんね」

何を指すのかわからない、その尋問のような言い方に、私は一瞬で怯んだ。

空港から実家までの車中、母は一人でしゃべり続ける。あの子は覚えとる？　と、小中と同じ学校だった近所に住む女の子の名前を出す。

「まだ家におってんよ。お兄さんとお姉さんは片付いたんじゃけど」

結婚したかどうかという話だ。思わず、片付くって何？　と強い口調で返してしまう。それ以上、母は何も答えなかった。これが田舎であり、母なのだ。なるべく何も話さなくて済むように、私は窓の外を見ていた。娘たちがいることで、母の興味がこちらに向くことはない。

三年ぶりの実家は何も変わっていないように思えたが、すべてが少しずつ古ぼけたようにも見える。母と話すのが億劫で、一人仏間で寝ていると、隣の部屋で話している子どもたちと母の会話が聞こえる。

朝ごはんは何食べるん？　という問いに、子どもたちはパン、と答える。お母さんが作るんね？　ううん、おとうさん、おかあさんはねてる。まあ、朝ごはんも作らんのん！　なんとかわいそうな、どうなっとるん。おごっそうはでんのね？

おごっそうというのはご馳走のことで、娘たちには伝わらない方言だろう。娘たちが答えずにいると、まあ、本人を前にしたら言いにくいよな、と母が笑っている。

いちいち聞き耳をたてるのもおかしいが、母が何を言うか、メモをとっている自分がいた。母の口から発せられる言葉に、嫌悪で体がこわばる。子どもたちは平気そうにしているが、私には耐え難い。相変わらずであり、懐かしい。これが嫌で、仕方なかった。母の発言を書き留めて、私は自分がどうしようとしているのかがわからない。ただそうすることでしか、その場で平常心を保つことができない。

「手がかからんようになっとるねえ。まあ、かけられんのんじゃろう。生存競争は厳しいよ」

誰に言うでもなく、母がつぶやいた。一人で二人を育てるのは大変だと言いたいのだろうが、生存競争なんて、どちらかが脱落するような言い方に思える。私に聞こえているのも、わかっているだろう。

耳の遠い祖母が上の娘に話しかけている。

「成績の順番は何番じゃ？」

いまの学校は順位を公表したりはしない。わかんない、と何度も娘が言うが、聞こえていない。

「一〇番以内ならええ」

一方的に祖母が言う。

私も祖母にいろんなことを言われていたのを思い出した。

「一子の目が二重まぶたならのぅ」と言い、そのたびに母が「なんてこと言うんね」と怒る。そのままでいいんよ、と。そんなとき、二人は必ず、一子は色が白いけん、色白は七難隠す、とフォローをしてきた。このやりとりを聞かされたのは、一度や二度ではない。

「まぁずっしりしとる！　石臼《いしうす》みたいな子じゃ」

と膝に乗った下の娘のことを母が言う。冗談めいた口調だが、そんなことを言われて胸が痛む自分がいる。子どものことなのに、腹が立つ。石臼なんて、本人にはなんのことかわからないだろう。それでいい。

そのうち、いたたまれなくなって外に出た。

こんな家に、私は子どもたちを置いて行こうとしている。その事実が、なによりも辛く感じた。子どもたちが人質のようだ。

本当は子どもたちを連れて墓へ参ろうと思ったが、一人で行くことにした。家の裏にある険しい山道を登ってすぐの、山を切り開いた場所に墓がある。本家の墓が四つと、うちの墓が三つ。墓場は東京の私の家くらいの広さだ。そこへ続く道に大きな蜘蛛の巣が張っていて前に進めない。でも、いま行かないと、もう行けるタイミングがない。信仰心はないが、先祖には守られたい。目に見えないものを、心のどこかで信じている。小走りで蜘蛛の巣を突き抜けた。

墓に向かって手を合わせ、心の中でつぶやく。

「お久しぶりです、なかなかご挨拶に来られずすみません、どうか子どもたちをお守りくださいよろしくお願いします」

すべての墓に同じことをお願いしていた。

気づくと、墓の横にあった栗の木がバッサリ切られている。だからか。毎年、秋になるとこの栗が東京の家にも届いていた。それが、去年は届かなかったのだ。毎年、楽しみなようで、疎ましくも思っていた。大量に採れるから、実家でも持て余していたのだろう。うちにも毎年五キロは届いた。時間を見つけてはひとつひとつ剝いていたのだが、あまりの労力に、なんでこんなもの送ってくるんだ、と途中で怒りがわいてくる。冷凍したむきぐりも、いつの間にか忘れ、結局冷凍焼けさせて捨ててしまう。そのたびに、いらない罪悪感に襲われた。栗は大栗で、小さい頃は長靴を履いて足でイガを剝くのが楽しみだった。

いまは亡き祖父はたくさんの果物の木を植えていた。ブルーベリー、梅、さくらんぼ、そして栗。

まだいろいろあった気がする。全部なくなってしまった。祖父の気が変わると、果物の木は突然切られた。手入れが面倒とか、いろいろあるのだと思う。母は時々それを嘆いていた。畑に植えていた花を掘り返された、とか。畑は、祖父と祖母の管理下にあったから、文句も言えなかったのだろう。

祖父がいなくなり、いま、畑は祖母と父と母が管理しているはずだ。栗まで管理できないから、去年切ったのだろう。なくなったと教えてくれてもよかったのに。栗の木がなくなり開けた土地を眺めて、寂しいようなすっきりしたような、そして腑に落ちたような気持ちになった。見渡すと、畑の規模も小さくなっている。家族三人だと、野菜の消費量もたかがしれている。それでも、無数に採れる野菜は東京に届く。

私はその日の夕方、市内のラジオ局で生放送に出ることになっていて、後ろ髪引かれる思いで家をあとにした。

実家に着いた日の夜と次の日は、子どもたちを実家に預けっぱなしだった。二日目の夜は市内の本屋でトークショーがあり、翌日も朝から仕事だったので、市内でもう一泊した。今日の午後に仕事がひと段落し、やっと実家に戻ってきた。市内から実家へは、一時間に二本しかない在来線で三〇分、最寄りの駅へはこうして迎えに来てもらわないといけない。高校のときは終電まで市内で遊ぶことも増えた。家に帰りたくなくて市内へ出たとしても、結局はこうして親の足を借りなければ出ることも戻ることもできない毎日だった。それはいまも変わらない。

「昨日の夜は疲れてよう寝とったけど、初日はね、一人で寝れる言うけ、夜中に様子を見に行ったんよ。くらしのほうがおしゃぶりしとったね」

どうやら仏間に二人で寝かされていたらしい。今年八歳になる上の娘は、いまだに心細いときにおしゃぶりをする癖がある。いつかやめるだろうと、無理やり外すようなことはしていないが、おしゃぶりのことを言われると、自分の育児を責められているような気になる。

「えんちゃんはおかしい子じゃね。目が合ったらじっとこっちを見て、ニヤッと笑うんよ。鋭いことを言うし、大人をよう見とる。あんたの小さいときによう似とるわ」

そう言って母が笑い、私もつられて笑ってしまった。母もよく見ているな、と思った。


実家に着き、ありがとう、と言って車を降りた。

家に入ると、子どもたちはシルバニアファミリーで遊んでいた。兄の娘のおさがりらしい。おかえりー、みてみて、シルバニア！　昨日すごい楽しかったんだよー、と口々に起こったことを教えてくれる。台所のテーブルの上には子どもたちの食べかけのちらし寿司と、真新しい大人用のちらし寿司が置いてあった。子どもたちは夕方の早い時間に食べたらしく、さっき兄から写真とメールが届いていた。

「いい子しとるで、はよ帰っちゃりんさい」とあった。兄はもう家に帰ってしまったらしく、結局会うことができなかった。

あんたは夕飯食べるんね、と聞かれ、あとで食べるけん置いとって、と答えた。子どもたちを外で遊ばせたいと思ったのだ。私も田舎の空気に触れたい。思えばまだ半日もここに滞在していない。

子どもたちをすぐそばのあぜ道で遊ばせる。私はかたわらに座り、子どもたちを眺める。ここなら車はまず来ないし、のびのびとさせられる。開放的だが、代わりに近所の目がある。噂好きの祖母を見て育ったので、少しの変化も見逃さない田舎特有の空気を感じもする。

子どもたちは母が縫ったスカートを履いている。パジャマも手縫いで用意してあり、新品の下着やTシャツも買ってあった。着替えは持ってきていたが、真新しい洋服を子どもたちは気に入って着ているらしい。

あたり一面の田んぼには、青々とした稲穂がついている。暑さもやわらぎ、山からはひぐらしの声がする。子どもたちはその辺に落ちていた竹で、ちゃんばらごっこのような遊びに夢中で興じている。こんなに広い場所も、豊かな自然も、東京には見当たらない。慣れ親しんだ、大好きな場所なのだ。でも、ここに住むことは、ない。帰ろうと、思えない。母の存在に、耐えられない。こんなに大好きな場所で、本当は好きなはずの人なのに。その事実が、いつも私の心を重くした。実家を心からよいものだと思えない。子どもたちをクッションにして実家に帰ってきたけれど、結局自分が実家にいるのは、帰ってきた日と、今日の夜くらいだ。それが限界なのだ。それでも、子どもたちが無事でこうして元気にいることに、澱《おり》のようなものが引いていくような気がした。明日にはもう東京に帰る。

三〇分ほど外でひと息つき家に戻ると、事態は一変していた。母が苛ついているのがすぐにわかる。

「あんたらご飯食べんのんね、どうするんね」

語気が強い。さっきまでの車内の母とはまったくの別人で、これがいつもの母だったとすぐに思い出した。

「あとで食べるけんラップしといて」

と私が言うと、ほんとに自分勝手じゃね！　と手荒にちらし寿司の皿を片付け始めた。子どもたちにも、残すんね！　と怒り始める。ラップしといたらあとで食べるけ、と私が言うと、もう捨てる！と皿と箸をガチャガチャいわせて残飯入れに寿司を放った。

「私は女中《じょちゅう》じゃないんよ！　食べんのんなら先に言いんさいや！」

あぁ、始まった、と思った。女中という言葉も、昔よく聞かされたものだ。

それからも大声で文句を言いながら片付けを続けている。

下の娘が呑気に、ジュースのむ、と冷蔵庫を開けた。するとすかさず母が、

「虫歯になる！　飲み過ぎいけん！」

と大きな声で娘に向かって怒鳴った。

そのとき、私の中で何かが切れてしまった。

「子どもにそんな言い方せんでもいいじゃろ！」

「うるさい！　いいんじゃこれで！　言わにゃいけん！」

昔の母がフラッシュバックした。実家にいるあいだ、私はこれをずっとやられていたのだ。

「うるさい黙れ！」

私はとっさに怒鳴っていた。怒りで震えている。

母は少し驚いたように、何がうるさいじゃ！　とさらに応戦してくる。

それは突然やってくる。私はこういうとき、いつも黙っていた。黙ってただ、耐えていた。母が耳の遠い祖母にきつく当たるときも、黙っている父に文句を言い続けるときも、私に対して怒るときも、どんなときも私は黙っていた。黙っていれば向き合わなくて済んだのだ。母の怒りは誰にも受け止められることなく、機嫌が直るまで放っておかれた。そんな毎日だった。

でも今日は、私の娘に対して同じように怒りをぶつけたことが、どうしても許せなかった。自分の娘に、私は幼い自分の姿を重ねて見ていた。

母はあの頃から何も変わっていない。もしかしたら、今日が初めて怒り返した日なのかもしれない。口喧嘩をした憶えがないのだ。いつも諦めていた。

「うるさい黙れ！」

そう怒鳴った私に、母は語気を強めてこう言い放った。

「ちったあマシになって帰ってきたんかと思ったら、なんも変わっとらん！　うちがどんな気持ちでずっと待っとったか、あんたにゃわからんじゃろうね！」

母は私にどうマシになってほしかったのだろうか。『かなわない』は読んだのだろうか。結局何も聞けなかった。

本当は今回の帰省で、母にインタビューするつもりだった。次の本のネタになるかもしれないと、母に話を聞こうと思っていたのだ。何を聞こうとしていたのかは、もはや思い出せない。できるかどうかもわからないと思いながらの帰省だった。やっぱりできないなと、帰省してすぐに思ったものの、どこかで話せるチャンスがあるかもしれないとも思っていた。そのときなら、向き合えるのかもしれないと。

もうここにはいられない。

そう思うと、帰るから準備して、と子どもたちに泣きながら言った。子どもたちはパニックになり、上の娘は事態がわからず大泣きしている。おかあさん、なんでかえるの？　とまるんじゃないの？そう子どもたちに聞かれ、もう帰ることにしたよ、と泣きながら笑いかける。

「おぉ、帰れ帰れ！　もう二度と帰ってくんな！」

母の怒号にいちいち傷つかないように、帰る準備を始める。子どもたちは泣きながらも、気に入っていたシルバニアファミリーのお家を指差し、これは？　と聞いてくる。さすがに荷物に入らないので、小声で、東京で買えばいいよと伝えた。帰る準備をするうちに、ここから出て行くんだ、という気持ちが強くなっていく。

　異変に気づいた祖母が泣きながら私の腕にすがりついて、

「あんたぁ、こがなことしてくれなや。おってくれえや。明日帰るんじゃないんか」

　と懇願してくる。

「お願いじゃけえおってくれえや。仲良うしてくれえや」

　私は、また来るね、とその場限りの嘘をついた。また来るけん、ごめんね。

「わしゃもう来年にはこの世におらんかもしれん、頼むけんおってくれえや」

　その通りかもしれない。九〇をとっくに過ぎている。二度と会えないかもしれないな、そう思うと祖母を泣きながら抱きしめていた。ごめんね、ごめんね、と強く抱きしめる。おってくれえや、頼むけえ。思えば、祖母をこんなに近くに感じるのも、初めてかもしれない。背中のまるまった小さな体からは、懐かしい匂いがした。

「この猿芝居が！」

　母からまた鋭い刃物が飛んでくるようだった。言葉の暴力。それを全部かわして、私は泣いている子どもたちの身の回りの片付けを続ける。持ってきたものだけ、持って帰ろう。用意された服なんかは、全部置いていく。だってこんなの趣味じゃない。頼んでもないのに、いつも押し付けてきた。

　そうこうしていると、タイミングよく父が戻ってきた。すぐに、

「帰ることにしたけん、駅まで連れてって」

と頼んだ。

「え？　あんた明日帰るんじゃないんか」

と聞かれたが、うん、今日帰ることにした、と言う。しょうがないのぅ、と殊更《ことさら》困った顔をして車の準備に出て行った。


祖母がたんすの奥から、ぽち袋を三つ持ってきた。用意していたようで「一子へ　お小遣い」と油性マジックで書いてある。祖母はいつもそうだ。帰り際にこうしてこっそり渡してくれる。もう諦めたのだろう。一度決めたらテコでも動かない、それが小さい頃からの私だった。皆よく知っているはずだ。子どもらの名前は忘れたけん、書いとらんのよ、と娘たちの分もある。年金からこうして孫たちにいつもお金を渡している。私は祖母に何かあげたことなんて、一度もない気がする。

「こんなことして、あんた一生後悔するけんね」

少し落ち着いた様子の母が、相変わらず語気を強めて言う。上の娘はさめざめと泣き、下の娘は表情をなくしている。また私のせいでこんなことになってしまった。そうも思ったが、一刻も早くここから逃げ出したい、ここにいたら自分が死んでしまう。私が娘たちを守らないと。

私はもう、あの頃の私ではない。

「そうやってずっとうちのことを悪者にしとけばいいわ」

母は大きな声で嘆く。

祖母に何度もごめんね、と言い、しわしわの骨ばった手を握った。三人で車に乗り込み、ありがとうって言って、と娘たちに言うと、ちからなく、ありがとう、と母と祖母に言う。わけがわからないだろうが、確実に記憶に残るだろう。私は、娘たちにひどいことをしているのかもしれない。母の顔は、最後まで見なかった。一度も振り返らずに、車で家をあとにした。

車中、父は何も聞いてこない。上の娘がいつまでも泣いているので、こんなことになってごめんね、と謝った。下の娘は、耐えるようにじっと前を見て、何も言わない。車は東に向かって走っている。いまは一八時を過ぎ、もうすぐ日没か。結局二時間も家にはいなかった。うしろの窓から赤い夕焼けの日差しが入ってくる。昨日買ってもらったのだろう、娘たちの膝にはぬいぐるみがあった。

「この子ら、ええ子にしとったで」

父がつぶやいた。父とは今回、何も話せなかった。それもいつものことなのだが。

父の車はクーラーがよく効いて、AMラジオからはカープのナイターが流れている。この車のにおいで昔はよく酔った。父は、何も聞いてこない。

ふと、もう二度と帰ってこないんだな、と思った。だってもう、帰る必要がない。それに気づいて、すぐにカメラを鞄から取り出した。駅までの道の、車内からのいつもの眺め、バックミラー越しに見る父、そして、振り返るときれいな山間の夕焼け。

ここにはもう、戻らない。不思議と開放感があった。

この景色はもう二度と見られない。そう思うと、たくさんシャッターを切っていた。これを現像したときに、今日のことを思い出すんだろうか。そのときには、状況は変わっているのだろうか。

「おばあさんな、この前田んぼでめまい起こして倒れとったんよ。もう長《なご》ぅないかもしれんけえの」

父から出た言葉はそれだけだった。

駅に車が着いた。父に、何度も言おうと思ってやめた言葉があった。

「お父さんも逃げなよ」

そんなことを言ったとしても、なんの意味もない気がした。

父にはなんのことか、わからないだろう。

「元気でやれえよ」

車から降りて、私たちを見送る父が、いつもの困った顔をして言う。上の娘はさっきからずっと泣いている。大丈夫よ、と私が声をかけていると、

「もう泣くなや」

と、情けなさそうに、父が言った。そんな父に、憶えがあった。

そうだ、父もいつも、何も聞いてはくれなかった。そして、外面ばかり気にしていた。だから、泣くなとしか言わない。どうして？　と聞いてくれない。どうして泣いているのかが、気にならないのだ。だって父にとっては、何の関係もないことだから。結局家に、味方は誰一人いなかったんだった。

そんなことにいまさら気がついた。

ありがとう、じゃあね、と言っていつものように父と別れた。

「もう二度と帰らんと思う」

それは言わないでおいた。

義弟の場合

義弟が死んだ。義弟といっても、私の七歳年上で、夫の一七歳年下の弟である。

春の土曜日のことだった。


一五時半、下北沢の私の事務所で依頼された家族写真の撮影を終え、昼食でも食べて帰ろうと携帯を見たときだった。珍しく夫からのメールと着信が数件あった。

「武蔵野警察署から弟が自殺したって留守電あった。まだつながらなくて事情わかんない。子どもたち迎え頼む」

「親父と連絡ついた。死んじゃったらしい。もう家に遺体引き取るから吉祥寺にいるって。上司来たら吉祥寺行く」

「そっちがなんかあって無理なら子どもたち連れて吉祥寺行く」

「上司は一五時には来てくれるっていうから来たら出る」

「明日はそっちはどうなってんだっけ？」

私は画面をスクロールして一気に読み、誰もいない事務所の中でひとり「え？」と声を出していた。デジャヴだ。人が死んだと知らされた瞬間の、心に一気に負荷がかかるような、時が止まるような感覚。それが何度目だろうと、決して慣れることはない。

最初にこれを経験したのは一〇年ほど前、死んだ友人のお母さんからの電話だった。死んだと聞かされた瞬間の、代々木上原のホームに射し込む西陽を強く憶えている。私の時間は止まり、呆然と何本も電車を見送った。そして昨年、また別の友人のお母さんから同じようなメールが届いた。どちらも、青天の霹靂、ではなかった。心のどこかで予感しているような部分があったように思う。二人の友人と今回の義弟、いずれも自殺だった。

いつもは落ち着き払っている夫も、さすがに混乱している様子がメールからみてとれた。私はスケジュール帖を開き、考えるよりも先に返事を送る。

「なんもない」

「明後日もなんもない。火曜に撮影の予定ある」

「喪服はあったほうがいいかね」

「くらしとえんちゃんの」

悲しむよりも先に娘たちの喪服の心配をしている自分がいる。

混乱しつつも友人に電話をした。

「石田さんの弟が死んだらしい」

「え？　大丈夫？」

「うん、ちょっと出てこれる？」

友人は近くに住んでいる。ほどなくして私の事務所にやってくると、

「喪服を買わないと」

と言って友人を連れ出した。土曜日の下北沢は混んでいる。雑踏の中、事情を説明しようと思うがうまく言葉が出てこない。

「嫌いじゃなかった」

夫の喪服を買おうと思い寄ったサカゼンの二階で友人に言った。

私は義弟のことを嫌いではなかった。


義弟は、カメラマンを目指していたこともあり、写真を見てほしいと作品集を見せられたことがあった。年下の私がカメラマンとして生計を立てていることをどう思っていたのだろうか。作品はどれも無難なものだった。私は週一で写真の専門学校の授業を持っていていろんな写真を見ているのだが、義弟の写真には個性というものが感じられないのだ。テクニックを覚えれば撮れるものばかりで、どうしても既視感があった。

どちらかといえば、カメラそのものが好きなように感じた。写真にまつわる仕事の話に暗い表情を

見せていたのが、カメラのことになるとパッと明るくなる。個性のないカメラマンは、人柄で仕事をつかんでいくしか方法がない。義弟にはそれも難しそうに思えた。スタジオで働いたこともあると言っていたが、体育会系の雰囲気に慣れなかったのか、そう長くは続かなかったらしい。それは容易に想像がついた。

四〇歳手前まで定職に就くことはなく、家にお金を入れることもなかった。センスがなかろうが、社会からあぶれた、気の弱い人間を私は嫌いになれない。まして親族なのだ。そういう意味で、私は彼を嫌いにはなれなかった。むしろ結婚したときは、年上の弟ができたと嬉しかったのだ。

そういえば、同居していた八〇を超える吉祥寺の親父は、大丈夫なのだろうか。

喪服を試しに友人にあててみても、夫のサイズ感を思い出せない。体型がぜんぜん違うのだ。

「ご本人が試着されたほうがいいですよ」

と店員に言われ、引き下がるしかなかった。バザーで買った夏物の紺色のスーツは持っているので、最悪それで葬式は済ませればいいかもしれない。

葬式のことを思うと、気が重くなるばかりだった。自分の実家には、いつ連絡を入れればいいのだろう。暗い気分を振り払うために、私は友人を連れユニクロへ移動した。子どもの喪服なんて、やはりそうそう置いているものではない。それこそ通夜は、全身真っ黒で行くものではないと母から聞かされたことがある。まるで用意して待っていたみたいに見えるから、通夜は黒っぽいありものでいいのだと。子どもたちには、お揃いの紺色の女児用カットソーとスカートを買うことにした。これなら葬式が終わってからも使える。

買い終えて携帯をチェックすると、夫からメールが来ていた。

「腹切ってから飛び降りたって。これはいまきれいに拭いた」

メールと一緒に、べっとりと血糊のついた手すりの写メが届いていた。

案外早く帰ってきた夫の手には、警察からそのまま持って帰ってきたという物的証拠を集めたビニール袋が握られていた。その中には小さな手帳と携帯、そして書き込まれた履歴書が入っていて、どれも血しぶきを浴びている。新聞に包まれたものは、例の包丁だという。

これ見て、と渡された数年分の小さな手帳には、日雇いのバイトの予定が鉛筆でどれも簡潔に小さく書かれていた。しかし、

「どんどん書いてることがおかしくなってくんだよ」

と夫が言うように、年明けくらいから、予定以外の意味不明な記述が時々あり、数日前になると、明らかに何かと交信しているようなことが書いてあった。死んだおかあちゃんと話した、とも。

ここ、と夫が指差すところには、特定の誰かに対する罵詈雑言が書かれてあった。あんなやつとは縁を切りたい、と。私が言う前に、これ、やっぱり親父のことかなぁ、と夫がつぶやいた。

今日の昼前、隣の部屋から怒号のような叫び声が聞こえたので、親父が義弟の部屋を見に行ったところ、窓が開いていて義弟の姿はなかった。騒ぎ声がしたので外に出てみると、義弟が路上に倒れていた。驚いて駆け寄ると、どこからか血が流れている。

「どうしちゃったんだよ！」

と聞くと、自分の服をめくり、切った腹を見せてきたという。義弟はしゃべらず、親父の目をじっと見つめていた。そして、通行人が呼んだ救急車に乗って、救急病院へ運ばれた。ＩＣＵに入って一時間後には死んだという。包丁が背骨に当たって、刃先が折れていた。腹部大動脈まで達していたらしい。

「正月に会ったときは、精神的に病んでるようには思えなかったけど」

と夫が言う。

ふと思い出した。去年別れた彼も、別れる直前、何かと交信していた。私はそれを、躁状態がひどくなったか、統合失調症が再発したのだろうと思っていた。そんな彼を支えるのは私には無理だった。彼を支えるには、私が離婚をし、つきっきりになる必要があった。それはどうしてもできなかった。では、親族である義弟を支えることは、できたのだろうか。自殺されるといつも思う。自分に何かできなかったのだろうか、と。

「大変なことになっちゃったね」

夫に言うと、

「ちょうど月一本原稿書いて、一年で単行本にしようって話が来たばっかりだったんだ。ちょうど一本目の半分書いたところだったんだけど、いいネタができたよ。親父にもインタビューしてみる」と言う。

夫は悲しむどころか、興奮しているようだった。いいネタ。この人は、自分の母親の死んだときの話も、きっちり文章にして発表していた。文章を書く姿勢には尊敬するものがあるけれど、「いいネタ」という言葉に、少しだけショックを受ける自分がいる。

ここぞと二人で話していると、子どもたちが不思議そうに様子をうかがっている。私たち夫婦は、普段あまり会話をしないから珍しいのだろう。どうしたの？　と聞かれ、なんでもないよ、と答えた。この先、なんと説明すればいいのだろう。

「あと、こんなものが部屋に転がってた」

見せられたのは、未開封のおりがみと、子ども向けのおりがみの折り方の薄い本だった。ブックオフの一〇五円のシールが貼られている。

「子どものために買っといてくれたのかな」

夫がそれを見せると、子どもたちは大喜びしておりがみのビニールを破いた。

最後に義弟に会ったのは今年の正月だった。ほんの数ヶ月前のことだ。そもそも義弟に会うのは正月くらいで、在宅していれば照れくさそうに自室から出てきて、私たちが買ってきた寿司と、親父が用意するカニや栗きんとんを、こたつに入り一緒につつく。とても天気がよい日だった。西陽の指す二階の狭い踊り場で、子どもたちと遊んでくれていた義弟の姿を思い出す。とてもよく懐き、義弟自身も嬉しそうにしていた。西陽がきれいで、ババ抜きをしている写真を撮った。そして帰り際に、子どもと、義弟と、親父の四人を写真に撮った。後日現像したその写真の義弟は、ひとり笑っていなかった。

吉祥寺駅から徒歩一五分の場所にある親父の家は、猫の額のような土地に建てられた小さなものだ。玄関を上がればすぐにリビング兼親父の仕事場、二階は親父の寝るスペースと義弟の六畳の部屋、それを隔てるように小さな台所と風呂とトイレがある。家事は綺麗好きな親父が一手に引き受けているようだった。男の二人暮らしとは思えない清潔さがいつもあった。学生が住むワンルームにありがちの、電気コンロがひと口の台所に、親父が作ったであろう味噌汁が蓋をして置いてあるのを見たことがある。この家で食事をすると出てくるお皿や湯のみは、きれいに洗ってしまわれてはいたが、茶渋や食器の黒ずみが目立つものばかりだった。それを見るたびに、いつか漂白剤を持ってきて、ピカピカにしてやろう、と思っていた。食器は必要最低限あるだけで、小さいだけの台所の収納はがらんとしたものだった。

自分の部屋に籠《こ》もれば気楽だろうが、男二人で暮らす毎日はどんなものだったのだろうか。親父はバブルの前に自分で事業を起こし、小さい工務店ながらも社長として稼いできたことを、何度でも自信満々に言う人だった。八〇過ぎても、つい前年まで仕事をしていたことを誇らしげに言う。いわゆるマッチョ思想で、私の大嫌いなタイプだった。義弟は私と同じ、芸術を志す人間だった。だから少しは義弟の気持ちがわかる気がしていた。私だって一歩間違えば、こうなってしまったかもしれない。逆に、こうなりたくなかったから、必死に自分の道を模索してきたとも言える。

いい歳なのにいつまでたっても定職に就かないと、親父が愚痴をこぼすのを何度も聞いたことがある。一方で、親父が義弟のことを恐れているように感じたことも確かだ。就職のことで言い合いになったことがあるという。

「近頃の若いのは、キレて何するかわからないから怖いよ。だから言わないようにしてるの」

以前、義弟から聞いたところでは、そもそも二人は会話をしていないようだった。ある年の正月、うちの子どもたちを可愛がっている親父の様子を見て、

「こんな笑ってるところ見たことない」

と義弟が言ったことがある。まったく同じ言葉を親父からも聞いた。二人の生活は、なんだか容易に想像がつくようだった。一歩間違えばニュースになるようなことが起きかねない家庭。何かがずっとくすぶっている。当人同士が向き合うか、どちらかが逃げないかぎり、終わることはない。まして、親父は耳が悪く、自分が話したいことをひとりベラベラとしゃべり続けるところがある。私も親父との会話が億劫で、聞き流すことがよくあった。

「火葬だけするって」

と夫が言った。親父がそう決めたのだという。実家に連絡しそこねていた私にとっては拍子抜けだった。

田舎の葬式といえば、それは盛大で立派なものだ。親族が一堂に会する。私の両親は、義弟と会ったことはなかったが、知らせれば広島から出てきたにちがいない。葬式とはいえ、母に会いたくないという思いで暗くなっていた気分が、一気に晴れるのがわかった。私は自分の結婚パーティーにさえ、親を呼ばなかった。本当にはなから頭になかった。パーティーは夫の友人たちが言い出したもので、私たちは渋々やることにしたのだ。場所は恵比寿にあるライブハウスの二階のスペースだった。

いま思えば、わけのわからない場所へ親を呼んで、居心地の悪い思いをさせるのも嫌だったし、自分の親を人に見られるのも嫌だった。会場に着くと、吉祥寺の親父と親戚数人がいた。そのとき、夫の親族にどんな人がいたのか、いまとなってはまったく思い出せないが、来ていることに驚いたのを憶えている。

夫の親族で私の家族に会ったのは、親父くらいだろう。上の娘が生まれたときに、広島から父と母がやってきて、初めて顔を合わせた。

夫には二歳下にも弟がもう一人いるのだが、私はいまだに会ったことがない。

「次男は？」

「連絡したらしいんだけど、返事がないって」

親父が次男の家に連絡すると、次男の奥さんが電話に出たらしいのだが次男にはつながらず、それ以降なんの音沙汰もないのだという。

翌日は「エロ本とか見つかるの嫌だろうし」と、夫がひとりで吉祥寺の家へ片付けに行った。片付け中の夫から一通の写メが届いた。それは私が数ヶ月前に単行本を出した際に吉祥寺の「BOOKSルーエ」で選書フェアをしてもらったときに作ったフリーペーパーだった。あの本屋に義弟も行ったのか。どうして行ったのか、たまたま行ったのか、いまはもう知ることはできないが、そのフリーペーパーが私と義弟の最後の接点のような気がした。単行本は部屋を探してもないというので、買ってはいないのだろう。

義弟は私のことをどう思っていたのだろうか。そして私は義弟のことをどう思っていたのだろうか。

夫と結婚したとき、新しい親族ができたことを少なからず嬉しく思った。自分の家族が、縁の薄いものだったからだろうか。とはいえ、自分の理想の家族というものは、いつまでも想像できなかったように思う。夫の家族は、親父と、死んだ義弟しか関わりがなかった。義母は早くに亡くなっている。義弟が六歳のときに、義弟の横で倒れていたのを、別居していた親父が発見したという。死後数時間、義弟は亡くなった義母の横で遊んでいたらしい。そこからは親父が仕事をしながら義弟を育て、行事の時期は大変だったと時々聞かされた。親父が弁当を作り、遠足に参加したこともあった。

「みーんなお母さんが来てるからな、あいつがかわいそうだったよ」

親父は前にそんな話をしていた。

私の広島の実家は、祖父母、そして父と母が家にいて、盆暮れ正月は親戚が家に集まったり、母方のおばあちゃん家へ行ったりした。子どもの頃はそれが楽しみでもあったが、夫と結婚して親戚付き合いがないというのは、とても気楽なものだった。だから義弟とも年に一度くらいしか会わなかったのだ。たまに遊びに来る親父から聞かされる、断片的な義弟の話だけを聞き、義弟の人生に関与しようとはしなかった。

そういえば子どもの預け先に困ったとき、吉祥寺の家がいつも頭をよぎった。八〇過ぎの親父に子ども二人を預けるのはかなり厳しいが、フリーターの義弟に預けるというのは何度か考えたことがある。しかしそれも、いつか時が来たら頼もう、と思うくらいだった。心のどこかで信用できなかったのかもしれないし、信用できるまでの関係を築くことができなかったのかもしれない。もし、義弟に子どもの面倒を見てもらうということがあれば、彼はここまでのことになっていただろうか。結局私も夫も、義弟の連絡先を最後まで知らなかった。

片付けを終えた夫が家に戻ると、その腕にはトリコロールカラーのリストバンドがはめられていた。それどうしたの？　と聞くと、

「これ僕が昔してたものなんだけど、何故かあいつの部屋にあったんだよ！」

と興奮気味に言う。夫にとっての最後の接点だろうか。私は、一回洗えば？　という言葉を呑み込んだ。

どうにも親父の調子が悪いらしく、横になっても眠れないという。さすがにショックだったのだろう。

「腸が溢《こぼ》れてたらしいんだ。親父はグロ耐性ないから、よほどこたえたんじゃないかな」

心配なので今日は吉祥寺の家に泊まって、明日そのままタクシーで親父と火葬場へ行くという。私は急いで押し入れから、バザーで買った夏物の紺色のスーツを取り出し、アイロンをかけることにした。まだこれではうすら寒そうだが、仕方ない。きちんとした喪服を、近いうちに用意しなければ。夫がこれから葬儀に行くことも増えるだろう。こういう機会でもなければ、喪服なんて頭にない。


翌日、午前中に火葬を済ませた夫と親父と、吉祥寺の病院で落ち合った。

親父は自分でうまくおしっこが出せなくなってしまったらしく、それで昨日も眠れなかったという。精神的なものだろう。病院でカテーテルを入れると何リットルも出たと言い、みるみる元気になったらしい。あと少し病院へ連れて行くのが遅ければ危ないことになっていた、と先生から聞かされたと夫が言う。

「やあやあいちこさん、悪かったね」

診察室から出てきた親父が、いつもの調子で手を挙げた。こんなことになっちゃってね、と親父は一人でしゃべり続け、私は相づちを打つ。少し興奮しているようだ。病院からすぐのところにある東急で昼食にしようということになった。

　夫に、

「肉とか食べていいの？」

　と耳打ちすると、

「精進落としでしょ」

　と言う。こういうことも私はいまだによくわかっていない。薬局で薬と、病院から買うように言われていた老人用オムツを買い、親父に合わせてゆっくり歩きながら東急に向かった。

「火葬場はうち以外にもう一組いて、それは来てる人が一人だった」

　そもそも自殺で葬儀はしないものなのだろうか。考えてみれば知らせにくいものだ。行く側としても親族になんと声をかけていいのかわからない。しかし私は、死んだ友人の二人とも、葬儀に来てほしいと呼ばれた。どちらにも、歓迎された憶えがある。二人は、私にとってとても近い人間であり、それを遺族もよく知っていた。

「いちこさんの話は、たくさん聞いていましたよ」

　義弟にとって、そんな人間はいたのだろうか。いたとして、義弟の人間関係を知る由もなかった。誰にも知らせていない。ここにいる親族三人の誰もが、義弟の人間関係をほとんど知らないことに気づいた。

「さすがに火葬されるってとき、これでお母ちゃんとこいくんだなって思ったら、涙が出たよ」

道すがら、夫がつぶやいた。

夫が泣いたのを見たのは、夫が一番可愛がっていた猫のプーちゃんが死んだときだけだ。夫はいつも自分のことを「感情がない」という。感情の起伏そのもののような私は、その感情のなさに助けられる部分が多々あった。しかしいつしか感情のない相手に感情をぶつけることをやめてしまったのも確かだ。それを時折、寂しいと思った。

東急のレストラン街は親父の行きつけらしく、今日の中華料理のレストランには親父のお気に入りの女の子がいると笑っている。

「いっつも俺があいつの分のおかずもデパ地下で買って帰るの。たまにあいつが食費のレシート置いてることがあって、その分はお金渡してね」

話を聞けば聞くほど、義弟が自活していなかった様子がうかがえた。衣食住に困らなければ、仕事に必死になることもない。義弟は家にお金を入れることもなく、少ない稼ぎでもすべてが事足りた。そんな自分に焦りももちろんあっただろう。しかし親父自身も、そんな義弟の世話をすることで、元気でいることができたのではないだろうか。義弟は親父がいなければ生きられなかった。

昼食を終え、私が財布を出そうとすると親父が制した。

「いいのいいの、今日はあいつのおごり」

部屋に置いてあった財布に、現金一七万円が入っていたそうだ。親父も夫も、おそらくそれが全財産なのだろうと言う。通帳が見つかっていないのでこれから探さなくてはいけない。親父はさっきから通帳やクレジットカードのことばかり心配している。


タクシーで家のそばまで着くと、家自体はいつもと変わらないように思えた。玄関の横の小さな花壇には、赤いチューリップが数本咲いていた。こんなところまで親父はマメなのだ。その花壇の正面あたりの道路のアスファルトに、黒い大きな染みがあった。これか、と思った。ここに落ちたのだ。

家の前の道路は車が一台通るくらいで、寄せれば対向車もギリギリ通れる。向かいの家は大きく立派で、建てて数年のように思える。こちら側に面したカーテンはしっかりと閉じられていた。義弟が窓から身を投げたときは正午前で、近くの工事現場で働く男性が昼食を買いに通りがかったところだったという。その男性が第一発見者で、救急車を呼んだらしい。

家に入ると、まず窓を開け放った。四月も半ば、まだ空気は冷たいが、日差しは春そのものの陽気なものだ。家の隣の土地は国有地で建物がないこともあり、小さな家の中を風が気持ちよく通り抜けていく。

テレビ台の前に骨壺を入れた大きな白い箱と、写真立てに入った義弟の写真が置いてあった。この写真は、義弟がまだ若い頃にゲームセンターで働いていたときのものらしい。二〇代だろうか。オレンジ色の制服を着ている。この写真を、親父は義弟が生きているうちから二階の小さな台所の窓辺に置いていた。写真を飾るのはおかしなことではないが、なんだかずっと不思議に思っていた。いま思えば、まるで遺影のようだった。今日骨壺が戻り、その写真立ては、二階から一階の骨壺横に移動していた。

義弟の部屋のドアは開いており、カーテンが締め切られ薄暗い。怖い、と思う気持ちを振り払うように部屋に入り、急いでカーテンと窓を開け放った。台所のほうから明るくなった部屋に春風が強く通り抜ける。部屋は昨日夫が片付けの途中だったこともあり、かなり物が散乱している。もともと散らかっていたのかもしれない。当日、警察が来てすぐに現場検証があったという。自殺か他殺かわからないから、部屋にある証拠になりそうなものを一度に持って行ったらしい。先日夫の持って帰ったビニールに入れられていたのがそれだ。

その中に、自作のプロフィールを打ち込んだ紙があった。履歴書ではなく、写真の仕事の営業用のようだった。そこには、本人の名前ではなく、名前に一文字付け足した芸名が書かれていた。以前正月に作品集を見せられたときにもプロフィールの用紙があり、そこにもその芸名が記されていた。聞くと、本名が嫌なのだという。姓名判断を自分で調べ、画数のよい漢字を一文字つけたと言っていた。義弟が生まれたときに名前をつけたのは夫だった。未熟児で生まれた自分の弟が無事育つように、と考えてつけられたものだ。それを聞いていた夫は帰り道、

「さすがにショックだったな」

と言った。

畳に染み込んだ赤黒い血糊がまだ生々しい。一面に散った血はもとより、血だまりの跡は、夫が何度拭いてもとれないのだという。部屋は全体的にほこりをかぶっているように思えた。つい先日まで生きた人間が暮らしていたとはとうてい思えない空気で、社会や世の中の流れに乗れず、離島にいるみたいに、義弟の時間が部屋と一緒に止まってているように感じる。

私はマスクとエプロンをし、とにかく片付けを始めることにした。夫の片付けた本を見ると、中に卒業アルバムがはさまっている。

「これ大事じゃないの？」

「いらないでしょ」

夫の選別がどうしても気になり、一度全部ほどいてから、売れるものと売れないものに分けることにした。エロ本は思っていたよりずっと少なく、それも相当昔のものだった。夫は昨日のうちに雑誌類を片付けたらしく、写真関連のものや、ティーン向けの女性誌もあった。昔の彼女のものか、撮影のポージングの研究か。男性ファッション誌やバイク雑誌にまぎれて、中学高校の卒業アルバムと、幼稚園のときに描いたであろう、本人の似顔絵が出てきた。こういうものはとっておかないとだめだよ、とその似顔絵と、学生手帳から本人の写真を切り抜いてよけた。

二階の部屋の本棚にもまだ本があり、分別することにした。ほとんどが自己啓発と占いやスピリチュアルのものだった。写真集と旅雑誌もある。親父が掃除をのぞきにやってきて、

「あいつは本読みだったよ、いいのがたくさんあるだろう」

と、死んだ義弟を誇らしげに言う。雑誌も本も、時代がひと昔前で止まっているような印象があった。小説なんかはほとんどなく、売っても二束三文だろうな、という感じだったが、一円にもならないよりはましだろう、と半分ほどを売るのに選んだ。

衣装ケースのようなプラスチックの引き出しを開けてみると、デジタルカメラが大量に出てきた。一眼レフからコンパクトまで、ざっと一〇台弱はある。箱も丁寧にとってあるようだ。一眼レフは私が仕事で使っているものと同じものもあった。中古で二〇万円で買ったものだ。ファインダーなどカスタムしてはいるものの、状態が良いのがわかる。というより、使ってなかったのだろう。一台づつ電源を立ち上げ、メモリーに何か写真が残っていないかを確認する。ほとんどのメモリーには何も入っていなかったが、何枚か写真が残っていた。この家の台所の窓辺の写真だった。試しに撮ってみたものかもしれない。家から出ないで外を撮っているあたりが、義弟らしいなと思った。あとは、どこかに行った際に撮った、駐車場に置かれた義弟のバイクだった。朝日がきれいに写っている。本人が写っているものは一枚もなかった。私は誰にも見せず、データをすべて消去した。

以前テレビで見た特殊清掃員の映像を思い出していた。孤独死などで発見されず、腐乱した遺体の

あった部屋を片付けることもある。遺品の整理も兼ねているため、捨てるものと捨てないものの判断が難しいらしい。全身を防護服で覆ったその人たちが気をつけていたのは、散乱した部屋にまぎれた本人の写っている写真やアルバム、思い出の品だった。どんなものでも遺族にとっては大事なものかもしれないから、可能性があるものはすべてとっておく。それは途方もない作業のように思えた。それをいま、私と夫がまさにやっているのだ。本とカメラの一式は売るとして、部屋に散乱したこまごまとしたものは、何が必要で何が必要でないのか、判断が難しいものがあった。

この家には親父がこの先死ぬまで一人で暮らすのだろう。親父が死んでも、この家があるから義弟は大丈夫と思っていた。家さえあれば、なんとかなる。実際、この家のローンはまだ残っているが売り払えば全額返せると親父から聞かされていた。親父が死んだときは住んでいる義弟がどうにかするだろう、とたかをくくっていた。心のどこかで、この家さえあれば義弟は一人でも生きていける、と思っていたのだ。

義弟が一人であることはなんとなく気づいていた。義弟は一体、どこと、誰とつながって生きていたのだろう。

人が一人生きていたら、こんなに物を持つのか、と思うくらいにいろんなものが出てきた。小さな引き出しを開けてみると、もう何年も触っていないであろうほこりにまみれたパワーストーンやら切れた数珠、古びたアクセサリーが出てきた。自分の幼い頃を思い出した。実家は物を捨てない家だった。何年も同じ化粧品が置いてあることはざらだったし、賞味期限が切れてもすぐ捨てないのは普通のことだった。誰も使わないとしても、短くなった鉛筆や消しゴムが、電話台の下の引き出しに山のように詰まっている。おもちゃや服はほとんどがおさがりだった。まだ使える、食べられる、家はそんなもので埋め尽くされていた。私はそんな古くさい家が嫌いだった。

だんだんとこの状況に苛々し始めた私は、捨てるものを判断するのが早くなった。躊躇したパワーストーンや数珠なんかも、どんどん捨てていく。そのほとんどがいらないものであり、意味をなさないものだった。親父に残すべきものなんて、何もない気がする。形見分けなんて、誰も望んでいない。その中でも、義弟が写っている写真が見つかると、宝探しに成功したように嬉しく思った。結局そんな写真は、数枚しか見つからなかった。

押し入れを片付けようとかたっぱしからものを捨てていくと、黄色い小さな箱が置いてあることに気づいた。なぜかそれだけが、きちんと置かれるべき場所に置かれているように見えた。箱を開けると、中には親父が探していた通帳と、手作りのお札らしきものが入っていた。手書きでかかれたお札はラミネートされていていかにも安っぽい。黄色い箱、お札、通帳。金運か何かだろうか。宗教か、ネズミ講に足を突っ込んでいなければいいけれど、と思ったが、そんなお金もなかったように思う。部屋を見渡すと、よくある富士山の立派な写真が、壁に数枚貼られていた。義弟が撮ったものだろうか。方角をきちんと考えているような貼り方だった。私は親父に、あったよ！　と通帳を渡した。親父は、これでいろいろ解約できる、と喜んだ。

ほとんどのものがゴミ袋に入り、部屋に残した売れそうなものは、腕時計と、ゲーム、パソコンのモニター、プリンターくらいだった。それ以外に残したものは、義弟が写った写真数枚と、未開封の油性マジックとセロテープだ。未開封の二つは、家に持って帰って使おうと思う。

窓辺に義弟の写真を置くと、すぐ横に小さな仏壇があることに気がついた。これまで何度となくこの家へ来たのに、気がつかなかった。そういえば、私は仏壇の義母に一度も挨拶していない。死ぬ当日、義弟が部屋から出てきて仏壇を何度も開けるのを親父は見ていた。様子がおかしいと思っていたら、怒号がその直後に聞こえたという。

娘たちのお迎えの時間があるので、夕方に差しかかった頃、片付けを切り上げることにした。数日後に古本屋の友人に本をとりに来てもらうことにし、親父にはバイクを売るように言った。リサイクルショップの予約もしなければいけない。部屋はがらんとし、物置にはたくさんのゴミ袋が積まれている。耳の遠い親父に、捨ててはいけない本の束を大声で何度も説明した。すっきりしたような気がしたが、苛立ちが募っていた。私は一体何に怒っているのだろう。

帰り道、家から駅までの道は西陽が差していた。心地よく風が吹いているが気分は晴れない。こうして夫と二人で歩くのも何年ぶりだろう。まったく落ち着かず、私は夫に話しかけた。

「どう考えても親父のせいでしょ」

いままで心の奥に隠していた言葉だった。

後日、親父が義弟の部屋をお祓いすると言い出したらしく、私にも立ち会ってほしいという。いつが都合がいいか、夫経由で私に尋ねてきたのだ。

私は心底驚いた。

「お祓いって、おかしいよ。そんな汚いものみたいに。絶対そんなことするのおかしい！」

そういうんじゃなくて、親父は家を建てたりする仕事だったから、普通のことだと思うんだよ、と夫が言う。私は怒りが抑えられなくなった。絶対におかしい。私は行かない。そう伝えると、夫は黙っていた。そのときに夫が「機嫌がない」人間になってしまった原因がわかったような気がした。この家の元凶は、親父だったのかもしれない。この親父の下にいたから、こんな風になってしまったのだ。親父から身を守るために、自分を殺し、流れ作業のようにすべてを許してきたのだろう。

夫は少し考えて、立ち会えないって伝えるよ、と言った。

義弟が死んでから、親父がよく家に来るようになった。それはいつも突然で、こちらの予定は完全に無視したものだ。嫁姑ではよくありそうな話だが、これまでそういったことがなかったので、だんだんと億劫になっていった。親父が一方的に話して帰っていく。少し前には、クレジットの解約の電話受付の声がどうしても聞き取れないから、夫に代わりにやってくれと頼みに来た。

ある日親父が来て早々、最近交通事故を起こしかけたと言い出した。家に向かって車を走らせていたところ、小学生くらいの女の子が飛び出してきたという。間一髪ブレーキを踏んだから助かったものの、あとちょっと遅かったら危なかった。親に注意してやろうと、車を降りて女の子を問い詰めようとしたが、後続車がいたので仕方なくその場を離れた。思い出して興奮したように、私と夫に話している。

「本当に危なかったんだ。そのときね、あいつが助けてくれたんだと思ったのよ」

私はそれを聞きながら、心底くだらない、と思った。すべてがくだらない。命を捨てた義弟も、このお気楽な親父も。

売った本とカメラの総額は、四〇万とちょっとになった。それを親父に渡すと、義弟が集中治療室に入ってかかった医療費が、ちょうどそれくらいだったという。ＩＣＵには一時間も入っていなかった。即死に近かったからだ。

「これで日赤にお金が払える」

と言って親父は笑った。

義弟の死が、プラマイゼロになってしまった、と思った。こんなに何も残らない。私は結局、一度も泣かなかった。

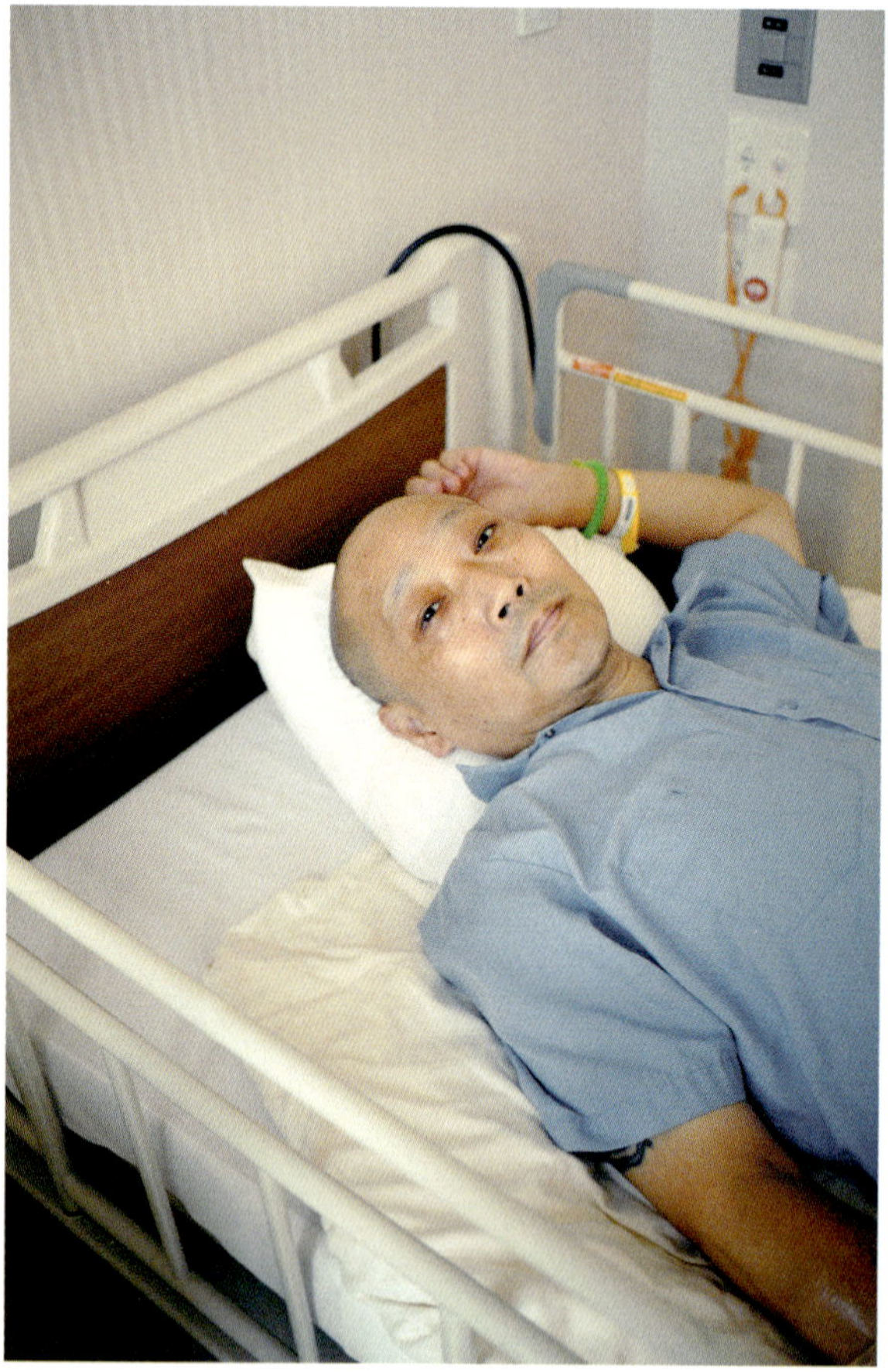

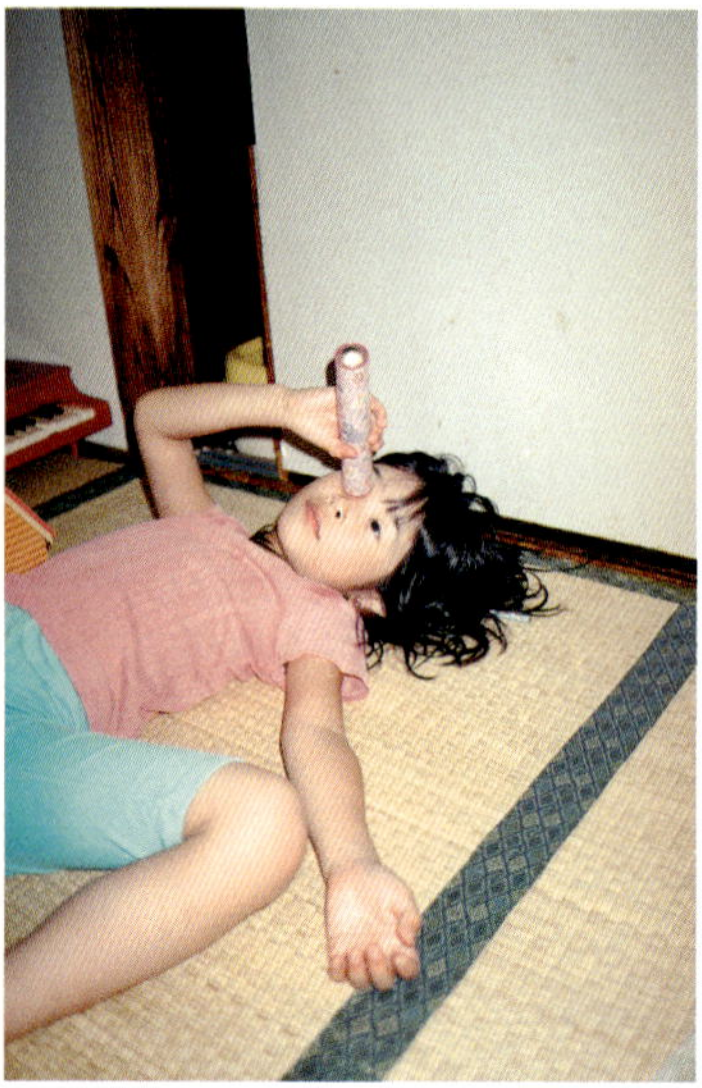

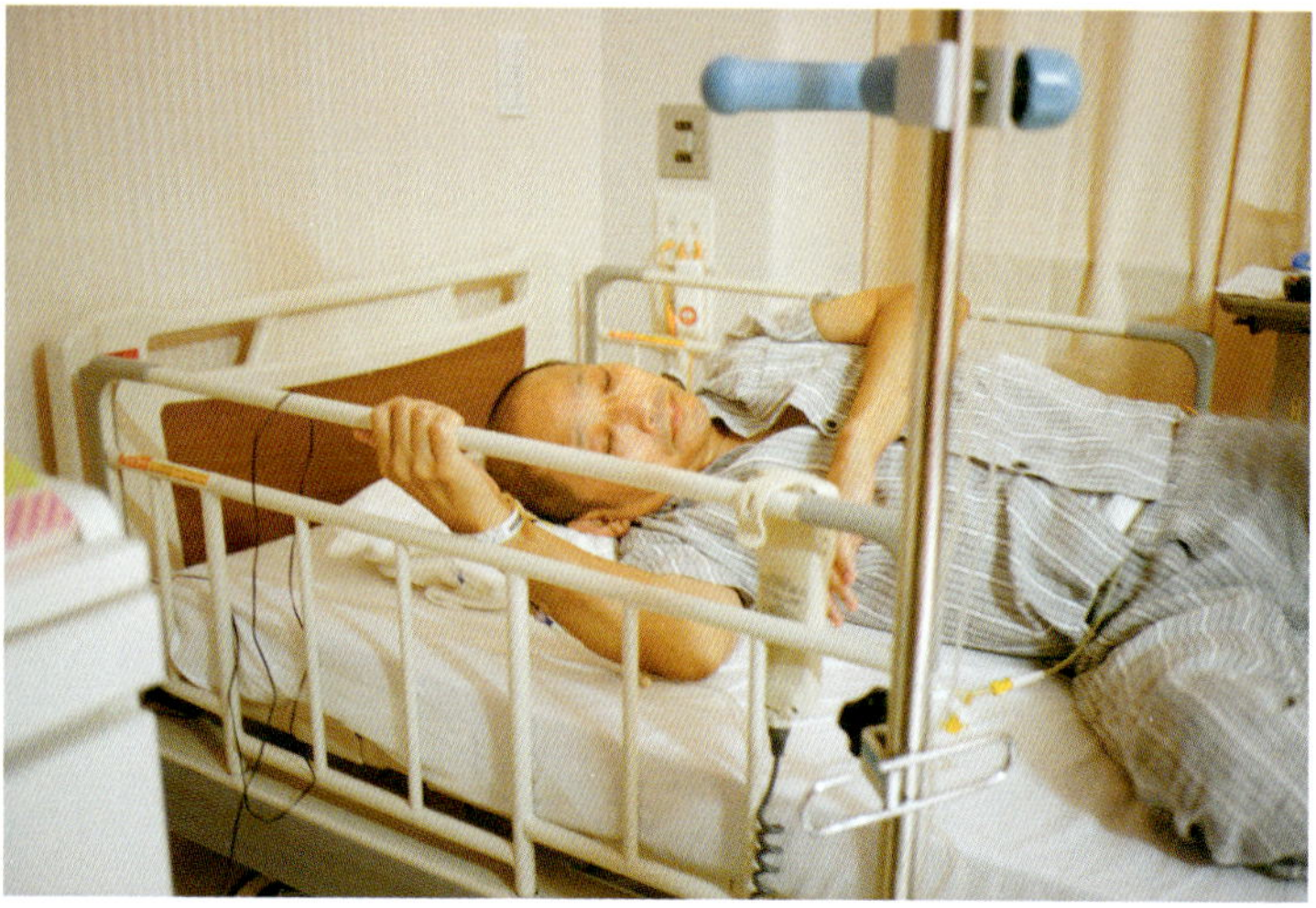

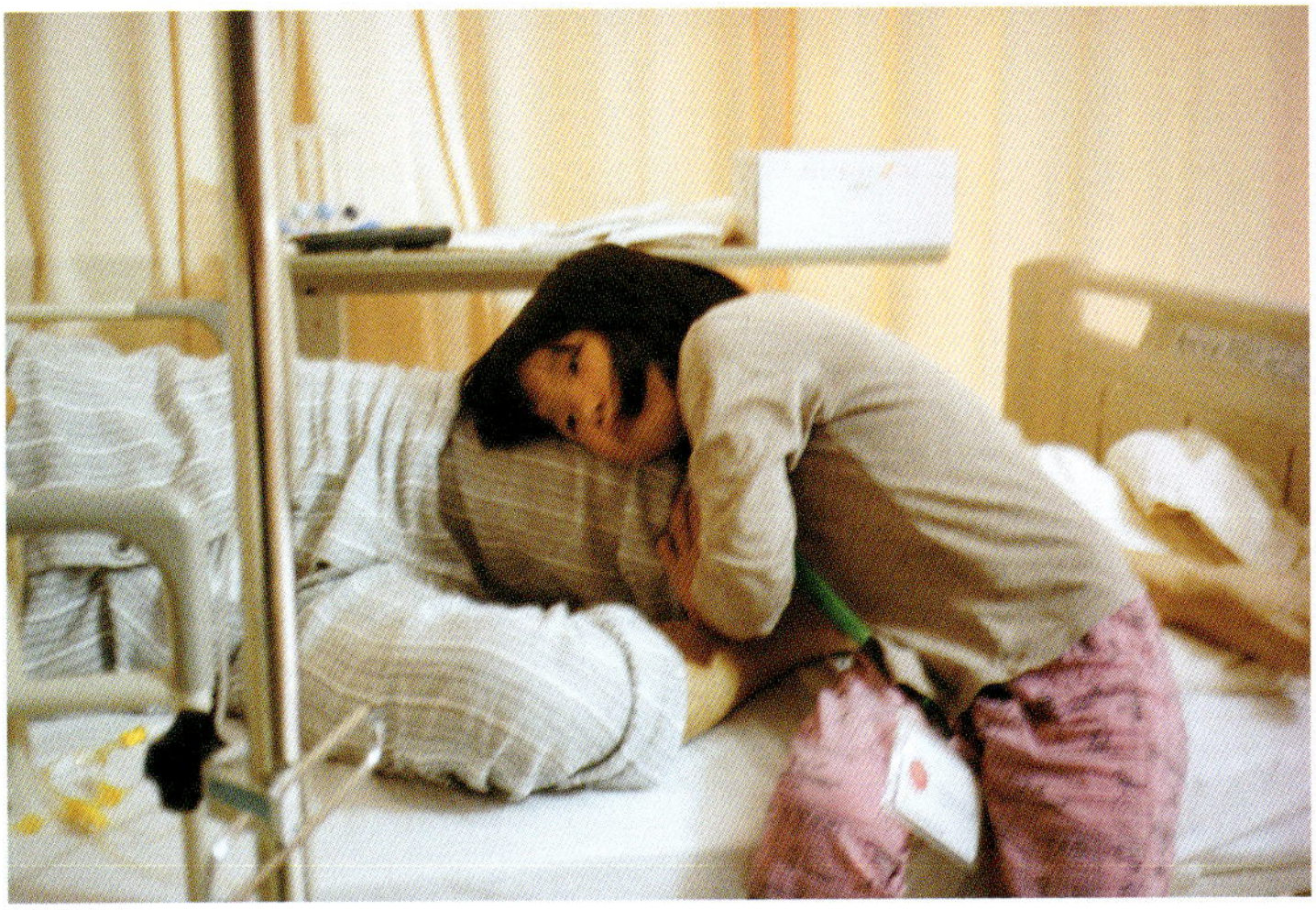

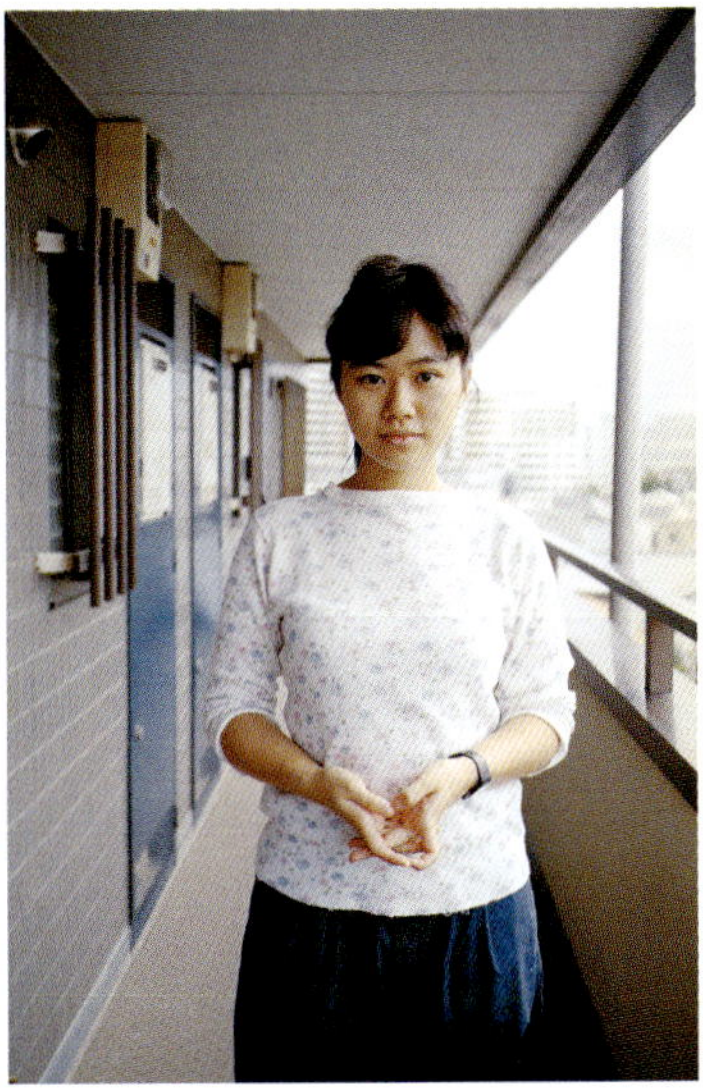

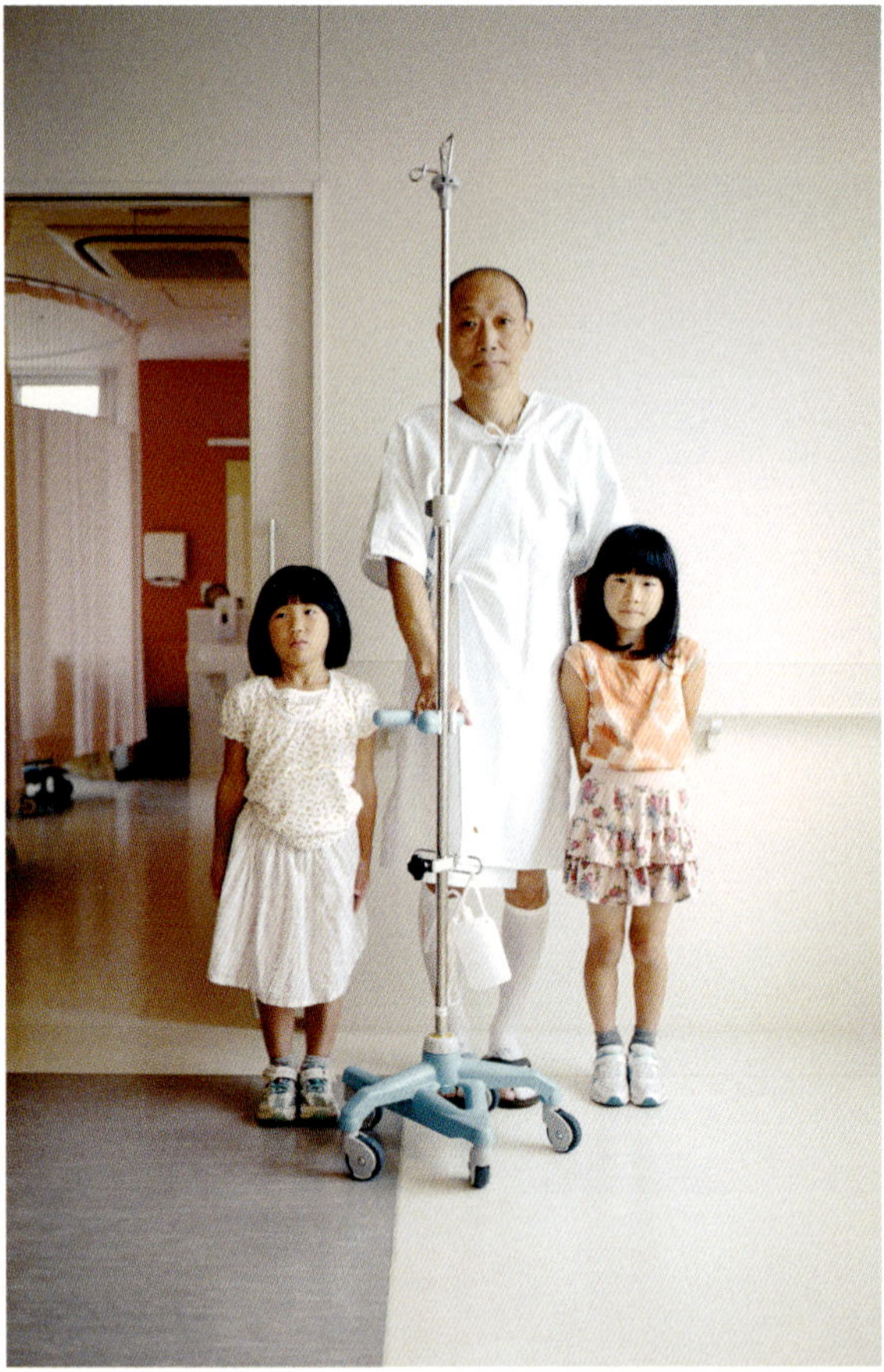

夫の場合

2016年8月26日（金）高松 晴れ

昨日から私は高松に来ていた。夫である石田さんが昨日から五連休の夏休みに入り、それに合わせて旅行を計画したのだ。昨日の昼前に高松空港に着き、午後は瀬戸内国際芸術祭の期間中、見学が許されている大島へ渡った。旅行といっても、次の単行本の編集さんを連れての半分取材のようなものだ。大島にあるハンセン病の隔離施設の話は、前に高松の友人から聞いていて、ずっと気になっていた。普段は大島には渡れないらしく、芸術祭中ということで渡航は簡単にできたものの、島内の入所者と接触するのは難しいようだった。フェリーの切符売り場のおじさんが大島を説明するのに、小さな声で「特別な場所ですから」と言った。

今日は豊島《てしま》へ行く予定になっていた。高松在住の友人であり、若き書店員のなかっちゃんという女の子と、東京から一緒にやってきた担当編集の柴山さんと三人で高松から豊島に渡り、私に大島の話をいろいろ教えてくれた、サウダージ・ブックスの淺野《あさの》さんと落ち合うことになっていた。淺野さんは以前豊島に住んでいたことがある。今年、豊島から兵庫県の西宮に引っ越したのだが、今回私が高松に行くと言ったら、タイミングを合わせて来てくれたのだ。

浅野さんの慣れた運転で島内を案内してもらう。島ですれ違うたくさんの人に声をかけたり、かけられたりする浅野さん。島民の顔はだいたい覚えたという。

まず産業廃棄物の処理場を見に行こうとしたのだが、その海岸に続く道の途中で立ち入り禁止の看板が立っていた。

「こんなの昔はなかったのにな。勝手なことして怒られてもいけないから、上から見てみましょう」と、檀山《だんやま》と呼ばれている山の山頂へ向かうことにした。かなり曲がりくねった山道を車でひたすら登り続けると、標高三〇〇メートルくらいの場所に小さな展望台があった。ここは瀬戸内の島をすべて一望できる、島々の中で唯一の場所らしい。そこに見える大きいのが小豆島、奥に見えるのが高松、その手前にあるのが女木島《めぎじま》、男木島《おぎじま》、そしてその小さな島が昨日行った大島ですよ、と教えてくれる浅野さん。

浅野さんがまた、前にハンセン病の夫婦の奥さんから聞いた話をしてくれた。自分たち夫婦のことを「兄妹みたいなもの」と言ったという話。夫婦であり、兄妹。私はそこに、何か自分が求めている結婚のヒントがあるような気がしている。いつか直接、その話が聞きたい。

展望台ですっかりのんびりしていた。こういう仕事以外での旅行が、いつぶりなのかが思い出せない。二ヶ月前に初めて高松へ写真展のために来たときに、海と島と高松の人々をすっかり好きになってしまった。石田さんの連休が決まったとき、まず高松に遊びに行こうと思い、なかっちゃんや淺野さん、そして柴山さんに声をかけた。柴山さんは担当作家の取材についてきた出張、という感じかもしれない。私はまさにこうして、東京を離れ海を見ながらのびのびとしたかったのだ。

お昼ご飯でも食べますか、と車に乗り込み山を降りる。そのときに携帯の画面を見てぎょっとした。石田さんから着信とメールが数件ずつある。

「今日また病院行ったら佼成《こうせい》病院紹介してもらっていままで検査。結果、本当なら今すぐ入院してほしいって。事情説明して今日は帰るけど明日なるはやで何時に帰れる？」

「もう一度先生から話があって明日午前中に入院できないかって。二九日になっちゃうとなんかあったら自己責任になるって」

「明日午前中にこっち着くのは無理？」

一瞬見て、吉祥寺の親父のことだと思った。親父はつい最近退院したはずだが、また調子が悪くなったのだろうか。明日の昼はのんびり高松市内を観光するつもりだったので、夕方羽田に着く飛行機の便が予約してある。

「ごめんいま見た。明日は夕方の飛行機がとってあるのよ」

親父は義弟の自殺のあと、体調を崩し入院した。大事《おおごと》かと思いきや、胃潰瘍だった。二週間ほどの入院中、私は一度だけ子どもたちを連れてお見舞いに行ったが、石田さんは何回か行ったり付き添ったりしていた。私は義弟の自殺の一件から親父と距離をとるようになっていたので、今回もとっさに、親父なら急いで帰らなくていいや、と思ったのだ。

しかし読み返すとどうにもおかしい。佼成病院はうちの近所にある大きい病院なのだ。石田さんはここ一ヶ月ほど、夕方になると高熱が出るという原因不明の体調不良で、近所の小さな病院に通っていた。

「てか、石田さんが入院するの?」

「そうだよ。明日午前中に着くように変更は無理? 今日はこのあと点滴して帰る」

これはまずいことになったのだとやっと気づいた。

「原因はなんなの?」

「脇腹痛かったのが大腸に穴開いてばい菌が溜まってそれで熱が出てたんだって。明日もし変更できなくても僕が午前中入院してから一子が帰ってくるまで子どもら見てくれるひとがいればいいんだけど。神田さんさっき別件で連絡あったから頼んでみる」

「今日は入院しなくて大丈夫なの?」

「ほんとは今日がいいんだけど無理でしょ」

今日入院となれば、家に誰もいなくなってしまう。下の娘は年長さんの一大イベント、お泊まり保育で家に帰ってこないのだが、上の娘はいつも通り一七時には家に帰る。急な話だが、神田さんには頼めるだろうか。神田さんはシッターを頼める友人の中でも、一番融通の利く人だが、あと数時間後の話だ。

展望台からの帰り、車内はみんな穏やかで、私一人が青ざめていた。恐る恐る、助手席の柴山さんに話しかける。

「柴山さんすいません、石田さんが入院することになっちゃって、明日の飛行機って早い便に変更できますか？」

「え！　大丈夫ですか？　どうしたんですか」

案の定、皆驚いてしまった。

「電波があるところまで下りたら、ＡＮＡに電話してみますよ」

口々に、心配ですね、飛行機は大丈夫だと思いますよ、と声をかけてくれる。私は申し訳なさで、頭の中が混乱していた。

海沿いの民家を使った食堂に着き、素麺とジュースを注文してから、私は店の外に出て石田さんに電話した。明らかに生気のない声で、いまは点滴をしていて、このあと輸血をするという。輸血!?　とにかくこっちでどうにかするから、そのまま入院するように伝えると、悪いね、と力なく言う。こんなときまで何を言っているのだろう。この人はいつもそうなのだ。今回も、あとちょっと遅ければ危なかったと言われたという。だから即入院なのだ。

私は急いで神田さんに電話をした。

「もしもし、さっき石田さんからメール来たよ。俺いま原稿すごいやばいから、本当に原稿やりながらになっちゃうけど、それでもよければ全然いいよ」

「ほんとにごめんね、助かる」

「石田さんの命が関わってるんだから、そりゃ行くよ」

神田さんはいつもシッターに来てくれる、いわばうちの一番手だ。初めて会ったのは昨年の春だが、ライターとカメラマンとして一緒に仕事をしてから、プライベートでも急速に仲良くなった。ライターというのは在宅が多く、時間の融通も利く。そこに目をつけてシッターを頼むようになったのだ。初めてうちにシッターに来たとき、

「俺は子どものほうが気が合う」

と言っていた。子どもたちもとても懐いていて、時給五〇〇円でやってくれるのも非常に助かり、しょっちゅう来てもらっている。独身で、自営。抜けている部分もあるが、かなり信用している男だ。

下の娘はお泊まり保育でいないことや、上の娘の帰宅時間を伝え、あとはいつも通り夕飯、風呂、寝かしつけをしてもらう説明をする。いつもと違うのは、神田さんに泊まってもらうことだ。さすがに泊まりはこれまでなかった。

「よろしく頼むね」

「任せて」

そこの調整が済めば、次は保育園へ連絡だ。今日のお泊まり保育の約束では、明日土曜の朝九時半に親が迎えに行かなければいけないことになっていた。子どもたちも慣れないことで疲れているので、なるべく土曜保育は休ませてほしいと言われていたのだ。うちは毎週土曜保育も行っているのだが、

明日は石田さんが迎えに行くことになっていた。私は早い飛行機でも九時半には間に合わないだろう。

事情を話すと先生に絶句された。

「それは大変！　お父さんは大丈夫なんですか？」

「まだよくわからないのですが癌《がん》じゃないと思うので、まあ大丈夫じゃないですかね？」

なぜか癌という言葉が出てきた。癌じゃないかどうかもまだわからないのに。万が一癌だったらどうなるんだろう。まだ何もわからない。

柴山さんに飛行機の予約を任せていたので、電話で明日の午前の便に振り替えてもらった。ＡＮＡのオペレータの人から、一親等の不幸であれば、キャンセル料がかからずに別便に変更できると言われる。不幸、ではない。入院という事情でも、病院での証明があれば大丈夫らしい。が、こんなときにそこまでやっていられない。

帰りの時間を計算すると、保育園には一二時過ぎに着くことになりそうだ。同じクラスのお友達と一緒には帰れないが、致し方ない。疎外感を感じるだろうか。先生になるべく早く迎えに行くと娘に伝えてもらう。お父さんの入院のことは伝えたほうがいいですか？　と聞かれ、伝えないで大丈夫です、と答えた。

一息つくとどっと疲れてしまった。昼食を食べ終えると一四時半を過ぎている。一七時半が最終の高松行きの船なので、それまでに作品を見なければいけない。思えばまだ豊島にきて作品をひとつも見ていないのだった。

大急ぎで淺野さんが車を走らせ、豊島美術館へ。僕は車で仕事をしているから、一時間くらいぼーっとしてきていいですよ、と淺野さんに言われる。三人でまさにぼーっと、三〇分ほど寝転がっていた。前回来たときは土曜の開館後すぐだったせいか、もっと人がたくさんいて、寝転がっている人はいなかった。今日は入ったときからすでに人が少なく、みんな寝転がっているような状態だったので、私も初めて寝転がることができた。こんな楽しみ方もできるとは。中にはいびきをかいている人もいた。そろそろかな、となかっちゃんと目を合わせて合流し、柴山さんに近づいていくと、気配で目を覚ました。何度来ても素敵な場所だと思う。今回の旅はここにまた来ることも大きな目的だった。

車内で原稿をチェックしている淺野さんの元へ戻り、今度はクリスチャン・ボルタンスキーの新作へ。かなり山の上にあり迷う。入り口に着いたときには、閉館五分前ですと言われ、作品までダッシュ。期待していたもののいまいち。他にお客さんもいなかったので、崇高な現代美術を前に、みんなで下世話なことばかり言って笑った。

最終の船まで三〇分切ったところで乗り場へ着くと、ものすごい行列ができている。これじゃあ乗れないんじゃや、と不安に思っていると、臨時便が出るらしい。もし臨時便にも乗り切れない人がいたらどうなるんですか？　と淺野さんに聞くと、

「また臨時便が出ます」

と。本当にこんなにたくさんの人が、この島内のどこにいたの？　という感じだ。

臨時便の船は、いままでに乗ったことのないタイプの高速艇だった。作りが少し、教会を彷彿とさ

せた。カーテンが閉め切られていて圧迫感があったので窓際の淺野さんに開けてもらう。さっきまでは作品を見ようと必死に自分の中のチャンネルを豊島に合わせていたけれど、やはりいつもどこかに石田さんのことが頭にあり、集中しようとしても、なかなか楽しめない部分があった。

船が出発すると神田さんにメールをしてみた。もう上の娘と合流して家にいるらしい。夕飯とお風呂、適当にお願いします、と伝えた。上の娘は最近、追い炊きのシャワーの使い方を覚えたところでちょうどよかった。石田さんにも様子を聞くのにメールしているのだが返事がない。もう入院しているはずだから、検査をしているか寝ているかだろうが、もし、何か起こっていたらどうしよう、と考えてしまう。

つい「生きてる？」と、わけのわからないメールを送ってしまった。

昼間はお天気だったのが、いまは少し曇っている。昨日今日と高松はものすごく暑かったが、今夜から雨が降るらしい。隣に座っている柴山さんに話しかけた。

「お母さんのことを考えていました」

「お母さん、ですか？」

もしも石田さんがいま死んだら、何もなくなってしまうな、と思った。まだ解消されてない気持ちや、もしかしたら怒りみたいなもの、石田さんに対しての複雑な思いが、確かに自分の中にある。でも、いま死なれたら、全部なかったことになりそうなのだ。死んだ相手からの反応は何もない。何もないということは、とても恐ろしいことに思えた。自分がこれまで石田さんに対して思っていることも、きっと忘れてしまうだろう。生きているから、現在進行形で気持ちは変わり続けるのだ。死んだらそこで止まってしまう。きっといいことしか残らないのだろうな、と思った。すべてが美化されそうな気がして怖い。

そう考えると、お母さんにいま死なれたら、まずいな、と思った。お母さんが死んだら、もう恨めなくなってしまう。恨みたいわけではないのに、もう関わりたくないと思っていたのに、そんなお母さんの存在がなくなって、自分の気持ちが宙ぶらりんになるのは、嫌だと思った。そう考えるとまだ自分には、お母さんに向き合おうとしている気持ちがあるのかもしれない。あんなに嫌いで、縁を切ったと思っているはずなのに。

「死なれたら何もなくなります」

そういえば最近、同じようなことを聞いた。その人は、お母さんのことは大好きで大嫌いだったと言っていた。でも死んじゃったから、もう何も思えなくなっちゃった、と。それを聞いて、お母さんが死ぬ、ということについて考えていたところだった。死んでいった友人と義弟に対しても思う。生きているあいだはいろいろ思うことがあったはずなのに、すっかり忘れてしまった。死んだ日から、相手を好きにも嫌いにもなれない。

私はいつかお母さんと向き合う日が来るのだろうか。

浅野さんが窓の外を指差していた。なかっちゃんが、虹！　と喜んでいる。夕陽の差す海の上に、太い虹が少しだけ出ていた。こんなことになってしまったけど、それでもやっぱり高松に来てよかったな、と思った。何が起きても結局は、それも人生だ、と考えるしかないのだろう。夏休みらしい夏休みをとったはずだったけれど、がっかりするような、でもどこかで、少しだけ状況をおもしろがっている自分もいるのだった。

8月27日（土）高松―東京 曇り

高松空港を九時半に出発する飛行機に乗り、一一時前には羽田に着いた。高松は曇っていたが、東京も天気が悪い。台風の影響らしい。

羽田から代田橋まで乗り換えのホームを小走りで急ぐ。電車に乗りながら、娘たちを二人とも病院へ連れて行くかどうか考えた。二人とも連れて行くのは大変なのだが、石田さんがこの先どうなるかわからない。もし今日会わせることなく、後悔してしまうのは怖い。いまは状況がまったくつかめず、どう考えていいのかがわからなくなっていた。

とはいえ、楽天的に考えすぎるのもよくないだろう。前に、友人が私と一緒にいて体調を崩したときも、大したことないだろうと思って、一緒に乗った救急車の中ではしゃいだことがある。まさかそれが脳梗塞だったとはまったく予想できず、その夜に彼女は再び救急病院へ運ばれ、生死の境をさまよった。あのときほど昼間の自分を愚かだと思った日はない。救急車の中で友達の写メまで撮っていた。私にはそういう阿呆なところがあるのだ。

一二時前に代田橋駅に着くと、駅からそのまま保育園へ迎えに行った。土曜保育はもともと人数が少ないのだが、昨日のお泊まり保育で年長クラスの子どもがいないこともあり、かなり人数は少なめ。お泊まり保育で迎えに来られなかったのはうちだけだろう。

遅くなってごめんね、と言うと下の娘は、いいよ、とそっけなく言う。下の娘はいろいろと我慢するところがあり、そこがいつも気にはなっている。保育園を出て娘に「お父さん入院しちゃったから、あとで病院に行ってみよ」と言うと「え！　びょうきなの？」と驚いていた。上の娘の学童にも電話し、すぐに一人で帰ってこさせる。

家に着くと、朝の混乱が目に見えるようだった。今朝、飛行場に向かうバスに乗っていると、神田さんから何度も着信があり、私はバスの中で出ることができなかった。メールも返信がなく、石田さんに何かあったのかと心配になっていたのだが、空港に着いて電話すると、上の娘が学童に行きたくないとごねてなかなか家を出られなかったのだという。下の娘を迎えに行く約束を石田さんとしていたのを覚えていたらしく、自分は妹を迎えに行くと言い張り、神田さんは困っていたらしい。結局石田さんに電話して、上の娘に言い聞かせてもらったらしい。

家の中は電気とクーラーと扇風機がつけっぱなしという見事なものだった。昨日、洗濯物を取り込んでおいてと神田さんに頼んだのだが、片方の窓の洗濯物だけ取り込んだらしく、もう片方の洗濯物は小雨に濡れていた。こりゃ大変だ、と片付けを始めると、下の娘が昨日のお菓子やジュースの残骸を見つけて、おねえちゃんだけずるい！　と怒っている。そうこうしていると上の娘も帰ってきた。

開口一番、

「お父さん入院したんでしょ」

　と聞いてくるので驚いた。どうして知ってるの？　と聞くと、神田さんの携帯のＬＩＮＥを見てしまったらしい。入院と聞いても二人ともきょとんとしている。それより、神田さんに買ってもらったお菓子のことで喧嘩になってしまった。

　頼まれていたものを鞄に準備する。前開きのシャツ、下着、コップ、歯ブラシ、携帯の充電器。鞄に詰めながら、入院ってこんなもんなんだろうか？　と不思議に思う。入院に一から付き添ったことがないからいまいちわからない。準備を終え、バスで佼成病院へ向かう。最寄りのバス停から五つ目の停留所で降りればいい。去年まで娘たちが通っていた保育園がすぐそばにある。雪の日は自転車に乗れず、バスで行こうとバス停まで行くのだが、肝心のバスが渋滞で来ないで休ませたこともあった。見慣れた場所だ。

　堀ノ内二丁目でバスを降りると、目の前が佼成病院だ。この新しい建物が完成したのは、ここ数年のことだと思う。このあたりには救世軍のバザーもあるので、昔からよく通っていたのだ。最近はバザーに行ってないが、子どもたちが小さい頃は子ども服を毎週のように買いに来たものだった。

「面会入り口」と書かれた小さい入り口から建物の中に入るとすぐ受付があり、そこで面会の用紙を書くようになっている。

「おじいちゃんだ」

娘が言った通り、目の前に吉祥寺の親父がいる。どこからどう見ても親父だ。気づいた親父は嬉しそうに子どもたちと大騒ぎしているので「シーッ」と諭《さと》した。そういえば今朝、親父から着信が何件か入っていたのだが、すべて無視していた。どうやら親父も面会に来たらしい。石田さんも親父に入院したことを言わなければいいのに、と思ったのだが、最近親父が石田さんに死んだ義弟のことでしょっちゅう電話をしてきていたので、何かのついでだったのかもしれない。

とにかく一緒に病室へ上がることに。病院はかなり新しく、病棟に入室するのにセキュリティがかかっていて、受付で渡されるカードがないと自動ドアが開かないようになっている。病室に入り恐る恐るカーテンを開けると、病院着の石田さんがベッドに寝転がりテレビを見ていた。

「おっ」と石田さんが顔を上げた。「おとうさん！」と、娘たちは嬉しそうにベッドに登ったりしている。昨日局部麻酔をして、右腹に穴をあけ管を通し、そこからたまった膿を出しているところらしい。点滴一本と輸血らしいものが一本、腕に刺さっている。クリーム色の膿は一〇〇ミリくらいたまっているように見える。

耳の遠い親父がいろいろと聞き出そうとするので石田さんは大きな声を出さなければならない。どうやら近々吉祥寺に行く用事があったらしく、それには行けないと言っている。あまりにうるさいので「私があとで伝えるから」と石田さんに言った。親父は「俺の次は義則《よしのり》か」と笑っている。

「どれくらい入院するの？」

「二週間」

「二週間!?」

私が誰よりも大きい声を出してしまった。想定外の答えだったのだ。悪いかもしれないとは思っていたものの、その逆で案外軽く終わるかもしれないともどこかで思っていた。それくらい予想がつかなかったのだが、二週間と言われると改めて気が抜けるような気がした。二週間、私が家で一人、子どもの面倒を見るのか。

本当は病室には子どもが入ってはいけないらしく、近くにあるデイルームと呼ばれる面会できるスペースに移動することに。石田さんは点滴のぶらさがったコロコロを持ち、ゆっくりと歩く。まるで病人なのだが、案外元気そうで拍子抜けしてしまった。

入院の手続きをしてきてほしいというので、子どもたちと親父を残し、一人で地下にある臨時受付へ。土日はここしか開いていないらしい。警備員らしきおじさんから、入院についていろいろ説明される。保証金として一〇万円預けるか、家を別にしている親戚に保証人になってもらえばお金は預けなくていいと言われ、親父に頼むことも考えたが、面倒になって一〇万円をその場で払った。退院時に戻ってくるというし、石田さんに言われて家賃用に冷蔵庫に貼ってあったお金を持ってきていたのだ。あと「限度額適用認定証」というものを区役所でもらってくれれば、住民税の区分によって月々の払う医療費が決まるという説明を受けた。これはとても大事そうで、私の読みが当たっていれば、うちは非課税世帯なのでそこまで払わなくてもいいはずだ。

さっき石田さんに会ったときに「入院費は分割で払います」と申し訳なさそうに言われた。石田さんは金勘定が非常に下手な部分があり、携帯のパケット代の追加にお金がかかることもわかっていなかった。つい最近、携帯代が異常に高くなっていることに気づき調べたところ、石田さんがパケット代の追加を何回もしていることがわかった。先月なんかはいつもの三倍の料金になっていたのだ。娘たちに携帯を渡してYouTubeを見せていたのが原因らしい。それがわかって娘たちのYouTubeは禁止になり、パケット代の追加もなくなった。その代金に気づいたときも、私がガミガミと怒ったのだが「ちゃんと払います」と言っていた。そんなお金の余裕はないはずなのに。

諸々の手続きを終え、病室に戻り洗濯物を受け取って帰ることに。明日と明後日は来れそうにないと言うと、

「もう来なくても大丈夫でしょ」

と石田さんが言う。洗濯とかどうする気なのだろう。この人は、私以上に入院というものをよくわかってないのではないだろうか。区役所の申請もあるし、火曜に来るからと言うと、じゃあ黄色い袋に入ってる原稿用紙持ってきて、と。やることもないし、原稿を書くにはちょうどよさそうだ。自分自身がいいネタになるだろう。ついでに本なんかも持ってこよう。ツイッターばかりやられたらたまったもんじゃない。大腸の穴が開いた原因がストレスだとしたら、ツイッターばかり見ているのはその原因と言えるだろう。石田さんはツイッター上では常に怒っていた。もちろん私もストレスの一因ではあるのだろうけれど。

一階まで降りると、病院には喫茶室があるはずだから行こう、と親父が言い出した。私も気づけば

朝から何も食べていない。

子どもたちはショーケースに入っているケーキを選び、親父は紅茶、私はビーフカレー、支払いは私が済ませた。みんなで食事をしているところを写メに撮り石田さんに送る。

「育《いく》の次は俺で、俺の次は義則だな」

と親父が笑っている。育というのは石田さんの弟のことで、今年の春に切腹自殺した。それが原因か親父は胃潰瘍になり、石田さんは大腸に穴が空いた。図らずも全員お腹なのだった。

入院費の話になり、親父は二週間入院して、請求が二〇万円だったという。一割負担だから、実際の医療費は二〇〇万ってことよ、と。保険入ってるの？　と聞かれ、さっき説明された限度額適用認定証の説明をするが、あまり伝わっていない。保険には入っていないが、とにかく、あまり払わなくて済みそうだよ、とだけ親父に言った。

親父と別れ、バスで家に帰ると、一五時を過ぎていた。少しだけ、と思い布団に横たわると、みるみるうちに動けなくなった。はっと目が覚めるとすでに一八時近い。こんな風に昼寝をしてしまうなんて、相当疲れていたのだろう。思えば旅行に行って帰ってきたばかりなのだ。重い体を起こして夕飯の準備をする。

明日はもう夏休みの最終日だ。まだやっていない自由研究に付き合わないといけないと思うと、気が重い。夕飯、風呂、寝かしつけを済ませた頃にはぐったりとしていた。

これを二週間、毎日一人でやるのか。一体どうなることやら、と思いながらも、何も考えないようにして眠りについた。

8月28日（日）曇り

九時起床。石田さんからメールが届いていた。

「入院期間三～四週間と記載してあるけど最初二週間て言われたのは確か。まあ、経過次第でしょう」

二週間と聞かされていたものの、それはむしろ少し盛っているのだろうと思っていたくらいで、入院期間が伸びるかもしれないというのはなかなかの衝撃。致し方なし。

今日、石田さんが入院していなければ、私は一人、朝からブックオフ新宿東口店の三〇パーセントオフセールに行き、目星をつけている漫画を買い込み、その後飯田橋ギンレイホールで映画の二本立てを観る予定だった。

日曜日に石田さんが休みの日は、石田さんが用事を入れない限り、私は一人で出かけ、石田さんが子どもたちの面倒を見ていた。不定期の休みではあるものの、娘たちが小さいときに上司に直談判してから、日曜に休みが入ることが増えた。そして石田さんが用事を入れることはほとんどなかった。あったとしても、ヘイトスピーチデモへの抗議に参加するというものだ。昔は反原発のデモに家族で行っていたが、私は行かなくなった。石田さんが子どもを連れて行くこともあったが、そのうち子どもたちが行きたくないと言い出した。

　今日は上の娘の夏休みの最終日。最後の大トリ、自由研究が手つかずで残っている状態。娘の宿題については石田さんに任せっきりだったものの、もう私が見るしかない。もはや終わらせることを諦めているのだが。

　パンケーキ作りを自由研究にしたいというので、とにかく材料を買いに行くことにする。近所の文具屋が日曜は閉まっているので、電車に乗って隣の笹塚まで。本がほしいと言われ、笹塚の紀伊國屋書店へ寄る。上の娘は『ちゃお』、下の娘は『おともだち』を毎月石田さんが買い与えていたらしく、さっきテレビのCMで今月号の宣伝を見たという。調べると二冊とも一日発売で売っておらず。私は『あれよ星屑』五巻購入。石田さんが買い始め、私も好きで、最近新刊が出たから石田さんに買うように頼んでいたものだ。お母さんだけ買ってずるいと言われる。

　百円均一に行くと、入ってすぐの売り場は、まさに自由研究にどうぞ！　というものが並べられていた。自由研究用の画用紙を買いに来たのだが、ちょうど「ゼリエース」が置いてある。娘にパンケーキをやめてゼリー作りを自由研究にするのはどうかと提案すると、あっさり承諾される。よかった。混ぜて冷やすだけなら、こちらもかなり楽だ。というか、娘はそんなに大掛かりなことはやろうとしていないらしい。下の娘にも好きなものをひとつ買っていいよ、と言うと「ほしいものはここにはないからおもちゃやへいこう」と言う。今日は行かないよ、と言い、買い物を終えて百円均一を出ると、案の定下の娘がご機嫌斜め。昨日から少し情緒不安定のようで、少しのことですぐ泣いてしまう。

気をそらすようにコンビニに寄り、ジュースとホットスナックをひとつずつ買ってその辺で食べることにする。公園を探していると、

「前にこのへんでお父さんといっしょにパン食べたよ」

と言う。笹塚の駅周辺には、ベンチらしいものがどこにも見当たらず、結局川沿いの植木のコンクリに腰掛けた。石田さんもこんな風にして子どもたちと適当に食べたのかな、と思った。しかしどうしてベンチがないんだろう。椅子に座れないのは惨めなものだ。

帰りに「茶豆《ちゃず》」の前を通ると、営業中の看板が。老舗の珈琲屋で、カレーが有名なのだ。あぁ、一人でカレー食いたい、そう思いながら通り過ぎた。

家に戻って早速ゼリエースを作らせる。作る手順を画用紙に書くだけらしく、案外すぐに終わってひと安心。残りの絵日記やら読書記録やらをとにかく進めさせる。監視していないとすぐにテレビを見てしまうので、何度も「宿題！」と声をかける。私はその間に、二日分の洗濯物をコインランドリーへ二往復。洗濯もすべて石田さんがやっていた。久々にタオルをたたんだ気がする。冬に何度かウールのものを乾燥機で縮ませて怒ったのを思い出した。それからは私の衣類で怪しそうなものは一切乾燥機にかけなくなった。これも腸に穴が空いた原因だろうか。

上の娘は、

「日曜日なのに宿題の日みたいになってんじゃん！」

と怒りながら、なんとか夏休みの宿題をすべて終わらせた。

夕飯を食べながら『ちびまる子ちゃん』を見ると、まるちゃんも夏休みの最終日らしく同じような状況になっていた。子どもたちと「おんなじだ」と言って笑った。今日は「宿題終わったの？」という台詞が一年で一番多い日にちがいない。

上の娘の前歯が抜け、ニコニコしながら歯抜けを見せる顔を石田さんの携帯に送って、夏休み最後の日が終わった。

8月29日（月）雨

娘の目覚ましがなったと思って起きたら一時間寝坊。娘の時計をよく見ると、六時にセットしたと言っていたのが、七時になっていたらしい。まだ時計の読み方が怪しい。七時二五分に上の娘は家を出るので、慌てて起きる。

朝ごはんに茹でてあった半熟ゆで卵、ハム、チーズ、トマト、作り置きのコールスローサラダ、ふりかけご飯。洗濯を干しながら、急かして食べさせ、着替えさせる。家を出るときになって、筆箱がないだの連絡帳がないだの言い出す。やたら荷物が少ないと思ったら、手提げをまるごと忘れている。やっと送り出して自分も朝食。肉っぽいものがないので、ハッシュドポテトを揚げ、下の娘に半分やる。九時前、下の娘と一緒に家を出る。雨の中歩いて保育園まで。心配していた担任の先生に事情を話すと「お父さん、大事に至らなくてよかったです」と言われる。

ちょうどバス停に来た阿佐ヶ谷行きに乗り込み、区役所へ。石田さんは、こうやって送りに行ってくれていたんだな、と思った。自分が休みの日はもちろん、仕事の日でも、行けるときはすべて行ってくれていたのだ。私が朝目覚めると誰もいないということは少なくなかった。育児に時間をとられ、限られた自由と思っていたものは、どうやら石田さんによってもたらされたものだったらしい。娘たちが残した、石田さんの作った朝食にケチをつけていたことを思い出した。やってもらっておきながらケチをつけるなんて、とんでもない。今日寝坊したのも、誰も起こす人間がいないからであり、台所からのいつものうるさいラジオと物音が聞こえてこなかったからだ。

区役所で「限度額適用認定証」の申請。石田さんの保険証を見せるとすぐ発行してもらえた。うちは住民税非課税世帯で、この認定証を使うことによって月額三万五四〇〇円以上の医療費は払わなくていいことになるらしい。収入の額で決まるのは、保育料と同じような仕組みだ。食事代は自己負担で一食二一〇円。三万五四〇〇円って、ちょっとした仕立てのいいブラウスくらいの値段だと思った。

こういう制度があるということは、友人が脳梗塞で入院したときにその子のお母さんから聞いていたので、なんとなくは知っていた。とにかく申請しないと三割負担のまま請求されるので、誰かがきちんと教えてくれないと、制度を使わずに困窮していく人がいるんだろうな、と思う。貧困系のルポを読むとそういう話はたくさん出てくる。今回の申請は申請書と保険証を書くだけの簡単なものだったが、ここからどうすればいいのかはいまいちわからない。とりあえず認定証を病院に持って行って看護師さんに聞いてみようと思う。

ちょうど区役所にいるタイミングで、吉祥寺の「BOOKSルーエ」の名物店員、花ちゃんから「武田砂鉄つぁんのフェアがお目見えです！　来られたし!!」とメールが来たので、吉祥寺経由で仕事にいくことに。かなり久々のルーエ。いつ来てもいい本屋、そして愉快な名物店員、花ちゃん。

花ちゃんは『かなわない』が出たときも選書フェアを企画してくれたのだが、ちょうどその一年前くらいに『&Premium』の取材で、花ちゃんとデザイナーの名久井直子さんの写真を撮ったときに初めて会った。そのときはなんでこの人がこんなに名物店員呼ばわりされてるんだろう、と不思議に思ったのだが、いまでは首がもげるほどうなずける。とても、本と本を作る人に対して強い愛情があるのだ。今回の選書フェアも毎度のごとく、花ちゃん手書きのポップが丁寧にすべての本についている。

「ポップを書いてると気分がアガるんだよ」

好きなことを仕事にしてる感じが見ていて気持ちいい。人としてもチャーミング。会いに行きたくなる書店員、花本武。

砂鉄さんの選書から、小池昌代『産屋――小池昌代散文集』購入。以前ABC本店の選書フェアでも、小池昌代さんが一冊選ばれていた。それは『恋愛詩集』という編著だったのだが、サイン本だったためそれも購入済み。まだどちらも読めていないけれど、砂鉄さんが「きれいな、とぎすまされた文章」と推す小池さんの文章、読むのがとても楽しみ。

そして新刊コーナーにあった内澤旬子さんの『漂うままに島に着き』を発見。帯に「地方移住の顚末記」とあり、少し読んでみると、どうやら小豆島に移住された様子。高松が出てきたり、サウダージ・ブックスの淺野さんの名前が出てくることもあり、即購入。

早速『漂うままに島に着き』を読みながら渋谷に移動。移住、考えないでもない。先日再び高松に行き、その気持ちが徐々に膨らみつつある。そのタイミングだったのでするすると読む。渋谷の写真学校に着き、授業の準備もせずに読み続ける。

夏休み明けの最初の授業。出席率、まあまあ。新しい課題に生徒がやる気を見せているので、来週が楽しみ。みんな少しだけたくましくなっているような気がしたが、気のせいだろうか。東京都庭園美術館の「こどもとファッション」展の招待券と星野道夫の没後二〇年の特別展の招待券をゲット。行くなら明日しか時間がないのだが。

一七時半、授業が終わりダッシュで駅へ。学童に電話し、帰ったら家の下で待つように伝えてもらう。小二になる上の娘は、誰もいない家に一人で入ることができない。一八時過ぎに家に着くと案の定先に着いていた。「待った?」と聞くと「ちょっとだけね」と。

家には入らず、そのまま下の娘の保育園のお迎えへ行くことに。一八時一五分を過ぎると延長料金が発生するので小走りで向かう。ギリギリに着き、三人でゆっくり帰路につく。小雨が強くなり、娘たちは傘もささず「すずしいよ!」と濡れている。夕飯の材料を買いに近所のスーパーに寄ろうと思っていたが、迂回するのが一気に面倒になったのでやめる。家にあるもので作ればいい。

家に戻ると、朝、白米を精米したままなのに気づいた。こういうとき、石田さんは炊いた白米を冷凍庫に切らさないようにしてくれるか、すぐに炊けるようにガスコンロの上に浸水した白米をセットしてくれているのだ。私は何もやっていなかった。急いで白米をセットし、火にかける。強火で蓋が吹きこぼれてから弱火にして一五分、蒸らし一〇分で炊き上がりなので三〇分はかかる。その間にかぼちゃの煮付けとコールスローサラダを作り、冷凍の餃子を焼く。

夕飯時、下の娘が少しのことでメソメソ。どうも情緒不安定らしい。「お父さんいなくて寂しいんだね」と言うと「ちがう！」と頑なに否定される。難しい。石田さんに娘たちを撮った動画を送ると「ありがとう！！！」とテンション高めの返事がきた。久々に三人で狭い風呂に浸かり、二一時前には消灯。これに加え、上の娘の宿題も、石田さんは毎日見てやっていた。明日もきっと今日と同じような朝がくる。

腸に穴が開いても仕方ない。もう何度目かのそれを考えながら、私は明日展示を見に行きたいがために、今日の分の原稿を必死で書き終えようとしている。

8月30日（火）雨のち晴れ

六時半起床。昨日の夜のうちに洗濯物は部屋の中に干し終えていたものの、外は大雨。夏の終わりは台風が多い。

朝食におにぎりひとつ、スクランブルエッグ、トマト、夕飯のかぼちゃの煮物の残り。上の娘は完食して学校へ行くのだが、下の娘がいつもご飯を残す。上の娘が家を出るついでに、途中でゴミを出して行くようお願いする。今日はビン缶の日。渋々持って行ってくれたが、こんな日が来るのだなあと、日記を書いているいまになって改めて感慨深い。朝は感慨どころじゃない。

上の娘を送り出しさえすれば、少し余裕ができる。朝食の片付けをしながら下の娘の登園の準備。今日は石田さんにいろいろ届けるものがあるので病院に行かなければならない。下の娘に「お父さんの病院に行くけど、行く？」と誘うも、あまり乗り気でない様子。行こうよ、おとうさん喜ぶよ、と言うと「いってあげるからおかしかってくれる？」と返されてしまった。一人で行ったところで石田さんと間が持てないのが目に見えているので、子どもの存在が必要だ。子はかすがいとはこういうことを言うのだろうか。

雨の中保育園に送って行き、私はその足で電車に乗って目黒の庭園美術館へ向かう。昨日、学校でもらった招待券で、「こどもとファッション　小さい人たちへの眼差し」を観る。明日で会期が終わるのだが、開館直後だからか、とても空いていてよかった。銀座松屋の星野道夫展もはしごしようと思っていたが、疲れそうなので諦める。

渋谷で降りてABCマートへ。履いていたスニーカーに穴が空いたので買い替え。いつもVANSのERAを履いていたけれど、気分を変えてオールドスクールを買ってみる。毎回右のかかとに穴が空く。穴が空いたら靴はおしまい。靴こそ消耗品だと思う。試着したオールドスクールをそのまま履いて帰りますと伝え、古いのは処分してもらった。いつもこうしている。石田さんと付き合い始めた頃、家に行くと、ゴミ袋の中に山ほどコンバースの黒のローカットが詰め込まれているのを見つけてびっくりした。石田さんにはゴミを捨てるという習慣がなかったので、それこそ家はゴミ屋敷だったし、そうやって履き潰されたコンバースが何年分もゴミ袋に溜められていたのだった。私はそれを写真に撮ってからすぐにゴミに出した。そういえば石田さんはいまだに黒のローカットを履いている。

そのままセンター街を進み、ブックオフへ。前回来たときに運良く五〇〇円分のチケットがもらえたので、それを消費すべく。紛失していた山田参助『あれよ星屑』一巻、益田ミリ『続・僕の姉ちゃん』、サン゠テグジュペリ『人間の土地』の三冊購入、差額一六〇円を払う。『人間の土地』は、以前高松でサウダージ・ブックスの淺野さんとトークショーをしたときに、『かなわない』を読んで『人間の土地』を思い出した、という話をされ、ずっと読もうと思っていたもの。淺野さんのあのときの話がとてもよかったのだが、不思議とよかったという輪郭しか思い出せない。それはそれでいいのだけれど、これを読んでなんとか思い出し、自分のものにしたい。そんな話だった。しかし私は『星の王子様』でさえ読んだことがない。

昼過ぎ、家に戻ってツイッターを見てみると、このあとすぐに始まる大竹まことのラジオに、砂鉄さんがゲストで出るという情報が。早速ｒａｄｉｋｏで聞く。私も昔、この番組の同じコーナーに、石田さんと出たことがある。文化放送のフロアがとても高い階にあって、ブースがガラス張りでお台場のフジテレビまで見えた。放送作家のみっちゃんが呼んでくれたのだけど、震災のときはそのブースから千葉のほうが燃えているのが見えたと言っていた。

いつもより一時間早く保育園に迎えに行くと、ちょうどお昼寝明けだったらしく、寝起きの娘が出てきた。帰り仕度をしているとベテランの先生がやってきて、

「お父さんのこと聞きました。延長保育とか送り迎えとか、大変なことがあればなんでも言ってくださいね。全部一人でやられていて、お母さんが倒れたら大変ですから」

と声をかけられる。とてもありがたい言葉。

二人でバスに乗って病院へ。下の娘は保育園でおやつを食べられなかったので、病院の前にあるセブンイレブンでパンを買うことに。私もついでに自分用のカップ麺を買う。四人部屋の病室に入ると、手前のベッドが空になっていた。向かいも元から空いているので、部屋には石田さんだけ。二人は退院したという。ここは退院が早い病室なのかもしれないと思うと、少し気持ちが軽くなった。頼まれていた荷物を渡す。書きかけの原稿と、原稿用紙、着替え、爪切り、そして暇だろうと思い、本を何冊か。

おととい買った『あれよ星屑』五巻、ＪＯＪＯ広重先生の自費出版本『みさちゃんのこと——ＪＯＪＯ広重ブログ２００８－２０１０』、斎藤貴男『強いられる死——自殺者3万人越の実相』。砂鉄さんが編集者時代に関わったものらしく、義弟が自殺した話をしたらプレゼントしてくださった。そして武田砂鉄『紋切型社会——言葉で固まる現代を解きほぐす』。ついでに献本で届いていた『プリンス（文藝別冊）』も。石田さんも寄稿している。頼まれていたCDは全部忘れた。

病室のすぐ横のデイルームに移動する。相変わらず点滴と大腸から膿を出す管はついていて、絶食

中なのだという。もう五日は食べてないのでは。毎日出される栄養剤のような飲み物がまずいらしい。「お腹空かないの？」とさっき買ったカップ麺をテーブルに出しながら聞くと「そりゃ空くよ」と笑っていた。でも点滴のせいか、すごく空く、というわけでもないらしい。カップ麺を眺めて、「そのラーメンはお店よりカップ麺のほうがうまいんだよね」と言う。

下の娘がペラペラと石田さんに話しかけていると「えんちゃんはよくしゃべるようになったね」と言うので驚いた。私は全然気づかなかったのだが、下の娘も「それほいくえんのせんせいにもいわれた」と言う。三人でしゃべるでもなく過ごしていると、石田さんが「あ、虹！」と窓の外を指す。まだ病院の外は雨が降っているけれど、渋谷の方向は晴れ間が見え、太い大きな虹が出ている。下の娘が「てんごくへのかいだんだよ！」と言い、縁起でもないな、と思って笑った。

病院から戻って、家の近所のスーパーへ。二階は衣料品売り場があるのだが、買うものがなく、いままでおそらく一度しか上がったことがない。久々にのぞいてみると、案の定よくある男物のパジャマが売っていた。しかも夏物のセールで安くなっている。もうなりふり構っていられないと思い、親父くさいありがちなパジャマを買った。石田さんは普段着のような格好で入院している。きちんと養生してもらわないと、これはまずいことになるぞ、と焦りのようなものを今日感じたのだ。

「いま、回診があって、場合によっては手術もあるらしい」

とメールが届いた。一体何がどうなっていくんだろう。

8月31日（水）晴れ

朝六時きっちりに上の娘に起こされるも、まったく起きられず「六時半にして……」と三〇分寝かせてもらう。朝食、いくらご飯。冷凍いくらは、なにかのポイントがたまった際に交換してもらったもの。昨夜のうちに解凍しておき、いくらをご飯にのせるのみ。七時半に上の娘出発、八時半に下の娘を保育園に連れて行く。台風一過の晴れで気持ちいい天気。もはや風は秋。

午前中、原稿書きをやりつつ、シーツ類を洗濯、布団も久々に干す。本当に一気に乾きそうな天気。下北へ行き、サカゼンで石田さんの入院用のハーフパンツを探す。いま履いているようなチャンピオンのものがあったけど、セールでも四五〇〇円と高い。しまむらは安いがいまいちなものしかない。やっぱりユニクロ、と安くなっていたスポーツ用らしきショートパンツのLサイズを一枚買った。すぐ乾きそうだし、防臭防菌とある。

午後、占いの授業。この占い教室も、月一で通ってもう一年が過ぎたが、まだまだ習得できていない。そもそも占いを習い始めたのは、もう一つ手に職をつけようと思ったからだ。JOJO広重先生に石田さんの話をすると、八年前の引っ越しの方角が悪いと言われる。深川不動で方災除けをしてもらってこいとのこと。

一七時までの授業を一六時半で切り上げてもらい、家に戻る。まだ上の娘は帰っていないようで、洗濯を取り込みながら待つ。布団カバーを一人でかける。一人でもできるのだが、石田さんがいれば一緒にやってもらったものだ。簡単なはずなのだが、これが石田さんは一人ではできない。何度説明してもできない。石田さんが一人でやろうとしてできず、よく呼ばれてイライラしたものだ。私は二〇歳の頃、渋谷のラブホテルのベットメイキングのバイトをしていた。一人でもできるのはそのおかげだろうか。家の布団カバーは面倒臭くて滅多に交換しない。

そうこうしていると上の娘が学童から帰ってきたので、一緒に自転車で病院へ。

七階の病棟フロアからは新宿のビル群がよく見える。石田さんの病室へ入ると、娘の声に気づいたらしく、カーテンを開けてすぐに顔をのぞかせた。原稿を書いていたのか、テーブルの上に原稿用紙が置かれている。今日はお腹にたまった膿を出す管を動かしたらしく、体を少しでも動かすと激痛が走るという。少し動くだけでも「あいたたたた」と苦い顔をしている。右の横腹から管が出ているのでうつぶせにはなれないし、寝返りも左側にしか打てないらしい。点滴も右腕にある。

昨日買ったパジャマや着替えを棚にしまった。聞けば二日に一回着替えているという。汗かくんだから毎日着替えなよ、と言うとそんなにかかないと言う。病院内の室温は快適に保たれているのだが、石田さんはものすごい汗っかきなはずだ。一週間も履いているハーフパンツを今日買ってきたものに着替えさせる。

「パジャマ買ったから着てね、洗濯またとりにくるから毎日着替えたら」

「いや、もう来なくても大丈夫だよ、コインランドリーがあるみたいだから今度やってみる」

引き出しを見ると、下のコンビニで買ったらしい、ひげそりとシェービング剤とミニタオルが入っている。言ってくれれば持ってきたのに。見たこともない前開きの下着のような服が置いてあるので、これ何、と聞くと、

「前開きがもう一枚必要かなと思って、下のコンビニで買ってみた、着ることなさそうだけど」

と嬉しそうだ。石田さんはすぐにでも退院できるような気でいるらしい。

主治医の先生から家族に話があると言われたので緊張していたのだが、先生は「ご本人も一緒に聞かれたほうが安心でしょう」と言うので、子どもを含む三人で先生の話を聞くことになった。パソコンのある小部屋に通されると、石田さんは、座ると痛いから立っているという。

CT検査やらいろんな検査をしたらしいのだが、話を聞くに、まず大腸になんらかの原因があって穴が空いた。その穴は体の外側を向いて空いた穴で、そこから体内にバイ菌が入り、大腸とお腹の皮膚のあいだに膿がたまったせいで高熱が出たり腹痛があった。急いで入院してほしいと言ったのも、腹膜炎を起こすことがあるので、一刻も早く膿を出さなければいけなかったからららしい。外側に穴が空いたのはラッキーだったものの、昔ならこうなった人の半分は亡くなっていました、と先生が真剣な顔で言う。もし内側に穴が空いていたら、内側の臓器を圧迫してしまい、ショック死してしまう可能性があるという。しかしなぜ大腸に穴が空いているのかがわからないので、大腸カメラを入れて検査をしなければいけない。それができるのは早くても来週。なので膿を出せばこのまま退院、ということにはならない、ということをご了承いただきたいと。

ショック死する可能性がある人と一緒に暮らしていたことに衝撃を受けつつも、入院が延びたことはそんなものだろうと思っていた。

そしてもう一つ、CTスキャンを見ていて、食道に影があることがわかったという。一箇所異常に膨らんでいるらしく、検査してみないとわからない。これは明日胃カメラを飲んで見てみるらしい。

「癌ですか」

私は単刀直入に聞いた。なぜかそんな予感がしていた。

「原因がわからないことには、可能性がないとは言い切れません」

癌の数値に異常はないものの、貧血を示す数値が、普通の人の三分の一程度だという。

わからないというのは、不安なものだな、と思った。とにかく、明日胃カメラで食道を見て、来週大腸カメラで今回の原因を見てみないことには、何もわからない。

ふと振り返ると石田さんがげっそりとした顔で立っている。そのとき、あれ？　こんな人だっけ、と不思議に思った。まるで生気がない。唇が真っ白で、いかにも死相が漂っている。説明が終わりヨレヨレと病室に戻る。これではただの老人だ。歩き方が吉祥寺の親父にそっくり。また「あいたたたた」と言いながらベッドに腰掛け、ゆっくりと寝転んだ。上の娘がトイレに行きたいというのでついていく。しばらくして病室に帰ると、顔色が元に戻り、いつもの石田さんになっていた。

「大丈夫？　死にそうな顔してたけど」

「さっき立ってたらめまいしてきて倒れそうだった、もう大丈夫」

どうやらこれが貧血らしい。もう一週間ほど食べていないせいもあるのだろうか。このままではどんどんやせ細っていき、いかにも病人という感じだ。いや、病人なのだが。

「食道が膨らんでるって先生言ってたけど、前に食べ物を飲み込むのにつっかえるって言ったじゃん？　あれだよ」

急に思い出した。そうだ、結構前に、食べ物を飲み込むのが難しくなったと言っていて、老化現象がそこまできたか、と思っていたのだ。まさか異常があったとは。これがもしも癌だったら、どうしてあのとき、無理やりにでも病院に連れて行かなかったんだろう、と後悔するだろう。大腸の膿のこともそうだ。二週間以上、お腹が痛いのと発熱を放っておいたのだ。私はどこかで、治るだろうとたかをくくっていた。まさか石田さんが大病をしたり、入院するなんて、夢にも思っていなかった。

六時半を過ぎ、病室からは外のマジックアワーが見える。陽が沈むのもこれからどんどん早くなるだろう。もう明日から九月だ。

「あ！　中野サンプラザ」

「そうなんだよ」

中野サンプラザの三角の屋根がすぐそこに見えることに気がついた。石田さんは吉祥寺に実家があるが、生まれ育ったのは中野なのだ。中野までここから歩いて三〇分くらいだろうか。

「仕事はどうなるんだろう」

「ねえ。もう半分くらい諦めてるけど」

「私も諦めてる」

「また新しい仕事探すさ」

もともといまの仕事も、数年後には上司が定年で会社自体がなくなる予定だったのだ。上司と二人きりの職場だった。滅多に愚痴を言わない石田さんが何度か愚痴を吐いたことがある。そのたびに私は、やめれば？　と言っていた。病気の原因のひとつに、仕事のストレスがあったのは間違いない。今度こそいい機会かもしれない。

「また来るね」と言って病室をあとにした。

エレベーターでおばさん二人と一緒になると、上の娘に「一年生？」と話しかけてきた。「二年です」と娘が答えると、私と娘を交互に見て「姉妹みたいね」と言って笑った。

もしものとき、三人で暮らすことを考えた。大変ではあるけれど、辛い、と思うほどではない気がする。もう昔ほど子どもたちが小さいわけでもなく、むしろ協力して三人でがんばって暮らしていこう、という感じになるだろう。だとしても、そこには計り知れない寂しさがあるかもしれない。離婚を考えたことがあるが、そのときでさえ、籍を抜くだけで一緒にいることは変わらないと思っていた。子どもを育てるのはこの人となのだ。父親の死は、娘たちの心に大きな穴を空けるだろう。絶対に、死なれてはならない。

いろんなことをぼんやりと考えながら、すっかり暗くなった環七を保育園に向かって走った。

9月1日（木）晴れ

朝、完全に寝坊。疲れがたまってきているのか起きられない。朝食、卵かけ御飯。上の娘がまた出る時間になって「今日はプールだった！」と思い出し、準備を始める。昨日も寝る時間ギリギリまで宿題をやっていたし、イライラさせられること多し。石田さんはいつもこれをやっていたんだな。昨日面会に連れて行ったときも、宿題をやっているか娘に聞いていた。私がちゃんと見ていないと思って、心配しているのかもしれない。

午前中原稿書き。

午後、私が経営している家族向けの写真スタジオである「天然スタジオ」での撮影が一件。いつもお世話になっている下北の本屋「B＆B」の安倍さんが家族写真の撮影。去年に引き続き二回目。二歳になった娘の衣子《いこ》ちゃんは人見知りをするらしく、スタジオに入った途端、お母さんに抱きついて泣き出してしまう。

「泣いたら泣いた分だけ悲しくなるよ」

と安倍さんと奥さんが衣子ちゃんをなぐさめていたのが印象的だった。確かにそうだ。

「石田さん、入院大丈夫なの？」と安倍さんに聞かれ、どうだろう、と言うと「笑ってる場合じゃないから！」と突っ込まれる。安倍さんがいつもニコニコしているので釣られて笑ってしまうのだ。

安倍さんはB&Bの私の担当なので、トークショーをするときはいつもお店にいてくれる。そのニコニコにトーク前の緊張が解ける。娘の衣子ちゃんも徐々に機嫌がよくなり、無事に撮影終了。こうして仕事以外で、安倍さんがお父さんでいる姿を見られるのは嬉しいことだなと思う。安倍さんも奥さんも衣子ちゃんも「いっちゃん」と呼んでくれた。

その足で保育園へお迎え。今日もお昼寝の時間にかぶってしまった。

保育園から病院へ。今日は神田さんがお見舞いに来てくれるというので病院の下で待ち合わせることに。神田さんは病院から歩いて来られる距離に住んでいるというのに、タクシーで登場。仕事が忙しいのだという。それでも、石田さんの調子はどう？　と連絡をくれて、お見舞いに行きたいと言ってくれた。

もし石田さんが死んだら一緒に住もうか、と冗談半分でメッセージを送ると「それは合理的だね笑」と返信がきた。神田さんを含む私たち家族の五人で住む計画は前からあるのだが、神田さんだけがオッケーを出していない状態だ。一緒に住むとなると「いろいろ諦めないといけないことがある」と言う。神田さんがそう考えている時点では一緒に住まないほうがいいだろう。ちなみに石田さんは乗り気だ。

今日も石田さんはいつものようにベッドに寝転がってテレビを見ていた。昨日よりはずいぶん顔色もよく、元気そうに見える。デイルームに移動し四人で座る。神田さんが「お見舞いに本を持ってきました」と言って本を一冊取り出した。平井玄『ぐにゃり東京――アンダークラスの漂流地図』。東京のハードコアの話です、と言う。

　昨日、注射が下手な看護師さんに当たってしまい、何度も腕に針を刺され辛かったと言う。午前中の内視鏡の検査も、長時間かかってしんどかったそう。鼻からカメラを通して例の食道を見たらしい。結果はわからないの？　と聞くと、夕方に先生の回診があるからそのときに何か言われるかな、と。

「食べてないせいか髪が生えないんだよ」散髪したばかりだったので、これはラッキーと笑う。

　何か神田さんと石田さんがやろうとしていることがあるのか「ここでも取材できますね」と言って笑っていた。神田さんが書いている雑誌の編集長が校了間際に入院したことがあったという。心臓のバイパス手術という大きな手術だったらしいのだが、それでも編集長は自分で最後までやると言ったので、こういったデイルームに編集長が座り、そこにライターや編集者が原稿のチェックをしてもらうために並ぶ、ということがあったと話してくれた。なかなかすごい話だ。その雑誌は無事に発売され、編集長も退院して元気になったのだが、退院したときはすごい痩せた、と神田さんが言う。石田さんは自分ではわからないらしいが、絶食のせいか痩せてきている。絶食はまだまだ続きそうだ。

　あのとき入院できなかったら腹膜炎を起こして死んでいたかもしれない、だから神田さんは命の恩人です、と石田さんが頭を下げた。

　神田さんと病院の下で別れ帰宅。

　一八時、近所に住むヘアメイクの青木さんが前髪を切りに来てくれる約束。私と娘たちの三人分で、二〇〇〇円也。なかなか娘たちを連れて切りに行く時間がないので、こうして来てくれるのは助かる。

先日ネットで買った娘たちの靴も届いた。靴こそ買う前に試したほうがいいのだが、お店まで連れて行く時間がない。

夕飯を食べていると玄関のチャイムが。誰かと思えば近所に住む野間さん。石田さんの様子を聞きに来てくれたらしい。病院と病室の番号と面会時間を伝えると「一度行ってみます」と言ってくれた。娘たちが「誰?」と聞くと「アイス買ってあげたやん」と野間さん。

夏前、出所してすぐのSFP今里さんがうちに遊びに来てくれた。そのときに近所に住む野間さんも合流し、アイスを買ってもらったと石田さんから話は聞いていた。私は仕事で家にいなかったのだが、私の分のアイスもちゃんと冷凍庫に入っていた。上の娘が「子どもみたいなおじちゃんは?」と聞いてきて、今里さんのことか、とすぐわかった。あんなに刺青だらけで見た目もいかつい人なのに、子どもから子どもみたいと言われるとはさすが。今里さんにも入院していることを伝えたいけど、連絡先がわからない。

夕飯、風呂、宿題、とやっているとすぐ二一時に。上の娘は算数の三桁と二桁の引き算に四苦八苦しているが、二一時過ぎにはやめさせて皆で就寝。私も隣で寝かしつけながら、本を読んだり原稿を書いたりしたいのだが、最近はそのまま一緒に寝てしまう。前はこんな風に疲れたりしなかったのにな、とふと思った。石田さんと分担、というよりはほとんど任せていたから、疲れるも何も、私は自由にやっていたんだな。いまはやることが山積みで、毎日疲れ果ててしまい、自分の時間がとれなくなりつつある。けれど不思議と充実もしている。もしかすると前は、与えられた自由な時間を埋めようと、無理やり動いていたのかもしれない。
しかし本を読む時間がほしい。

9月2日（金）晴れのち曇り

朝六時半起き。昨日は結局二二時には私も寝てしまった。上の娘は宿題が途中だったので再開させる。私は下の娘リクエストのサンドイッチ作り。ハムとチーズのものと、作り置きしてあったコールスローサラダをはさんだもの。製作時間二分。下の娘を起こすと、たまごサンドがよかったと泣かれる。朝から怒っても仕方ないのですぐに作り直す。奇跡的にゆで卵が作ってあったので製作時間一分。家を出る一〇分前になっても宿題が終わらない娘。もう間に合わないから宿題は諦めな、と言うと、やる、と言ってきちんと全部終わらせて学校へ行った。偉い。

娘たちが残した評判の悪いコールスローサラダのサンドイッチで私も朝食。片付けつつ、自分の昼ご飯用にお弁当作り。温めたご飯をお弁当箱に詰めなおして、梅干しとしそ昆布をのせる。夕飯の残りのピーマンと豚肉のにんにく炒めと、またコールスローサラダを詰め、ゆで卵に塩を振って完成。やはり子ども二人と私だけだと、おかずが少しだけ余ってしまう。こんなとき石田さんがいたら、全部きれいに平らげてくれた。石田さんのお弁当は、いつも冷凍したご飯を温めて持って行くだけで、夕飯のおかずが残ると「明日の弁当に入れる」と言っていた。私はもうずいぶん石田さんのお弁当を作っていない。

今日はひたすら原稿書き。家にいると三回チャイムが鳴った。

最初はヤクルトレディの営業だった。無料で試飲用のヤクルトを配っているらしく、家族分くれるという。四人です、と言い四本もらったが、私が石田さんの分も飲むことになるだろう。ヤクルトについて説明してくれるのだが、大腸ポリープやら、癌を抑制やら、なんだかタイムリーな言葉が出てきて驚く。石田さんもヤクルトを毎日飲めばよかったのだろうか。私がしっかり話を聞いてしまったため、来週から販売に来ることになってしまった。

次のチャイムは生協で、先週頼んだものが届いた。先週何を頼んだかなんて覚えていないのだが、冷凍の餃子とチャーハンが届く。これがあれば土日のシッターのときのご飯は大丈夫そうだ。野菜はレタス、キャベツ、ピーマン。あとは定期便にしている牛乳二本、ハム、卵、豆腐。先週の牛乳二本がまだまるまる残っている。飲む人がいなくなったからだ。来週からは牛乳の定期便をやめよう。牛乳を消費すべく、昨日カルピスの原液を買った。

最後のチャイムはＡｍａｚｏｎの代引きだった。前に頼んだＣＤらしく、私がお金を立て替えるよう石田さんからメールが来ていた。石田さんはクレジットカードを持っていないから、いつも代引きになる。代引き代がかかるからやめろといくら言ってもやめない。あとで病院に届けてやろう。

一五時半に娘が小学校から戻り、一緒に病院へ。

デイルームに三人で座ると石田さんが、

「葬式を調べたんだけど」

と言い出した。一瞬、もう自分の葬式を？　とびっくりしたのだが「組織」の聞き間違いだった。昨日内視鏡を入れて食道を診たときに組織を七箇所とったという。それをいま良性か悪性か調べているらしい。

「葬式って聞こえたから驚いた」

と言って腹を抱えて笑っていると、そんなにおかしい？　と石田さんは半笑い。

今日は一四時頃に吉祥寺の親父も来たらしい。義弟の納骨をお彼岸までにやりたいのだが、自分一人では厚木の墓地まで行けないという。石田さんが付き添いで行く予定だったが、入院してしまったのでそれも難しい。お彼岸がいつなのか聞くと、九月の三週目くらいだという。

「誰か一緒に行ってくれるあてはないの？」

「ないみたいね」

そうか、と思って気づいた。私のことらしい。

「え？　絶対嫌だ」

「だって自分が納骨早くしろって言ってたじゃん」

そうなのだ。石田さんの高熱がひと月ほど下がらなかったとき、占いの先生に占ってもらったことがある。やはり障《さわ》りがあるのでは、という結果が出ていて、早く納骨をしたほうがいい、となったのだ。吉祥寺の親父も石田さんも、心のどこかで、義弟の仕業なのではないかと思っている。それは私も同じだった。何かのせいにすれば安心できる。納骨は、いわば私が言い出しっぺなのだ。

「まあお母ちゃんのところいきたいって言って死んだんだから、墓には入りたいよね」

それはそうなのだが、墓に入ったところでそれが本当にかなうのだろうか。あの世のことはわからない。

「まあ納骨した途端によくなるわけないんだけど」

そう言って石田さんが笑った。

親父が石田さんの症状を今日初めて把握し、やっぱりお前も腹か、と言ったらしい。

「僕もこの腹の手術した夜に思ったんだよ。あぁこれ、腹を切った痛さだ、って」

ふと、自分にも何か降りかかるのだろうか、と考えた。降りかかっているとしたら、それはいまこの状況だろう。

今日はこのあとに職場の上司もお見舞いに来ることになっているらしい。一ヶ月休んだとして、職場に戻れるのだろうか。

「昨日朝四時に小声でラップの練習してたら、同じ病室の人に怒られたよ」

「何してんの!?」

「さすがにりんご音楽祭は無理かな」

りんご音楽祭というのは九月の四週目に石田さんがライブの予定に入れていた、長野で開催されるフェスだ。主催側には入院したことと、行けないかもしれないことは伝えたらしいのだが、四週間で退院できるとしても、退院した翌日だからやっぱり無理か、と言う。

「無理でしょ！」

毎日練習しないとラップを忘れるから、今日からはデイルームで練習するらしい。呆れた。

土日は暇だね、と言うと、明日今里が来てくれるらしい、と。どこで知ったのか、直接連絡が来たという。

洗濯物を受け取り、帰宅。やはり私が納骨に同行するしかないのだろうか。石田さんがいつ退院できるかもわからない。私しかいないのだろう。非常に憂鬱。

9月3日(土) 東京―新潟 晴れ

本日、私は新潟へ出張。今日は夕方からのシッターを、華ちゃんという女の子に任せてある。華ちゃんは私が教えている写真の専門学校を去年卒業していて、私の教え子である村田とルームシェアをしている。今日は華ちゃんで、明日は交代で村田が来る。時給五〇〇円、睡眠時間はノーカウントとして、二日分で一万円の約束だ。華ちゃんのシッターは初めてだけれど、一度遊びに来たことがあるので心配していない。シッターの流れをＬＩＮＥで伝える。

上の娘は学童、下の娘は保育園へ。最近、下の娘はちょっとのことで機嫌が悪くなる。今日も朝食の些細なことで上の娘と揉めた。スイカの大きさが違うと言い張る。ちょうどそのときお弁当を作っていたので、上の娘のお弁当に入れたソーセージを一本「秘密だよ」と言ってこっそり食べさせると、それだけで機嫌が直ってしまった。お弁当が羨ましい部分もあるのだろう。来年からは二人とも小学生、送り迎えがなくなるのは、未知の世界だ。

一〇時過ぎに東京駅で、一緒に新潟へ行くミュージシャンの井手健介君と落ち合う。今日は新潟在住のケルン君という友人が企画してくれたライブイベント。私は主に明日トークショーやワークショップの仕事があるのだが、一緒に来たらちょうどいいと、二人でのイベントを組んでくれたのだ。井手君とこうして二人で出かけるのはおそらく初めて。二人きりで飲んだのも一年くらい前のことで、そのときに井手君は「気になる人がいる」と言い、聞けばそれは共通の友人の女の子だった。二軒目にその女の子が働くバーに飲みに行くと、次に会ったときには二人はすでに付き合っていた。井手君は見た目とても可愛い男の子なのだが、私より年上で、さらにバツイチという意外な面を持っている。最近、バツイチの男こそがモテると、女性誌のインタビューのときに耳にしたのだが、井手君は一切モテないと言い切る。二人で新潟までの車中、どうしたらモテるのかを話し合う。

新潟に着くとケルン君と晶子さん夫婦が改札で待ってくれていた。一六時頃に北書店に行けばいいとのことで、しばし時間がある。まず沼垂《ぬったり》にあるBOOKS f3へ行くことに。沼垂は古い商店街を若い人が集まって再生させようとしている地区らしく、さまざまなお店が並んでいた。BOOKS f3は私が先月から写真展をさせてもらっている写真集専門の本屋で、東京の写真雑誌の編集部にいた小倉さんという女の子が、地元に戻って一年くらい前に始めたお店だ。小倉さんとはその雑誌で昔仕事をしたことがあり、去年北書店で再会した。やっと来られたけれど、とてもいい本屋さん。近くにあるホシノコーヒーという小さなカフェで休憩。ここも若い女性が一人で切り盛りしている。みんな仲がいいらしい。

どこか行きたいところは？　と聞かれ、迷わずエフスタイルをお願いする。新潟の中でも、北書店と同じくらい大好きな店だ。

ここに来るのはもう三回目になる。店主の五十嵐さんと星野さんはケルン君夫妻とも知り合いらしく、北書店の佐藤店長のことで話がはずむ。どうやら佐藤店長はＲＹＵＴｉｓｔという新潟のご当地のアイドルにはまっているらしい。エフスタイルの二人は来週展示会で東京に来るといい、招待状をくれた。また来週も会えますねと言うと、たくさん会えて嬉しいですと返され、純粋に照れる。素敵な二人。

北書店に行く前に、市街地で降ろしてもらい、私は一人でｓｔｏｒｅ ｒｏｏｍというお店へ。前回来たときはセール中で爆買いしてしまった。今日は「つよいこグラス」という子ども用のグラスを二つ購入。割れにくいらしい。バスに乗って北書店へ。

ライブのリハも終わり、オープンまでの時間、店長と隣の喫茶店へ。おすすめの激辛カレーを二人で食べる。そういえば初めて北書店に来た日も、店長は夕方の小一時間、わざわざお店を閉めて私をここに連れて来てくれたことを思い出した。雪が降る寒い日だった。そのときは『働けＥＣＤ２』を出さないと決めたときで、何か次のヒントが聞けるのではと、佐藤店長に会いに行ったのだ。まだ会ったこともない私の『働けＥＣＤ』を、新潟で推してくれている人がいると、アノニマ・スタジオの安西さんが教えてくれたのが始まりだ。そのとき店長にどんなアドバイスをもらったかは覚えていないけれど、あれからまた一冊出すことができて、こうして会えるのは嬉しい。

ライブの前に井手君とミニトーク。せっかくなので、井手君におすすめする本を私と店長から数冊ずつ。井手君も近々『文學界』に寄稿するらしい。私も書いた、短いエッセイのコーナーだ。担当は誰？　と聞くと、たんばさんという。それは丹羽（にわ）さんだ。

ライブはとてもよかった。北書店の本棚と本棚のあいだで、本を眺めたり、読んだりしながら聴けて、贅沢。ここに来るたびに、北書店に住みたい、と思う。

打ち上げは八人で近所の居酒屋に移動。刺し盛り、水茄子の漬物、名物という油揚げの焼いたのや、茶豆、そして日本酒。どれも美味しく、庶民的ないい店。二軒目はすぐそばにある、朝の五時までやっているという酒屋で角打ち。店長がパンクだった昔話から、井手君がどうやったらモテるかという話まで。電子タバコをみんなで回して吸ったり、ただただ楽しい。三時過ぎに店の外に出て、それぞれがふらふらと家路についた。佐藤店長と固い握手。次はいつ会えるかな。ケルン君の家で雑魚寝、とても快適。いい一日だったが明日は七時半起き。かなり飲んでしまった。

9月4日（日）新潟—東京 晴れ

七時半起き。昨日に引き続き快晴。新潟は日本海側なので夏以外はいつも曇っていると晶子さんが言っていた。それでも風は少しだけ秋らしく感じられ、すっかり九月なのだった。冬の新潟しか知らなかったので、前回と今回の新潟は天気がよく気持ちがいい。残暑。

八時半にBOOKS f3に集合してワークショップ。五名の参加者。今日は一ヶ月に一度の「沼垂朝市」という朝市が行われるらしく、そこで撮った写真を講評するというもの。渋谷の専門学校でやっているのと同じように、自分でテーマを決めてもらい、撮ってきたものから五枚を選んで発表してもらう。一時間ほどの撮影中、私もみんなと朝市に行き、新潟産の立派なシャインマスカットと、コリンキーという野菜を買った。BOOKS f3に戻り、一時間ほど講評。朝からとても頭を働かせた。写真を趣味でやっている人には、少しでも写真の楽しさと自由さが伝わってほしい。生徒にもいつも同じようなことを言っている。

昼食、ずっと行きたかった「とんかつかねこ」へ車で連れて行ってもらう。とんかつかねこはタレカツ丼の店で、新潟出身の安田弘之先生から冷凍品をお歳暮でもらったのをきっかけに知ったもの。実店舗に来るのは今回が初めて。これぞB級グルメ、というボリュームで、どんぶりいっぱいのご飯に、タレに漬けたカツが三つのっている。食べていくとさらにカツが二つ埋まっている。結局ご飯は食べきれず、男性陣が代わりに食べきってくれた。

BOOKS f3に戻る前に、新潟の古町《ふるまち》にある老舗の映画館へ。井手君が元映画館勤務ということで関わりがあるらしい。特別に映写室にも入れてもらえた。

BOOKS f 3に戻って一六時からトークショー。小倉さんに聞き手を務めてもらい一時間ほど。主に『かなわない』についてや、最近の私の家族に対する思いについて、しゃべりながら考えを整理する感じに。やっぱり自分が思っている以上に、石田さんの存在は大きいのかもしれない。離婚しても平気だと思っていたのに、いないとなると寂しいと思った、と自分が言っていて驚いた。

写真家の牛腸茂雄《ごちょうしげお》が新潟出身らしく、晶子さんの実家に生家が近かったそうで、晶子さんは小さい頃に写真を撮られたことがあると、大きくなってから親に聞かされたという。いまでも生家には牛腸茂雄の撮った写真が山のようにあり、行けば見せてもらえるらしい。晶子さんは見に行ったことがあり、その膨大な量の写真と一緒に、牛腸茂雄の手帳を見せられたそう。手帳には小さな字であらゆるメモと、一日の出来事が細かく記されていた。それを見たときに晶子さんは「生きる痕跡を必死に残してるみたいだった」と感じたと言った。なるほど、私にとっての写真も文章もそうかもしれない。そんなこともトークショーで話した。

帰り、新潟駅までの車中、西陽が当たってとてもきれいで、隣に座っている井手君の写真を撮る。昨日今日と井手君やみんなをたくさん撮った。写真を撮っているとき、そして文章を書いているとき、私の精神は安定している。そのときは誰にも依存せず、自分一人で立っている気がする。だからいまとても気持ちが落ち着いている。

石田さんにメールすると、今日はずっと体調が悪く、一日胃液を吐いていたらしい。吐き気止めも効かず「こんなに苦しい思いしたの生まれて初めて」と書かれている。胃カメラのときに空気が入った副作用かもしれないと先生は言うらしいが心配。ちょうど楽になってきたそうだ。昨日は誰かお見舞いに来たのか聞くと、今里さんと、編集者の宮里さんが来たという。今里さんは先月、東京でのライブが突然中止になっていたので何かあったのかと心配していたのだが、ライブの当日、会場に行くと警察が待っていてそのまま逮捕されたらしい。おととい起訴猶予で出てきたばかりという。とにかく無事でよかった。

一九時前の新幹線の自由席で帰京。体の相性がいい人と、一緒にいて楽で楽しい人、どっちも兼ね備えた人はどうしていないんだろうね、と井手君と話す。

二二時前に家に着くと、おかえりなさーい、と小声の村田。部屋がピカピカに片付いていた。洗濯物もたたんであるし、食器もきれいに洗ってある。生ゴミは封をされ、トイレ掃除もしてくれたらしい。女の子はここまでできるのか、と驚いた。いつも神田さんに任せていたので、その差がすごい。新潟にいるあいだに写メが届いていたが、おやつにリクエストされたホットケーキを上手に焼いて食べさせ、夕飯には親子丼まで作ってくれていた。

下の娘は毎回一度は些細なことで大泣きするらしく「あれはもうしょうがないですね」と村田は言う。

新潟でもらった謝礼をそのまま渡すと、これからバイト先の人と飲みに行かないといけないんです、と面倒臭そうに言う。悪い人じゃないけれど、ピンとこない男の人らしい。今日二人で会ってみて、なんか違うな、と思ったら、今年はもう恋愛の年じゃないと思って、そういうのはやめるつもりです、と言い、可愛いワンピースに着替えて家を出て行った。

9月5日（月）晴れ

昨日は疲れ果ててすぐに眠ってしまった。そして今朝、はっと目が覚めるとすでに八時過ぎ。完全に全員寝坊。珍しく子どもたちもぐっすり眠っていて誰一人起きなかった。昨日が楽しかったのだろうか。とにかく時間がないので梨を切って食べさせる。案の定、上の娘はいまさら宿題をやり始め、八時半過ぎにやっと学校へ。昨日シッターに来ていた村田に宿題をやらせたか聞くと、娘は「ない」と言い張ったそうだ。

下の娘を九時過ぎに保育園へ送っていき、家に戻ってひと休み。自分の昼食用にお弁当を作る。卵一個で卵焼きを焼き、そのフライパンでピーマンの千切りとソーセージを炒め、塩と胡椒で味付け。野菜が足りないので、新潟の朝市で買ったコリンキーを使ってみる。かぼちゃの仲間だから固そうに見えるのだが、包丁を入れると気持ちいいくらい簡単に切ることができた。皮も食べられるらしいがピーラーで剝いてみる。包丁を入れても切れ味は軽く、かじると歯ごたえがコリコリとしていておもしろい。千切りにして塩を振ったのを弁当に添えた。まだまだ量があるので薄切りにし、寿司酢と塩と砂糖を煮立て、粒胡椒を数個入れたものに漬けてピクルスに。

初めて食べたのは六月に行った豊島《てしま》の食堂だった。一緒に行ったタバブックスの宮川さんと、不思議な食感に「これはなんだろう」という話になった。高松に戻って友人に説明すると「コリンキーじゃないかな？」と言う。豊島で作られているらしい。それから探してはいたが、まさか新潟で見つけるとは。

原稿を書こうと思ったのだが、たまには本を読もうと横になるといつの間にか眠ってしまっていた。はっと目を覚ますとすでに一三時過ぎ。三時間以上寝てしまった。まだまだ眠く、疲れもとれていないのだが、とにかく起き出し、朝作ったお弁当を食べる。これがなかったら、何も食べる気が起きなかったかもしれない。お弁当は便利だ。

家を出て渋谷の専門学校へ。前期の授業が今日と来週で終わり。一気に課題を進めさせる。今回の課題はインタビューとポートレート。この授業のクラスメイト限定で、自分の興味のあるテーマについて質問をし、インタビューをまとめるものだが、まだお互いの名前を覚えていないということがわかった。生徒たちはゼミやコースが違うので、私の授業でしか会わない人もいるらしい。最初は緊張していたようだが、いざ始めるとお互いに話を聞き合うのを楽しそうにしていたので安心した。誰でも、自分の話を聞いてほしいものなんだよな、と思う。来週の発表が楽しみ。

一七時半に授業を終え、渋谷駅までダッシュ。一八時過ぎに家の前で上の娘と待ち合わせ。「待った？」と聞くと「まってないよ」と。下の娘を迎えに自転車に乗る。

「今日だいじけんがあったよ」

何が起こったの？　と聞くと、今朝遅刻して学校へ着くと、まさかの全校朝会の日だった。どうしていいかわからず、誰もいない教室であたふたしていたら、先生が通りがかり、もうみんな帰ってくるから教室で待ってなさい、と言われたらしい。

「目ざましをかけ忘れていましたって言ったら、あらそうですか、って言われた」

怒られなくてほっとしたと言う。その話を聞いて私もほっとした。全校朝会に遅刻し、皆の視線を浴びた苦い記憶。

保育園から家に戻ると一九時前。ご飯を炊いていなかったので、娘たちは冷凍チャーハン。大人の一人前を半分に分けていたのだが、おかわりが続き、結局一人前ずつ食べた。私はカップ麺。二〇時過ぎに就寝。いつも寝つきの悪い下の娘が、すぐに寝ついていた。昨日なかなか寝られなくて疲れていたのだろう。洗濯をたたみ、今日の分の洗濯を部屋干し。白米を洗ってガスコンロにセット。少しだけ本を読んで就寝。

土、日、月曜と病院へ行けてないのだが、メールをすると今日は体調がよかったらしい。明日は大腸の内視鏡検査をするらしく、浣腸をしたという。検査が済めば絶食も終わるのだろうか。

親父がお見舞いに来て、納骨が一一日に決まったという。後妻の息子が義弟と仲がよかったらしく、その人が車を出して一緒に行くことになったそう。親父は後妻と縁を切ったと言っていたが、そんなつながりがあったとは。後妻とはもう離婚しているようなものなのだが、いまだに籍は抜けていないらしく、きちんと文書を交わさないといざという時に揉めるから、弁護士を立てるつもりだと親父が言っていた。後妻は義弟にとっては育ての母親だから、その人の息子ということは兄弟みたいなものだったのだろうか。義弟とその人は、どんな風に付き合っていたんだろう。死んでから何度か家に来たらしい。

9月6日(火) 晴れ

また目覚まし気づかず、七時起床。

下の娘を保育園に送っていくとき、もう蟬が鳴いていないことに気づいた。しかし今日は朝から暑い。

午前中原稿書き。一二時から下北沢で打ち合わせ。ついでにロケハンもし、一四時前に解散。駒場東大前のほうまで来たので、ついでに代々木上原のお店Ｒｏｕｎｄａｂｏｕｔへ。定休日だったらしく店の前で工事のおじさんが作業をしている。私に気づいたおじさんが「今日は休みだよ！　社長は来てるけどね」と言うので中をのぞくと、汗だくの小林さんが。明日から広島で催事があるらしく、その準備をしていたとのこと。「昼飯食べました？」と誘われるが、さっき打ち合わせ中に食べてしまった。近所に美味しいカレーのお店があるという。井の頭通りから少し入ったところにある燻製料理のお店らしいのだが、教えてもらったお店の名前をすっかり忘れた。ランチだけカレーを出すらしい。明日展示会に行く予定なんだけど、おしゃれそうで行くのが怖いと言うと「みんなブルックリンって書いてあるもの売ってそうな雰囲気だよね」と言うので笑った。『かなわない』は五分の一くらい読んだところらしい。

上原から笹塚へ自転車で移動し、百円均一で電池やタッパー購入。ちょうど目の前に紀伊國屋書店があったので『ちゃお』と『おともだち』の今月号を購入。

一四時半、保育園へ迎えに行くと、下の娘がぐっすり寝ていたので思わず眼鏡をかける。保育園で寝ているのを初めて見たかもしれない。たくさんの子どもたちが並んで昼寝をしている姿はなんとも言えず可愛い。

下の娘を乗せて一五時前には病院へ到着。いつものように「おっ」と石田さんが手を上げる。大腸の検査はどうだったか聞くと、まだなのだという。検査着のようなものを着て待っているところだった。お見舞いに来てくれる人が本やCDを持ってきてくれるらしいのだが、読み切れそうにないから持って帰って、と受け取る。するとそこに看護師さんが車椅子を運んできた。いまから検査らしい。検査へ行く石田さんを娘と見送り、汗も乾かないうちにまた病院の外へ。あとちょっとおそかったらあえなかったね、と娘が言い、ちょっとでも会えてよかったね、と二人で笑った。

上の娘が友達のひまちゃんを連れて帰ってきた。三人で仲良く遊んでいるので、私はその間に近所のスーパーに買い物へ。スイカはかなり安くなっているけれど、この前安さに負けて買ってみると、そんなに甘くなかった。桃も終わりだろう。いかにも美味しそうな大ぶりの巨峰を選ぶ。石田さんが入院してからというもの、食材の消費量が減った。これまでは多めに作っても石田さんが全部食べてくれていたのだが、いまは私が片付けなければいけないので適量を作るようになった。なんでもそんなにたくさん食べられない。豚こま切れ肉と、冷凍食品が半額だったので、冷凍チャーハンとお弁当用のコロッケを買う。

今日は二〇時から打ち合わせを兼ねた食事会があるので、一九時に神保町でバイトが終わる華ちゃんに来てもらう。村田と華ちゃんが同じ沿線上に住んでいて本当にラッキーだった。バイト中の華ちゃんにメールで確認すると、一緒に夕飯を食べるというので、先に娘たちをお風呂に入れてから夕飯作り。ピーマンと豚肉の甘辛生姜炒め、レタスとハムのサラダ。華ちゃんも食べるとなると、少しだけ張り切る。

一九時半に華ちゃんがやってきて、私は玄関で見送られ下北へ。お店に行く前に洗剤の詰め替えを薬局で購入。『VERY』の副編集長の米山さんとライターの武田砂鉄さんと食事兼打ち合わせ。なんでも食べていいと言われ、わけぎのぬた、茄で百合根、むかごのからあげ、春菊の白和えを頼む。あとは刺身の盛り合わせ。獺祭《だっさい》をいただく。途中、奇跡的に子どもを旦那さんに預けることができたという編集長の今尾さんも合流する。なんと断乳して一週間というすごいタイミング。今尾さんの夫は博報堂ケトルの嶋浩一郎さん。嶋さんとお会いしたことはないが、神田さん経由で『かなわない』を渡してもらっている。それを今尾さんも読んでくれたらしい。なんだかんだで〇時近くまで話し込んでいた。

ダッシュで自転車で家に戻ると、華ちゃんも一緒になって川の字になって寝ていた。「ご飯もちゃんと全部食べて、すごいいい子にしてましたよー」と。終電を心配していたけれど一時くらいまではあるらしい。シッター代二〇〇〇円と、私が作った味噌を渡す。

神田さんと一緒に住むことばかり考えていたけれど、村田と華ちゃんもいいなと思う。気を遣わない人なら、誰でも一緒に暮らすことは成立しそう、と勝手に考える。

村田がツイッターにこんなことを書いていた。

「ベビーシッターとはこれいかに」

「たまーにくるお留守番えらいねーって言う特別なお姉さんなのか、自分で使ったものは片付けなさいとかそういう風にしちゃだめとか言うガミガミしたお姉さんなのか」

「子どもに接すると何が正解かわからなくなるし我が幼少期のことを思い出してみようとする」

村田も華ちゃんもまだ二二歳とかなのだ。なんだかおかしなことに巻き込んでしまったような気もする。

9月7日（水）雨のち晴れ

夜中、暑さで何度か目が覚める。その際にふと義弟のことを思い出し、恐ろしくなって枕元の電気をつけて寝た。昨夜の打ち合わせで義弟の話をしたからだろうか。変な夢をたくさん見た。

七時、下の娘に起こされ起床。若干昨日の酒が残っているのかだるい。二合は飲んだか。窓を開けるとちょうど雨が降ってきたところだった。昨日干しておいた石田さんの洗濯物を取り込む。少し濡れてしまった。

上の娘が家を出るタイミングで、燃えるゴミを出してほしいと頼むと、重いし汚いから嫌だと言われる。お願いだから、とゴミ袋を無理やり持たせようとするも、半ばパニックになりながら拒否され、私も頭にきてしまい「じゃあいいよ！」と言ってドアを激しく閉めてしまった。朝からこんなどうでもいいことで、と反省。かわいそうなことをしてしまった。

シャワーを浴びて着替えてからゴミ出しへ。道行く人は傘をさしている。これは洗濯物が乾かなそうだ。家に戻り、小雨になるのを待とうと横になるとうとうとしてしまい、下の娘に「まだいかなくていいの？」と起こされる。気づけば九時半を回っていた。ちょうど小雨になったところだったので家を出て自転車に乗ると、保育園に着くまでに大降りに。娘を受け渡してから、保育園の軒先で小雨になるのを待った。一〇分ほど待ち、小降りになったタイミングで戻る。

帰り道にある古い喫茶店へ。代田橋に住んで長いが、なかなか入る勇気のなかったこの喫茶店に初めて入ったのはつい最近のこと。キッチンのおじさんとホールのおばあさんの二人で切り盛りしている。そのときはオリンピックの生放送をテレビで流していた。地元の人が常連らしく、オリンピック開催中に何度か行ったが、お客がいなかったことは一度もない。ここのサンドイッチセットのたまごサンドが美味しい。ゆで卵ではなく、しょっぱい卵焼きをマヨネーズとハムと一緒に挟むタイプ。出来立てのあたたかいのもいい。しかし、テレビが爆音なのと、冷房が効き過ぎているのであまり長居できない。昨日砂鉄さんからもらった小田嶋隆『ポエムに万歳！』を読む。

家に戻って、読みかけの内澤旬子『漂うままに島に着き』を再開。今日は展示会に行こうと思っていたのだが、もう正午を回ってしまった。友人が明後日行くというので一緒に行くことにする。晴れてきたので洗濯物を外に出す。上の娘を早く帰らせて一緒にお見舞いに行くかどうか。そんなことを考えていたらいつの間にか眠ってしまった。

気づけばすでに一六時。今日はお見舞いを諦めることに。石田さんにメールすると、着替えは明日で間に合うという。

どうやら私は疲れている。子どもと三人で過ごして一週間以上経った。すべてを自分のペースでできるのは気楽なのだが、誰にも手を貸してもらえないというのは負担が大きいのかもしれない。洗濯物を取り込むものの半乾き。近所のコインランドリーへ。上の娘がちょうど帰ってくる時間なので途中まで迎えに行くと、一緒に帰って来ていたひまちゃんの家にこのまま遊びに行っていいかと言う。一八時には帰ってくるように言うと、ランドセルを私の自転車のカゴに放り出し、二人で走って行ってしまった。コインランドリーの回収を頼もうと思っていたのだが、あてが外れた。

保育園に下の娘のお迎え。石田さんからメールが届く。

「金曜日の昼過ぎに来れる？　やっぱり手術になるらしくてその話をしたいって」

金曜は展示会に行く約束をしていたが、一五時には病院へ行こうと思っていた。そして明日も病院は行くつもりだ。

「明日はだめみたい。なんかさっき初めて来た偉そうな先生が金曜日の昼過ぎしか時間がないらしい。それじゃなかったら月曜か火曜の夕方らしいんだけど早いほうがいいって。金曜日の一五時でもいいか確認とってもらってるけど明日にならないとわからない」

早いほうがいい。またこれか、と思った。手術は予想していたのだが、緊急を要するというのはどういうことなんだろう。その偉そうな先生のスケジュールに合わせないといけないらしく、結局金曜の一三時から一四時ということになった。一体何を聞かされるのだろう。石田さんは昨日の検査のあと、夜中まで吐き気で苦しかったらしいが、今日の夕飯から食事が出るらしい。長い絶食期間が終わったようだ。少しは太ってくれるといいのだが、手術をするとなると難しいだろう。痩せた石田さんを見るのは辛い。

家に戻ると実家から荷物が届いていた。頼んでもないのに、連絡もよこさず突然こうして送ってくる。私のフェイスブックを母方の叔父と叔母は見ていて、早々に石田さんは大丈夫かと連絡が来たのだが、母にも伝えたのだろうか。段ボールの封を開けると、袋麺とカップ麺、ペットボトルの炭酸ジュースが三本、キットカットのファミリーパック、サラダ油二本、ジャムが二瓶、実家で採れたらしきたくさんの芋類、そして大量の母お手製のキュウリの漬物があり、その下に米袋三〇キロの玄米が入っていた。

毎回思うのだが、配達の人も重くて大変だろう。連絡もよこさずに送ってくるものだから、前に届いた玄米がまるまる余っている。こうなると、感謝の気持ちもわかない。

案の定、娘たち宛に手紙が入っていた。文面からすると、石田さんの入院のことは知らないらしい。

家にあったものを詰めたということと、来週地域の運動会に出るという報告が書いてあり、最後に「どうなっとるんじゃろうね……」と唐突な一文が添えられていた。十中八九、私のことを言っているのだろう。夏の一件から一切連絡をしていない。する気にもならない。

夕飯を作りながら風呂の準備をしようとしたのだが、面倒になり銭湯へ行くことにした。娘たちは土日に華ちゃんと村田に連れてきてもらっているが、私は久々。しかし今年の夏は何度か三人で通った。まだあの頃は石田さんが家に居て、遅番や通しで帰りが遅いときに行っていた。銭湯から上がって休憩所で娘たちと飲むジュースと帰り道が好きだ。風呂上がりはみんな上機嫌になる。

家に戻ってすぐに消灯。上の娘は目覚ましをかけ、枕元に宿題を置いている。明日起きてすぐにやると言う。明日こそ六時に起きたい。

9月8日（木）雨時々曇り

目が覚めると七時過ぎ。また寝坊してしまった。もう、こう毎日ともなると皆焦りもしない。冷凍ご飯をチンし、しそ昆布を入れたおにぎりを二つ作る。冷やしておいた巨峰と一緒にテーブルに出し、私は実家から届いたカップ麺の天ぷらそばで朝食。上の娘は宿題をしてから一五分遅れで学校へ。今日も台風の影響か、朝から雨が降ったりやんだり。やんだタイミングを見計らって下の娘を保育園へ連れて行く。

保育園へ送った帰り、久々に救世軍バザーへ。昔は毎週のように掘り出し物を探しに行ったものだ。一般公開は土曜日で、木曜日は業者向けということになっているが、厳密でないので誰でも入れる。木曜のほうが掘り出し物は多く、今日は石田さんの病院用の寝巻があればと思ったものの、いいものが見つけられなかった。甚平がすべて五〇〇円で売っていたので少し迷ったが、もう夏も終わる。

本のコーナーで『ちびまる子ちゃん』のコミックが三冊出ていたので購入。バザーでコミックは一冊五〇円。ちなみに文庫は三冊一〇〇円。この前ブックオフで一〇〇円で買った『人間の土地』も発見。文具コーナーで上の娘の自由帳、新品で二〇円。

今日はミュージシャンのCARRE鈴木君が車でお見舞いに行くというので環七沿いで拾ってもらうことに。デザイナーの坂脇慶君も一緒に来るという。二人ともかなり久々に会ったが付き合いは長い。病院でフクユーも合流するらしい。フクユーは映像ディレクターをしていて、慶君と組んでここ最近の石田さんのPVを作ってくれている。

みんな、石田さんとは何度も会っているはずなのだが、本人を前にすると緊張してか毎回静かになる。みんな私と同世代くらいなので、石田さんはレジェンドなのだそうだ。病状のことなんかを話していると、

「そういえば今日、病室の窓から外見てたんだけど、カラスの群れが向こうに飛んでいくんだよ。なんだろうと思って見てみたら、あ、そういえば堀ノ内の火葬場があるって気づいて。ここから火葬場まで一直線」

と言って石田さんが笑う。つられて笑ったが、そういえばそうだ。結構いろんな人の火葬やってるよね、と言ってから思い出した。石田さんのお母さんもそうだった。そしてすぐそこにある佼成《こうせい》学園高校は、宗教に傾倒し始めた石田さんのお母さんが、中学生だった石田さんにすすめ、見学まで行かされたという高校だ。どこまでも馴染みがある。

「この病院自体は宗教関係あるんですか」

と鈴木君が聞いた。私も佼成病院と聞いて、最初からあまりいい気はしていないのだが、ここを紹介してくれた近所のクリニックの先生からも「宗教関係ないですから」と念を押されたらしい。やはり名前だけで避ける人もいるだろう。でも、これだけ近所だと良かったよね、という話に。まあ、近くに大きい病院は他にないのだが。

「夜景がすごそうですね」と慶君が言う。ここから新宿のビル群をまっすぐ見渡せるのだが、いつの間にか外は大雨が降っている。さっきまで降る気配はなかったので、洗濯物を干してきてしまった。全滅だ。またコインランドリーか。

一時間ほど話してから、着替えを受け取って石田さんと別れた。一階まで降りると、フクユーがカフェをのぞきたいというのでみんなで行くことに。フクユーと慶君は焼きカレー、私と鈴木君はドリンクを頼む。三人ともそれぞれ出会った時期は違うが、だいたい一〇年くらいの付き合いになる。中でもフクユーが一番長く、高円寺の汚いライブハウスでフクユーのバンドの写真を撮ったこともある。昔話になり、フクユーが恐ろしいことを言い出した。それこそ一〇年くらい前、「素人の乱」の松本哉《はじめ》さんが選挙に出たときに、ハードコア界隈の人たちが応援演説と称して高円寺の駅前でライブをするという、ちょっとしたお祭り騒ぎがあった。私もよく見に行っていたのだが、みんなが政治のことを話している中で、私だけがＥＣＤのことで盛り上がっていたという。

「いっちゃんがクラブ帰りに中野の道の真ん中で「ＥＣＤと付き合いたいー！」って叫んでたの、よく憶えてるよ」

絶句。まったく記憶にない。しかしそんなことを言い出しかねない自分がいるのもわかるのだ。

「昔からいっちゃんは早めに子どもを産んで、落ち着いたら仕事をバリバリするって言うとったけど、それが現実になっとるな」

と慶君。本当にそうだ。そしていま、私の周りではまさにベビーラッシュが来ている。ＳＮＳを見ていると、毎回誰かしらの妊娠を知るような気がする。慶君の周りでは結婚が増えているらしい。みんな三〇代も半ば近く、なかなかいい歳だ。

「あんなしゃべる石田さん、初めて見た気がするで。いっちゃんも石田さんも、なんかテンション上がっとるな」

慶君が鋭いことを言う。何が起こるかわからない毎日は、確かに刺激的で、少しおもしろがっている部分もある。みんながお見舞いに来てくれて嬉しいのもあるだろう。なんというか、ずっと突っ走っている感じだ。

フクユーは去年から石田さんのドキュメンタリーを撮りたいと言っていたのだが、なかなか着手しなかったことを悔やんでいた。「いまからでも遅《おそ》ない気がするで」と慶君がフクユーに言う。

夕方、家に帰って夕飯まで原稿書き。夕飯に茄子と豚肉の焼き浸し、冷奴。今日はコンビニでかき氷を買っておいたので、それを餌に宿題をやらせる。いまはリットルとデシリットルを勉強中らしい。

寝る前、上の娘が急に、

「今日からおしゃぶりやめて、これをまくらにする」

と言って、いままでないと寝つけなかった毛布を、きれいにたたんで頭の下に敷いた。毛布とおしゃぶりはセットだった。驚いて、どうしてやめることにしたの？　と聞くと、指にできたしゃぶりだこを恥ずかしいと思っていたらしく、実は学校でもその指を隠していたという。

「かくすのがめんどくさくなったから、おしゃぶりやめるの」

いつまでおしゃぶりをするんだろうと思っていたのだが、無理やりやめさせるほどでもないとこれまで放っておいた。こうして自分で納得して前に進めたのだから、間違っていなかったんだとほっとした。娘が生まれたときに東京に来た私の母がキディランドで買ってきた、八年物の毛布。

娘たち二人とも、かき氷を食べながら『ちびまる子ちゃん』のコミックを夢中で読んでいる。その光景がいかにも子どもで、思わず笑ってしまった。

9月9日（金）晴れ

今日は六時半に起きた。トーストを焼こうと台所へ行くと、なぜか死んでひっくり返っているゴキブリが。苦手なのであまり見ないようにするが、間違いない。ティッシュごしに触るのも嫌なので、すぐに掃除機で吸い込む。しかし死んでいてよかった。生きているのを見ようものなら私は対処できないし、そんなときはいつも石田さんにどうにかしてもらっていた。どうして死んでいたのかはわからないが、猫がどうにかしたのだろうか。ともかく助かった。

午前中に池袋へ、展示会をのぞきに行く。帰りに新宿からバスに乗って病院へ。病室に入ると、石田さんが、

「おっ、ちょうど五分前」

と言う。石田さんはいつでも時間厳守で、約束の時間より早く着くタイプの人。

机の上に坪内祐三『文庫本宝船』という本がある。編集者の宮里さんが持ってきてくれたという。分厚《ぶあつ》、と言うと、文庫本の書評集で、一編が短いのでこれなら読めるらしい。そういえば石田さんの『失点イン・ザ・パーク』の帯も坪内さんだったな。「何てリアルな表現だ。」忘れられない帯文。そうこうしていると先生が呼びに来て、前にも説明を受けた個室へ。私と石田さんが入って座ると、うしろに三人、見習いのような若い人たちが並んだ。

最初に目をやったモニターにある文字を見て、思わず石田さんと顔を見合わせた。そこには「進行癌」と記されていた。

そこから延々と先生の説明が始まったのだが、CTスキャンと胃カメラの写真を見ながら、先生は

とてもわかりやすく丁寧に、言葉を選んで伝えてくれた。大腸にある腫瘍も、食道にある腫瘍も、進行性の癌だった。それはもうくっきりと大きな腫瘍が写っている。

来週水曜には直腸の癌を摘出する手術をする予定だという。手術は朝九時くらいから始めて、一三時には終わるらしい。術後に説明をしたいので、なるべく立ち会ってほしいと言われたのだが、私はその日に大きい仕事が入っている。渋い顔をしていると、先生も困ったように、どうしても難しいようなら来られる時間でいいと言う。あとで仕事先の人に時間の前倒しができるか聞いてみなければいけない。どれほどの手術なのかはわからないが、もしものときもあるのだろう。こんなとき、仕事を優先させていいのだろうか。先生からはいざというときのために、いつでも電話には出れるようにしておいてほしいと言われる。

大腸の癌はかなり進んでおり、手術をすることで全部の癌をとりきれるかわからないこと、人工肛門になる可能性や合併症のことをかなり細かく説明された。食道のほうは癌がかなり大きく、近くの臓器にまでくっついている状態らしい。これをとることは難しく、やろうとして失敗すれば出血多量でそれこそ死んでしまうし、何度も手術をすると体力がなくなる。なのでこれは化学療法で小さくしていくしかないと言われる。

癌がくっついてしまっているという臓器のひとつに、腹部大動脈があるらしい。腹部大動脈と聞いて義弟を思い出した。彼はそこを自ら刺して死んだ。石田さんもきっと同じことを考えていただろう。説明を聞きながら時々目を合わせる。いつもと変わらない表情だが、少し青ざめているようにも見える。そして、おそらくリンパに転移もしているだろうと。CTスキャンに影が写っている。どちらも、ステージでいえば2か3。おそらく食道のほうは転移が見えるので3だろうとのことだった。

思いもよらぬことを連続で言われ、ショックなのだが、なぜかテンションが上がっている。それは、思いもよらないことのはずなのだが、どこかで予想もしていた。ここまでではないと思っていたのだ。なんだかすべての説明が、延命治療の話をしているように聞こえる。ここで普通の人は泣いたり、取り乱したりするのだろうか。説明を聞きながらも、そんなことを頭の片隅で考えていた。

そして、金だ。

「治療は国保でできるんですか?」

高額医療費の申請はしているが、それでまかなえるのだろうか。こんな手術、かなりの金額がかかるはずだ。

「この中に自費の治療はありませんよ、全部保険の範囲内です。いまは医療費が高額になったときの……」

と先生が言ったところで、石田さんがすでに申請したことを伝えた。石田さんは月々四万円弱で癌の治療をすることになる。

悲観している暇はない気がした。聞けばこの癌は二〜三年、もしかすると五年前からあるはずだという。

「死ぬんですか?」

一番気になっていたことを先生にそのままぶつける。

「何もしないで放っておけば、早くて二、三ヶ月、長くて七、八ヶ月、平均して半年で死にます」

「えー！」

私は心から驚いて大声を出していた。思えば今日この場で、えーとかあーしか言っていない気がする。最近ネットで、雑誌でさえも語彙力がなくなり「やばい」や「すごい」が表紙に踊るようになったと話題になっていた。私もまさにその状態だ。頭の中は「やばい」で一杯で、それを口に出そうとすると「えー」しか言えないのだ。涙も出ず、ただただ驚き続けた。石田さんは、そのうち死ぬのだ。その事実が信じられず、また、えー！　と誰にともなく言ってしまう。

「もしも癌だったら、ガーン！　って言うんだ」

と石田さんに冗談を飛ばしていた自分を笑えない。

とりあえず大腸癌の手術を早急にやり、早ければ二週間後に退院。家で療養し、体力をつけ、その後食道癌の抗がん剤治療に進むという。抗がん剤が合うかもわからないし、癌が小さくなるかもわからない。でも何もやらないよりはやったほうがいい。やって何年も生きる人もいれば、すぐに亡くなってしまう人もいる、と先生が言う。複雑な体の中のCTスキャンを見ていると、癌を確実にとり切るのが難しいことも、絶対に治ると言えないことも、よくわかる気がした。

最後に承諾書らしきプリントに石田さんがサインをし、私も一緒に説明を聞いた者としてサインを書いた。続柄は妻。何か気になることがあればなんでも、いつでも聞いてください、と先生がまっすぐな瞳で言い、説明に使ったすべてのプリントのコピーをすぐに渡してくれた。二時間以上経っていたが、本当に一瞬の出来事だった。

個室を出て石田さんと病室に歩いて戻ると、

「あんな風に余命宣告って突然するもの？」

と石田さんが力なく笑った。大変なことになっちゃったね、と言いデイルームに二人で座る。

「え、石田さん、死ぬの？」

笑いながら私が聞くと、

「うーん、くらしが中学入るまでかなあ。先生は、長くても五年って言ってたね。それ以上長く生きられるみたいなことは言わなかったよね」

と半笑いで返す。

来週の手術の日に、ギャラの高い仕事が入っていることを言うと、それはやったほうがいい、と。

「これからお金かかるし。いろいろすみませんね」

そう言われて、気がついた。そうだ、もう私が働くしかないのだ。さっき石田さんは、仕事が続けられるかどうか聞いていたが、抗がん剤治療をしながら仕事を続けている人もたくさんいると言っていた。しかし石田さんのいまの仕事は難しそうだ。なによりさっきの説明で、なんとなく、長くはなさそうだということがわかってしまった。それは石田さんも同じだろう。

よし、これをネタに稼ごう！　急に明るい気分になって私が言う。死ぬ前に一花咲かせよう！　と笑い、石田さんもツイッターに癌告知をされたと書くと言い出した。

「ツイッターに書いたらすぐに広まるから、仕事が増えるかもね」

「ベストアルバム作らないとな、あ、次来るときにこれまでのアルバム持ってきて」

最新作から過去四枚分を持ってきてほしいという。ベストアルバムは前に一度出しているので、新しいものから選んで作る気らしい。一年に一枚出しているので四年分になる。私はどれもちゃんと聞いていていない。

「でもツイッターに書いたら親父にもバレるかな、親父にばれたらショックでそれこそやばいことになりそうだからまずいな」

私も親には言わないつもりだが、どうなるだろう。どこかで伝わり、連絡が来るだろうか。

「石田さん死んだら、シングルマザーじゃん」

「あー、次の人探さないとね」

石田さんが死んだら一緒に住もうと神田さんに冗談で言った話をすると、

「神田さんならいいじゃん」

と笑う。まあ、彼女いるし、どうなるかねえ、と返す。

一緒に一階まで降りて、もらった説明書のコピーをとると、「持っといて」とそれを渡された。これ見て原稿書く参考にするわ、と笑う。石田さんも今日のことをどこかで書くだろう。こういうところが、私たちは似ているのかもしれない。今日ほどたくさん話したのはどれくらいぶりだろう。なんだかおかしな連帯感が生まれている。

子どもたちには言わないほうがいいね、という話になったが、来週の手術後は連れてきてほしいと、珍しく石田さんから要望があった。顔、見たいから、と。

病院を出てすぐに神田さんに電話した。テンションが上がってしまい、笑いながら「神田さんならいいよ」って言われたよと話した。神田さんはかなりショックを受けている様子で、それがおかしくてまた笑う。

「俺、いつでもなんでも手伝うよ」

と、頼りない神田さんが言う。私は、やるしかない！ と連呼していた。それ以外に、言葉が見つからない。バスが来たので電話を切り、一人になった。静かになると、なんだか一気に力が抜けてしまうようだった。

このまま保育園へ迎えに行こうと思い、バス停からまっすぐ向かった。保育園へ着き、ふと時間を見るとまだ一五時半過ぎだ。ぼんやりしていて、時間を確認しないで来てしまった。いつもより二時間ほど早い。仕方ないのでそのまま下の娘を連れて帰る。少し一人になる時間が必要だったかもしれないな、と思いつつ、いつも通りにふるまう。しかし何かが明らかに違う。今日の午前までと、説明を聞いてからの世界が、まったく別物になったような気がした。周りは何も変わらないはずなのに。

下の娘は保育園でおやつを食べられなかったので、何か買いに行こうか、とスーパーへ寄ることにした。少し歩くけど、京王ストアへ行っていい？ と聞き、駅前の京王ストアへ。入院したてのときにここで夏物のパジャマを買ったのだが、もう一セット買うことに。もう秋だ、長袖のネル素材でおかしくないだろう。運良く二〇パーセントオフの日だった。

「あ、明日ＡｍａｚｏｎからＣＤが一枚届くので頼みます」と石田さんからメールが届いたので笑った。いつものメールだと思い、なんだかその瞬間はほっとする。こういうこともそのうちなくなるのだろうか。

手をつないでいる下の娘を見てふと思った。子どもたちを、一人で育てなければいけなくなるかもしれないのだ。これは、大変なことになったのでは。

家に戻り、石田さんに頼まれたＣＤを探すが見つからない。石田さんがツイッターに進行癌だと書いたらしく、数件、友人からメールと電話が来た。説明するたびにテンションが上がり、電話を切るとどっと落ち込むような気がした。ずっと体がふわふわとしているようで、まったく落ち着かない。

石田さんが死ぬかもしれないなんて、あと五年生きられないかもしれないなんて、昨日まで思ってもみなかった。それは石田さんも言っていた。自分だけは癌にならないと思っていた、と。

夕飯を作る気になれず、ハムエッグにキャベツという朝食のようなメニューを作り、一八時半にシッターさんに交代してもらい家を出た。今日はシッター業者のいつものシッターさんに前から予約していたのだ。一九時から新宿で砂鉄さんのトークショーがあり、招待してもらっていた。シッターも直前だとキャンセル料がかかるので、まあ私がトークショーへ行こうが行くまいが、癌がどうなるわけでもなし。とにかく向かうことにした。

一人電車を待っていると、ふと涙が出そうになり、いまか、と思った。石田さんが死ぬかもしれないという考えが、すぐうしろにある感じがする。

ホームに座っていると、編集者の宮里さんが電話をくれたので、また少し説明をする。一度お見舞いに来てくれたのだが、また近々行きますとのこと。

「植本さんも、看病とか大変だと思いますから、体に気をつけてくださいね。なんでも言ってください」

と言われ、電話を切った。宮里さんに頼まれている原稿を、石田さんは書けるだろうか、そして無事に出せるのだろうか。来年、同じタイミングで本が出せれば、隣に並べられるね、とこの前石田さんと話したところだった。電車に乗り、ごった返す東口への乗り換え通路を歩いていると、また涙がこみあげてきた。あの人死ぬかもしれない。体がふわふわとしている。

ふと雑踏の中で、この悲しみは、私にしかわからないんだ、と当たり前のことを思い絶望した。誰にもわかってもらえないものを、私は抱えてしまったのだ。それはどこに捨てることも渡すこともできない。そう思うと、急に恐ろしくなった。「今度こそ一人で立ちなさい」と誰かに言われているような気がした。私は結局、石田さんに甘えきっていたのかもしれない。どんなに嫌だと思っても、いなくなるのを考えたことがないことに気がつく。石田さんは近々、どこにもいなくなるかもしれない。

石田さんに頼まれていたLANケーブルをヨドバシで買い、一〇分遅れで会場に入った。『VERY』の副編集長も来ている。あんなに楽しみにしていたトークショーだったのに、会話がまったく頭に入ってこない。終わる頃、朝日出版社の編集の綾女《あやめ》さんが会場に入ってきたのに気がついた。トークショーが終わり、副編集長に話しかけられる。ツイッターで石田さんの癌のことを知ったらしく、近々予定していた砂鉄さんとの『VERY』での対談も、延期してもいいとのこと。今度『VERY』主催のイベントで、小島慶子さんを紹介してもらう約束もある。いやいや、逆に稼がないといけないのでそのままで大丈夫です、とお願いした。そうですか？　なら是非是非、と副編集長。

　砂鉄さんが近づいてきて、同じ列に座っていた小柄な女性を紹介された。砂鉄さんの奥さんだ。聞けば同い年で、誕生日も四日違いだった。『かなわない』もよかったですと、微笑んで言う。朝日出版社の営業の橋本さんもいて、石田さん大丈夫ですか？　と聞かれ、つい、

「何かあるなら、早めに依頼したほうがいいです」

　と言ってしまう。橋本さんはヒップホップ好きで、前に「石田さんに朝日出版社でも何か書いてほしいです」と言ってくれていたのだ。砂鉄さんがまっすぐこっちを見て、

「回復を祈っています」

　とだけ言った。

　砂鉄さんの奥さんと綾女さんと、会場の外で砂鉄さんを待っていると、綾女さんから「大丈夫なの？」と聞かれる。もうそのときは、大丈夫ですとは言えず、気づけば顔が歪んでしまった。二人とも何も言えなくなってしまう。大丈夫じゃないとも言えず、何も言えない。言葉にならないというのはこういうことなんだなと思った。涙しか出てこない。シッターの終わりの時間まで少しあったので、

お茶でもしましょうか、ということになった。近くの喫茶店「らんぶる」で、またテンション高く今日の話をしてしまう。二人ともただ聞いてくれた。また、やるしかない、やるしかない！　と言っている。やるしかない、が便利な言葉になりつつある。

砂鉄さんの奥さんの知人にも癌の人がいるらしく、入院中に限って仕事の連絡が来るのだという。癌が見つかってからのほうが仕事に力が入っているらしい。「仕事でもしないと気が持たないのかなと思った」と砂鉄さんの奥さんが言っていたが、私はわかるような気がした。死んだら仕事もできなくなる。仕事は、自分が生きていた証拠でもある。

同じ路線なので一緒に帰りましょうと、砂鉄さんの奥さんが各停に乗ってくれたので二駅ほど本の話をした。同い年ということもあり、そうだ、お互い厄年だね、と笑った。電車を降りて一人になると、また暗くなる。思えば今年は、まさに厄年らしい厄年だ。精神的に堪《こた》えることが、立て続けに起きている。

家に戻り、シッターさんに三時間七〇〇〇円弱を払う。うち五〇〇〇円分は杉並子育て応援券。

そういえば昼間、神田さんと村田と華ちゃんに、癌がわかったので、シッターが増えるかもしれないことをＬＩＮＥで伝えた。助けてね、と。みんな快諾してくれた。

いま、この瞬間、一人でいることが辛い。神田さんとＬＩＮＥをしたり、いろんな人とメールをした。石田さんのツイッターを何度も見返す。「いいね」の数が増えていく。何かしていないと、ふいに涙が出てしまう。この世界にひとりぼっちな気がして、暗い気持ちが押し寄せてくる。

あぁ、これまで私は、一人じゃなかったんだ、と思った。いつもそばに、石田さんがいたのだ。石田さんは、どこに行ってしまったんだろう。

9月10日(土) 晴れ

結局あまり眠れなかった。「癌　ステージ3　余命」なんかで検索してしまったから仕方ない。思えば怒涛の一日だった。

朝、石田さんからメールでリンクが届いていた。開いてみると、「マキシマムザホルモン」のナヲさんが、第二子を出産したというツイート。私も昨日、ツイッターのタイムラインで流れてきて知っていた。ナヲさんの上のお子さんはうちの娘と同じ保育園に通っていて、同じクラスでもある。そういえば最近ナヲさんに会わないと思っていたら、こんなことになっていたとは。不妊治療のためにライブもお休みされていたので、喜ばしい限り。かたや余命宣告、かたや生まれる命。

石田さんはツイッターで告知をしてから、知らない人から電話があったという。重粒子線治療が抗がん剤より効く、という話をされたらしい。

「香山リカさんもDMで、セカンドオピニオンというのもありますから知り合いの消化器系の医者紹介できますよ、と言ってくれるんだけど、まあ、そういうのはいいかな」

「私も昨日いろいろ検索していて、大腸の手術は虎の門病院がうまいというのにたどり着いたんだけど、なんかもうね」

「あれだけゴツいの見ちゃうとね」

確かに。そして食道癌が手術でとれないなんて、笑うしかない。

「残された時間で稼ぐこと考えるしかないっす」

昨日上司にも退職する旨を伝えたという。

「晩年は物書きだよ、物書き」

励ますわけでもなく、本気でそう送った。

午前中に撮影一件。午後、娘たちと一緒にお見舞いへ。心配した神田さんから連絡があり、お見舞いに来てくれるという。病院に着くとまた見慣れた顔が。前から吉祥寺の親父が笑顔で近づいてくる。午後早い時間にきたらしいのだが、私たちが来ると知って待っていたらしい。

デイルームへ行こうということになり、子どもたちと親父が先に行くと、石田さんが小声で、親父に言ったよ、と言う。かなりショックを受けている、と。

そうこうしていると神田さんもやってきて、六人でテーブルを囲む。

「一子さんの友達?」と親父が聞くので「ベビーシッターしてくれてる人だよ」と説明すると「シニアシッターはやらないか?」と冗談を言って笑っている。しかしいつものように一人でしゃべり倒すことはなかった。明らかに元気がない。

「義則が退院したらさ、みんなで温泉でも行きたいと思ってるんだよ」

と親父が独り言のように言う。

自分が死ぬとわかったら、私はどうするだろう。行きたいと思っていたところにひとつ残らず行こうとしたりするのだろうか。やりたいと思うことをやり尽くすのだろうか。会いたい人には、会いに行くかもしれない。まったく想像がつかない。

バスで帰ると、近所の商店街でお祭りをやっている。疲れているのでスルーしようとするのだが、子どもたちは名残惜しそう。家に戻って横になると、あっという間に睡魔に襲われた。この感じは、二週間前に高松から帰ってきて病院に初めて行った日のようだ。というか、あれから二週間も経っている。あっという間すぎる。うとうとしていると、娘たちがどうしてもお祭りに行きたいと言うので、二人で行ってきて、と千円札を渡した。喜んで家を出て行き、つかの間の休み、と思い一人で寝ていると、いつの間にかバタバタと戻ってきた。手にはわたがしやらなんやら、家の下の自動販売機でジュースまで買っている。おつりは？　と聞くと三〇〇円を返してくるので、全部でいくらかかったか聞くのだが、わかんないの一点張り。人生楽しそうで羨ましい。

夕方に起きて白米を炊き、とろろ芋を摩《す》りおろしたのと、賞味期限の少し切れた納豆、解凍したいくらを食卓に出し、昨日のおかずの残りで夕飯。なんだかぐったりと疲れている。子どもたちも二一時前には早々に寝てしまったので、原稿を書こうとパソコンを開くのだが、まったく書く気になれない。昨日の今日なのだ。まだまだ実感がわかず、落ち着かない。いろんな人とメールのやりとりをして気をまぎらわせた。みんな優しい。そもそも、優しい人にしかメールを送らないし、優しい人しか周りにはいない。

ツイッターとインスタグラムのフォロワー数だけが、何も発言していないのに増えていくのが気持ち悪い。

9月11日（日）曇り

朝起きたらカープが優勝していた。興味はないけど、やっぱりちょっと嬉しい。小さい頃、広島市民球場にナイターを一度だけ観に行った。球場の眩しいライトを憶えている。

昨夜、二一時過ぎには泥のように眠り込んでしまった。明日は日曜だから寝坊しようね、と子どもたちにも伝えたはずなのに、なぜか下の娘が五時半に起こしてくる。本気で意味がわからない。テレビを爆音で流すので「お願いだから小さくして……」と言ってまた眠りについた。

「朝ごはんまだ？」と言われ目が覚めると九時前。朝食に、昨日の夕飯の残りのとろろ、納豆、いくらを出す。上の娘はとろろといくらで食べていたが、下の娘は嫌だと言い、卵かけ御飯に。最近下の娘のわがままが多くなったような。何か我慢していることへの反動だろうか。

昨日の夕飯の皿洗いやら洗濯干し、上の娘の上履きなんかを洗っていたらあっという間に一〇時半。今日は一一時過ぎにタバブックスの宮川さんがお見舞いに来てくれるというので、それに合わせて病院へ向かう。最寄り駅から阿佐ヶ谷行きのバスに乗り、上の娘がパスモをタッチしようとすると、運転手さんから「土日は小学生五〇円ですよ」と言われる。京王バスで現金のみのキャンペーンらしい。この路線は都営バスと京王バスが走っている。今度から土日はなるべく京王バスを狙おう。

一一時過ぎに病院へ到着。受付で日時などを書くとき、今日が「9・11」だと気づいた。同時多発テロは何年前だっけ。石田さんがそのときのことを書いた文章がよかったのだが、タイトルや掲載誌を思い出せない。

病室へ行き、ベッド脇にある差し込み口に持ってきたLANケーブルを挿してみるが、穴が合わない。インターネットができると入院案内に書いてあったので有線かと思ったのだが、ナースステーションで聞いてみると、テレビ上で簡単なインターネットができるだけだった。パソコンは持ってきてもいいのだが、回線をつなげられるわけではないらしい。

昨夜、TBSラジオの「ライムスター宇多丸のウィークエンド・シャッフル」という番組で、石田さんに向けて宇多丸さんから応援メッセージがあり、曲もかけてくれたらしい。番組の文字起こしをしている人のサイトで見たと石田さんが言う。

宮川さんがやってきて、お土産をいろいろといただく。子どもたちにも、ぬりえやおもちゃを持ってきてくれた。宮川さんが未亡人というのは聞いていたのだが、癌で旦那さんを亡くされたらしい。未亡人だとシングルマザー手当みたいなのは出るんですかと聞くと、ひとり親家庭の補助金やら遺族年金やらをもらっていると言う。石田さんは完全に年金を払っていないので、遺族年金は諦めているのだが、それでもまあなんとかなるだろうと思う。こんなことばかりいまから心配しても仕方ないのだが。

昼過ぎ、一旦病院を出て、歩いて東高円寺に住むみやもすの家へ。みやもすは一〇年来の友人で、昔はライブハウスでよく遊んでいた。子どもたちとみやもすを会わせるのは二年ぶりになる。それこそ二年前までは、みやもすにベビーシッターをたくさんお願いしていた。子どもたちが二歳も幼いと考えると、ベビーシッターもそれはそれは大変だったろうと思う。みやもすときすけ夫婦は妊娠を機に引っ越したものの、そう遠くには行かず、偶然にも今回の病院から歩いていける距離に住んでいる。

生まれた娘はメイホと言い、もう七ヶ月になる。今年の春に高円寺の駅前で一瞬会ったきりで、ずいぶん大きくなっていた。きすけも出勤前で在宅中。娘たちは二人ともメイホに大興奮で、順番に抱っこをしたり座らせたりと大忙し。いつもは昼寝をしないというメイホも、子どもたちに疲れたのか、途中でぐずりだし、私が抱っこで寝かしつけるとすぐに眠ってしまった。娘たちはメイホが寝てからも布団の周りにおもちゃを囲むように設置し、起きるのをいまかいまかと待ち構えている。

離乳食は六ヶ月から始めるものとされているのだが、七ヶ月になって始めたところ、通っている小児科の先生に怒られたとみやもすが言う。適当でいいんだよ、と昼食にコンビニで買ってきたカップ麺を子どもたちと食べながら話した。私も一人目のときはいろいろ不安だった。

気づけば一七時も過ぎていたので名残惜しいが帰宅。案の定「赤ちゃんがほしい、産んで」と上の娘が目を輝かせて言い出す。もう無理だよ、と言うものの、これだけ歳が離れていたら、子どもたちが面倒を見てくれて、楽な部分もあるのだろう。今日は小さいお母さんが二人いるようだった。うちは一歳半と歳が離れていないだけあり、いまとなっては一緒に同じ遊びができるので楽なのだが、小さい頃は本当に大変だった。

再び病院に戻ると、ちょうどいま、カウンター周りの人たちが集団で来て帰ったところだという。午後には野間さんも来たらしい。香山リカさんも来ると聞いていたが、来週になったそう。

いつものようにエレベーターホールまで石田さんが見送るとき下の娘が、「いっぱいねるんだよー！」と石田さんに言った。エレベーターに乗り込み、なんで言ったの？　と聞くと「いっぱいねたらげんきになるかなーっておもって」と言う。そうだね、いっぱい寝たら元気になるね。私もいっぱい寝たい。

帰りも運良く京王バスが来たのでそれに乗って帰る。今日は近所に住む友人のいそかよと銭湯に行くことになっている。いそかよは石田さんが癌だと知ってすぐに連絡をくれたのだが、最初は私もショックでそっけない返事しかできなかった。それからも何度か連絡をくれたので、話を聞いてもらうついでに銭湯へ行くことにしたのだ。娘たちとはしょっちゅう来ているのだが、こうして話し相手がいると、銭湯というのはいつまでもいられるところかもしれない。のぼせる寸前で出る。娘たちは水風呂と露天風呂を何往復もしていた。

近所にある人気店の「しゃけ小島」に行ってみると、運良く四人席が空いていたので夕飯を食べることにする。上しゃけ定食を二つ頼み、娘たちには取り皿で分けてやる。みんなで乾杯。久々に小瓶のビールを飲んだ。

二一時前に解散。今日はいろんな人に会い、疲れたが気もまぎれた。よい一日だったが、実家の親父から「荷物が届いたんなら一報ぐらい入れてもいいもんじゃが」とメールが届いていて、そんな気分はかき消された。頼んでもないのに勝手に荷物を送っておいて、恩着せがましいにもほどがある、と思ってしまう自分は相当親不幸かもしれない。

私は夏の一件を怒っている。許していない。当て付けのように石田さんの癌のことを返信しようかとも思ったがやめておいた。いつかどこかで知るだろう。もう実家には頼らないと決めたのだ。

9月12日（月）曇り

六時半起床。朝食トースト。上の娘が七時半に家を出ても、下の娘が起きようとしない。やっと起きたと思ったら、こっちに来てと珍しくしつこい。渋々そばに行くと、

「おとうさんずわりして」

と言う。大人しくあぐらをかくと、その上にどしっと座り込み、やっとトーストをかじり始めた。そういえばこれ、石田さんもやってたな、と思い出す。しばらくすると「もういいよ」と言って解放された。下の娘は結構繊細だ。上の娘でこういうことはあまりない。

保育園に着いて早々、園長先生が駆け寄ってきた。「お父さん大丈夫ですか？」と、事情を知っている様子。土日にネットのニュースでも見たのだろうか。今週予定している手術と、今後のことを簡

潔に伝える。保育園でできることがあればなんでも言ってくださいね、と園長先生。上の娘の小学校の先生にも、連絡ノートで事情を伝えたほうがいいのだろうか。

午前中、原稿書き。ひと段落して、玄米を精米しようと米びつの中をみると、明らかに玄米にダマができている。嫌な予感が的中してしまった。実家から食べきれないうちに玄米が届くので消費が滞り、この暑さで虫がわいたのだ。まだ成虫は見えないが、このダマ状の米の中には孵化する前の幼虫がいるはずだ。米をまとってミノムシのようになる。こうなるから、一方的に送られてくるのが嫌なのだ。いまは連絡をとっていないが、前に何度もお願いしてある。ありがたいけど、お願いするまで送らないで、と。こっちの米の消費量を向こうで勝手に計算し、その予定通りに送ってきているのが目に見える。こっちの事情なんてお構いなしだ。

一度虫がわいた玄米を精米して食べる気にはなれない。どうしようと思っていると、だんだんと怒りがこみあげてくる。なんでこんなわずらわしい思いをしなければいけないのか。ただでさえ石田さんのことで精一杯なのに。そう思うと、捨てよう、と次の瞬間には決めていた。勿体無いけれど仕方ない。あいにく、先週また送られてきた玄米も同じ量だけある。三〇キロ分はある玄米をゴミ袋三つに分けて入れた。明日あたりにはゴミ袋の中で羽化するかもしれない。気持ち悪い。ゴミ収集所に持って行くのも億劫だ。

新しい玄米を精米して家を出た。行きのスーパーで米の防虫剤を買う。

今日は一五時から写真学校で授業。学校まで歩きながらさっきの玄米について考えた。捨てるしかなかったが、まだあるから送らないでとちゃんと頼んでいたら、こんなことにはならなかったかもしれない、と。米を作るのにどれだけ労力がかかるか。自責の念にかられながらも、まだまだ怒りも残っている。そういえばさっき、親戚のおじちゃんから、石田さんは大丈夫かというＬＩＮＥも来ていた。おじちゃんも癌検診してね、と返信したが、実家に伝わるのも時間の問題だろう。

授業を終えて家に戻る。今日もマンションの下で上の娘と落ち合い、下の娘をギリギリの時間に迎えに行く。もうこのスケジュールにも慣れたが、今日で前期が終わり、二週間秋休みになる。一〇月から後期だ。しかし一八時も過ぎるとすっかり暗くなってしまった。もう夏は行ってしまったのだなと思う。眼鏡を忘れて迎えに行くと、目が見えなさすぎて恐ろしい。そういえば石田さんも病室に虫眼鏡を置いていた。老眼で小さい字が読めないのだという。

夕飯は簡単にお好み焼き。台所に立つとＴＢＳラジオをつけるのだが、月曜のこの時間は永六輔の番組。本人が死んでもなお続き、残された人たちが永さんの思い出話をしている。

風呂上がり、ふと気になって娘たちの歯をチェックしようと歯磨きをしてやると、下の娘の奥歯にとれない汚れがあることに気がついた。それも相当大きく、よくよく見てみると、思いっきり穴が空いている。まさかの虫歯、しかもすでに大穴。痛くなかったの？　と聞くと、たまに痛かったという。言いなよ！　と言いつつも、保育園の歯科検診任せにしていた自分が悪く、ショックが大きい。かわいそうなことをしてしまった。すぐにでも歯医者に連れて行きたいのだが、明日は夕方まで撮影がありギリギリのお迎えで、さらにその足でお見舞いに連れて行こうと思っていた。明後日が手術であり、もしものときのために、子どもたちを会わせておかなければと思っていたのだ。今週は私の仕事も毎日入っており、かつ手術もありで、本当に目一杯すぎるスケジュールになっている。

こんな風になるまで娘の歯を見なかった自分を呪った。玄米も、石田さんの癌も、同じようなものかもしれない。

夜、TBSラジオの「荻上チキ・Session-22」という番組の代打で、砂鉄さんがパーソナリティをするというので起きていたが、結局寝てしまった。外は雨が降り始めた。

9月13日（火）雨

六時半起床。朝食にハムエッグとトースト。朝から大雨。下の娘を送りに行き、帰り道で明日の撮影の担当編集さんに「明日も雨ですね」とメール。

明日は朝からロケで撮影があり、かつ手術の日なのだ。ずっと気にはなっていたが、ギャラの高い仕事ではあるし、断ることはしなかった。もしものことがあって仕事を優先させたことを後悔するかもしれないし、もしものことは起こらないかもしれない。いつでも電話には出られるようにしておいてと言われつつも、撮影中に本当に連絡があり、今すぐ来てほしいと言われたら、私はその場でクライアントに伝えることができるだろうか。仕事を優先させた以上、何があっても必ず予定通りに撮影を終えて病院に向かうだろう。『鉄道員《ぽっぽや》』の高倉健みたいに。果たしてそれでいいのか、という葛藤をずっと抱えていた。

撮影が延期にならないかな、と今日の大雨を見て思う。天気予報は何度もチェックしていたが、雨で中止になるということは考えていなかった。とにかく無事に終わることと、もしものときに自分はどうするだろう、ということばかり考えていたのだ。板挟みのような気分だった。

編集さんから着信があるのに気づかず、メールが届いていた。これからクライアントと打ち合わせだという。もしかすると、もしかするのだろうか。やきもきしながら待っていると着信。編集さんは雨でもやる気だったのだが、クライアント側が雨は写したくないと言っているらしい。植本さんはどう思われますか？　と聞かれ、クライアントがそう言うなら明日は降りそうだし厳しそうですね、と伝える。内心、ガッツポーズをとっていた。来週の空いている日を伝え、また連絡を待つことになった。

おそらく明日はばらしになるだろう。すぐ石田さんに「明日の撮影なくなったから、手術立ち会えるよ！」と連絡をする。

手術の開始にはいなくていいのか聞くと、わからないからあとでナースステーションで聞いてみてと言う。前に先生から説明を受けたときは、一三時くらいに終わるからそのときにいてくれれば説明ができると言われた。午前中は大丈夫だろうとたかをくくって、近所の歯医者に予約を入れる。下の娘の虫歯の治療だ。

そうこうしていると編集さんから連絡があり、明日は中止で来週に延期ということになった。なんだか体中の力が抜け、昼食にレトルトのカルボナーラを作って食べた。

午後、原宿で撮影一件。インタビューの撮影なので、本当は最後まで立ち会いたいのだが、上の娘が学童から帰る時間に合わせて、一六時半前に離脱。大変申し訳ない。

原宿駅まで走り、新宿での乗り換えに走り、一七時前にマンションの下で娘と落ち合う。保育園へ迎えに行き、その足で病院へ。今日はフクユーも撮影に来るといい、病院に着くと向こうからカメラを回しながら歩いてきた。

石田さんからさっき「ヤバい。今日は香山リカさんに奥田牛田も来る。有名人ばっかり」とメールがきていたので、もう誰か来たのか聞くと、香山リカさんが来たらしい。プレゼントの中に封筒が入っているのに気づかなかったらしく、見るとお見舞い金が入っていた。住所は書いていない。お見舞い返しというのは、回復したときに渡すものとネットには書いてあったが、回復しなかったら返さなくていいのかな？　とこのあいだ石田さんと話したところだ。

ついさっき、イリシットツボイ、クボタタケシ、磯部涼、そして石黒さんあたりの音楽関係者がこぞって来たらしく、もらったというどら焼きとパンを渡され、子どもたちが早速それを食べ始める。石田さんは明日の全身麻酔に向けて絶食だ。SEALDs関連の人たちはまだ来ていないらしい。

昨日はマコが来たという。マコは石田さんが三七歳のときに初めて付き合った女の子だ。私とマコは、石田さんと付き合い始めてすぐ、下北のホームで偶然会ったきりだ。マコのことは石田さんの本を読んで知っていたので、会えたことが嬉しかった。顔が笑っていたのか、

「よかった、笑ってくれた」

とマコに言われたのを憶えている。

ご当地キューピーをコレクションしているらしく、お守りにこけしのキューピーを置いていったと見せてくれた。いまはベビーマッサージの講師をしているそうで、赤ちゃんの人形を持って現れたという。

手術に必要なもので、売店で買ってきてと言われた「トライボール」なるものを探しに行く。小さいボールが三つプラスチックの筒の中に並んで入っていて、そこから出ているチューブを口で吸い込むことによって、ボールが浮き上がるようになっている。呼吸の練習ということらしい。値段を見ると四〇〇〇円弱もする。高い！ と言いつつも仕方ない。口をつけるものだから貸し出せないのだろう。それと大人用おしりふきを購入。娘がおしりふきを見て、あかちゃんのなのにどうして？ と聞いてきた。

デイルームで、手術室に持って行くものすべてに名前を書く。タオルやらパンツやら。石田さんの顔が暗いので、緊張してるの？ と聞くと、緊張してるよ、と。昔、ライブ前に同じことを聞いても同じように返してたな、と思い出した。

ナースステーションで明日何時に来ればいいのか聞くと、九時に手術室に入室するから、可能なら八時半には来てほしいということだった。終わってから来ればいいと思っていたので、予想外の返事。急に明日の予定が早くなった。手術がどれくらいに終わるかもわからないという。念のため、いつでも連絡がとれるように病院内で待っていてほしいとのことだった。

一九時前に帰ることに。奥田君に会えず残念。がんばってねーとみんなで声をかけた。帰り、少し歩いてサミットの百円均一で明日の暇つぶしのものを買うことに。そこまでフクユーがついてきてくれるというので四人で環七沿いを歩く。

突然下の娘が、フクユーとけっこんするの？　と聞いてくる。なんで？　しないよ、おとうさんいるじゃん、と言うと、だっておとうさんしむ（死ぬ）かもしれないんでしょ？　と言う。そんな話をしたつもりはないのだが、何かを察しているのだろうか。しかし明るく笑って言っている。まあ人はみんな死ぬからね、と答えた。子どもたちは「死」というものがわかっているのだろうか。私でさえよくわかっていない。フクユーは撮影がてら、明日も付き添ってくれるという。ありがたく心強い。

百均でシールなんかを買い込み、バスに乗って帰宅。二〇時前に家に着き、簡単に「うまかっちゃん」の袋麺で夕飯。娘たちには冷蔵庫にあったハムとゆで卵をのせた。私もソーセージをのせる。娘たちは一袋を半分ずつなのだが、それでも全部食べ切らなかった。私は完食したあと、なぜか食欲が止まらず、棚に置いてあった食べかけのサッポロポテトと、同じく食べかけのおせんべいをすごい勢いで食べ切ってしまう。ストレスだろうか。

娘たちを風呂に入れ、寝かしつけをしてから一人でコインランドリーへ。一五分ほどなのだが、家に戻ると下の娘が大泣きしている。目が覚めてしまったらしい。かわいそうなことをしてしまった。

皿洗いやら明日の準備をしていたらあっという間に二三時。明日は二人とも小学校と保育園を休ませるが、同じように六時過ぎには起きなければいけない。手術に行く石田さんを見送らなければ。ここ何日か寝坊できないというプレッシャーで、とても疲れている。

9月14日（水）曇り

何を勘違いしたのか、五時半に下の娘に起こされる。時計がまだ読めないから目が覚めたときに起こしてきたのだろう。まだ大丈夫だよ、と言って寝る。次に上の娘の目覚ましが六時に鳴る。眠すぎて、お母さんも目覚ましかけてるから大丈夫だよ、と言ってまた寝る。結局七時前に起床。トーストとスクランブルエッグ。子どもたちは朝は食欲がない。

八時少し前に家を出る。バス停まで歩く道すがら、何人か近所の小学生とすれ違った。上の娘はいつも七時半に家を出るのだが、こんな時間でも間に合うらしい。

バスが割とすぐ来たので、八時半前には病院へ着いた。いつも通り受付へ行くと「手術の立ち会いですか？」と聞かれる。通常の面会は一四時からだからだ。

病室へ行くと、いつものように石田さんが横になってテレビを見ていた。テーブルには手術着らしきものが置いてある。デイルームで四人で話していると、フクユーが遅れてやってきた。受付で間柄なんかをいろいろ聞かれ、足止めされたらしい。

「親戚ですって言えばよかったのに」

先に伝えればよかった。基本は家族しか手術中待てないのだ。

「じゃあ今日は一日親戚ね」

とフクユーに言う。

これ読んどいてって言われた、と石田さんから渡されたのは、人工肛門の生活についての冊子。パラパラとめくると、障害者認定のことも出てきた。人工肛門になるのだろうか。可能性はあるだろう。説明された気がするが思い出せない。

九時に手術室に入ると聞いていたが、九時半になったらしい。手術着に着替えてくださいと言われた石田さんは、白い前開きの手術着と、白いハイソックスを履いて病室から出てきた。まるでサッカー部のような足元だ。なにそれ、と言って笑っていると、エコノミークラス症候群を予防する靴下だという。売店で買うよう指示されたらしい。手術の説明のときも先生が言っていた。術後、安静にしすぎてエコノミークラス症候群になる人がいる。だから手術後にICUから一般病棟へ戻ったら、なるべく歩いてくださいね、と。意外だったが、まあ足の手術とかではないし、動けるものなのだろう。お腹にはへその下あたりにマジックで黒い丸が二つ記されている。その二箇所に穴を開けてチューブを通すらしい。前回の説明で先生が言っていた。

もうすぐ呼びますね、と看護婦さんに言われる。最後に写真を撮っておこうと思い、急いで石田さんと娘たちを並ばせて写真を撮った。娘たちも「写ルンです」で石田さんをたくさん撮っている。そしてフクユーも映像を回し続ける。手術室までご家族は行けないのでデイルームでお待ちくださいね、と言われ、その場で石田さんを見送る。後ろ姿をまた撮った。

まだ九時過ぎ。予定では一三時に終わると言われているがどうなるだろう。娘たちは昨日買ったシールブックやぬりえを早速テーブルに広げている。私もパソコンを持ってきたので、原稿を書き始める。

時計を見ると九時半。そろそろ始まったかな、と娘たちに言うもさほど興味はなさそうな様子。外は曇り。雨は降らなかった。でも仕事がなくなってよかったと心底思う。

看護師さんがやってきて、手術室に持って行くのに用意してほしいもので、紙おむつだけが入っていないと言う。紙おむつは石田さんからも買っておいてと言われなかった。石田さんが見落としていたのだろうか。まさか自分が紙おむつをするとは思ってもみなかったのかもしれない。二枚あれば十分なので、バラ売りのを買ってきてくださいと言われる。病院の売店は一階にあり、一見コンビニ風なのだが、やはり売っているものの雰囲気が少し違う。なんだか明るくないというか、若くないというか、コンビニ自体が、年寄りのような風貌をしている。午前中に初めて来たが、松屋の牛丼弁当が売っていた。通院している人向けかもしれない。

一時間、二時間と経ち、娘たちも飽きてきた様子。お菓子を食べたり、フクユーに遊んでもらったり。フクユーのカメラのレンズは指紋でベタベタに。私も集中して原稿が書けず、昨日の撮影の仕上げをしたり、デイルームに置いてある『週刊現代』や『ＳＰＡ！』を読んだり。眠いのだが寝ることもできない。一三時を過ぎてもまったく呼ばれる気配がない。

一四時前、石田さんのご家族の方、とやっと呼ばれ、ICUのある四階まで移動する。移動する前に間柄を聞かれ、子どもと、親戚です、と答えた。私だけ説明を聞くことになるかと思っていたが、どうやら全員大丈夫そうだ。先生が来るのでしばしお待ちください、と手術室の手前にある個室に通された。フクユーがテーブルにカメラを置いたので、回してるの？　と聞くと、一応、と不安そうに言う。

座る位置なんかを気にしてあたふたしていたら、先生が勢いよく手術着のまま入ってきた。ビニール手袋にはほんのり血がついていて、その手には大きな銀色の容れ物が。子どもがいることに驚いたようで、

「手術でとったものをお見せしようと思って持ってきたんですが、気持ち悪いからやめといたほうがいいですね」

と言い、引っ込めようとした。いやいや、大丈夫ですよ！　滅多に見れないですから、と言うと、大丈夫かな、とテーブルの上に銀の容れ物を不安そうに置いた。

それはそれは大きく真っ赤な臓器が載っている。子どもたちはこわい～と言うもののそこまで気持ち悪がらず、しっかりと見ている。私も、わぁ！　と声が出てしまい、思わず立ち上がってしまった。先生が指でめくったりして説明しながら見せてくれる。大腸癌がやはり筋肉にまで侵食していたので、それも一緒にとったと言い、硬そうな筋肉が臓器にくっついている。そしてこれが癌です、と言われたものは、もういかにも悪そうな色と形をしていた。

お腹を開けてみるまではどこまで侵食しているかわからないから、正直、どれだけとれるかわからなかったんですが、まあ大腸の癌のほうはとれたと思います。リンパも転移が見られたので、なんとかとりました。これから検体に出して、どれくらい転移していたかを見るところです。

転移しているということはステージ3だったのだろう。ギリギリだったのか、と思っていたら、先生が、で、と話を変えた。

ご本人を前にしたときは言いませんでしたが、余命がどうなるのかに影響を及ぼしているのは、正直、食道癌のほうです。前にもお話しした通り、心臓や大動脈に癒着してる状態でとれないですし、リンパの転移も見られる。これが他の臓器にも転移してきたら、ステージ4、末期ということになりますがそこまでではない。でもこれはもうとることは不可能なので、抗がん剤治療で小さくするしかないです。抗がん剤治療も効く効かないがありますし、本当は小さくして手術してとるというのがベストなのですが。

説明が終わり、先生が臓器を持って行こうとするので「写真撮ってもいいですか！」と聞くと、大丈夫ですよ、と許してくれた。まさかSNSに上げるわけじゃないでしょうし、と苦笑している。本人にあとで見せたいんですよね、と言って携帯で撮っておいた。一枚撮ると、先生がめくって違う角度にしてくれる。子どもたちもおかしなテンションで、きもちわるい〜とはしゃいでいる。フクユーも戸惑いながら映像に収めていた。

このあとICUで面会ができることになった。もう目は覚ましているらしいが、いま話しかけたところで憶えているものではないらしい。ご本人もかなり疲れていますし、数分の面会にしてくださいと言われる。

ありがとうございましたとお礼を言い、廊下で待つことになった。

あぁ、子どもたちに余命のことを聞かれてしまった、と思った。もう仕方ない。フクユーもここに来てしまったがために、もしかしたら知らなくていいことまで知ってしまったと思っているかもしれない。でもいてくれてよかった。今日はフクユーにも私たちの家族になってもらおう。

入れますよ、と呼ばれ中に入れてもらう。ＩＣＵに入るのは友人が脳梗塞になったとき以来だ。そういえばそのとき、私は家族でもないのに毎日のようにＩＣＵに入れてもらっていたのを思い出した。

また看護婦さんからフクユーの続柄を聞かれた。親戚です、と言うと、どういう間柄の親戚ですか？　と聞かれたので、とっさに「いとこです」と答えた。看護師さんが、いとこ、とメモをとっている。今日からフクユーはいとこだ。こんなときにまで来てくれるなんて、よいいとこではないか。自分で言っておきながら、なんだか本当に親族ができたようで嬉しくなる。

術後で体力を奪われているので、くれぐれも短めにお願いしますと言われ、一分とかですか、と聞くと、いえいえ、五分一〇分なら大丈夫ですよ、と笑われた。

石田さんは一番奥のカーテンの中にいた。酸素マスクをつけてはいるが、しっかり目が開いている。

「入れたよ」と子どもたちもいることを教えると、おお、と右手を布団の中から出したので娘たちに握らせる。小学生以下の子どもは、本当は入れないのだ。どうだった？　と聞くと、起きたら全部終わってた、と言う。下の娘が、さっきとったのみせてあげて、というので、臓器の写メを見せる。顔を動かすことはできるらしい。いいのか悪いのかもわからず、その場でも写真をばしゃばしゃと撮った。石田さんに、まばたきしないで、と言って蛍光灯の光が目に入った写真を撮る。そんなに写真撮ってて怒られないの？　と石田さんに聞かれ、もう十分撮ったから大丈夫、と言ってカメラをしまった。フクユーも容量がちょうどなくなってしまったらしい。

また明日来るね、と言ってＩＣＵをあとにした。明日は一八時から面会ができるらしい。

病院を出て、ジョナサンでご飯を食べようか、と子どもたちに言うと大喜び。フクユーもどう？　と聞くと、今日はこの辺で帰るという。なんか大変なもの見ちゃったね、と言うと、

「俺、一体どこまでどうなのかがまったくわかってなくて映像撮り始めちゃったから、最初から全部知ってればよかったかも」

と言う。

「石田さんのことはずっと撮りたいと思ってたんだけど、タイミングがなかったから」

まだこの映像をどうするというあてがあるわけでもない。私は今日、フクユーに何かを背負わせてしまったのだろうか。

病院前の横断歩道でフクユーと別れ、ジョナサンまで歩く。一五時過ぎの遅めの昼ご飯だが、娘たちは揃ってお子様ランチ。私は、目に止まったキムチ冷麺と焼肉丼のセット。椅子に座ると、疲れがどっと出た。そしてキムチ冷麺と焼肉丼が届いて思った。どちらもさっきの臓器を彷彿とさせるもの

がある。さっきも少し貧血になりそうになったが、あれはお腹が空いていたからだろうか、それとも臓器を見たからだろうか。ものすごいインパクトだった。子どもたちは平気だったのだろうか。ご飯の上のカルビの感触が気持ち悪い。

食べ終わって帰る頃にはもうヘトヘトに。家に着くとすぐに横になった。上の娘の友達のひまちゃんが、学校帰りに連絡帳を届けに来てくれた。

「お父さん手術したんでしょ、なおったの?」と聞かれ、上の娘は「うん、たぶん」と答えている。あ、やっぱり説明はわかっていないんだ、と分かり、ほっとしたような、胸が苦しくなるような気がした。これは、ばれてはいけない。私は娘たちの前では、とにかく気丈にふるまわなければいけない。娘たちがいるとき、フクユーにも、石田さんについての大事な話はできなかった。ばれてはいけないから、言いたいことが言えない。これは結構なストレスだった。

疲れもあり、弱っている。誰かに吐き出したいのだが、その相手が見つからない。すべてを吐き出せる相手。ふと、石田さんにメールしそうになった。こんなことがあってね、と。

そういえば何か困ったことがあったとき、いままでは真っ先に石田さんにメールをしていたのだ。小さなことから大きなことまで。いつも石田さんの返事を指針にしていた。

石田さんの携帯はいま、私が持っている。今朝、貴重品は家族に預けてほしいと言われ、持たされているのだ。石田さんにはいま、どうがんばっても届かない。届けられなくなる日が来るかもしれないと思うと、涙が出そうになった。子どもたちがひまちゃんの家へ遊びに行くというので、少し眠ることにした。

人に伝えることで楽になるとしても、さっき先生から言われたことをすべて人に伝えたところで、私の辛さが人に伝わるわけではない。この苦しみは、決して誰にも伝わらないはずだ。そして一番辛いのは、間違いなく石田さん自身だ。私には石田さんの苦しみのすべてを想像できない。私の苦しみに寄り添ってくれる人はたくさんいるような気がするが、私は石田さんに寄り添えるのだろうか。

ツイッターに念のため、石田さんの手術が成功したと書くと、次から次へと「いいね」や「よかったです」というコメントがついた。でも、全然よくないこともある。そこは書けない。余命のことは、石田さんが発表しなければ、私から表に出すことはできないと思う。

苦しみをぶつけられる相手がいないこんなとき、ふと思い出したのはやはりお母さんだった。お母さんに泣きついてしまいそうな自分がいた。お母さんにしかぶつけられない類の辛さのような気がした。そう考えると、家族というのはなんなのだろう。家族だからとすべてをぶつけても、受け入れられるとは限らないのに。私は石田さんにずっと甘えていたのだ。ぶつけていたのだ。そしてその存在をなくしてしまうかもしれないのだ。

コインランドリーに行き、一人になったとき、泣きそうになった。本当に、これからどうなるのだろう。乾燥機にかけているあいだにスーパーへ行くが、何を買えばいいのかがよくわからない。帰り道に銀杏の匂いを感じて、また辛くなった。この秋と去年の秋は同じはずなのに、全然違う。見るもの聞くもの、全部違う。どこかでずっと同じだと思っていた。毎年同じように暮らすのだと思っていた。

家に戻ると、浜ちゃんから薄っぺらいゆうパックが届いていた。最初、献本かと思いきや、中を空けると段ボールにはさまれた絵が入っている。娘のももちゃんが描いたというECDの似顔絵だ。私が昔撮った石田さんのアー写を見て描いたのだろう。横には「がんばれECD」とある。裏には「お見舞い」がくっついていた。中を見ると二万も入っている。昨日もらったお見舞い金も二万だった。割り切れるからだろうか、きっと額に意味があるのだろう。

浜ちゃんは「RAW LIFE」という音楽フェスの主催者であり、編集者をしている。いまはイベント業はやめてしまったけれど、いまだにほそぼそと付き合いがある。ももちゃんがまだお腹にいたときにも、お腹の大きい奥さんの写真を撮ったりもした。石田さんと付き合い始めるきっかけもRAW LIFEだったような気がする。そのときにECDのライブの写真を初めて撮ったのだ。そして最後の年のRAW LIFEで一〇〇〇万近くの借金を背負った浜ちゃんのために、私が撮ったRAW LIFEの写真でZINEを作り、売り上げを全部浜ちゃんに渡したことがある。お見舞いには手紙が添えられていた。

「石田さん、がん保険なんか入ってないだろうから、といいつつ、ZINEのときの大恩に比べたら恥ずかしい額だけど、何かの足しになれば。治療費たいへんになったら言って。みんなで動けば一発だろうから。浜田」

浜ちゃんのほうがいつも金に困ってるくせに。こういうところがあるから、石田さんの周りの音楽シーンの人たちのことが、いつまでも好きで大切なのだ。石田さんもそうだろう。もちろんみんな、いまも昔も金はない。

絵をインスタにアップしてこう書いた。

「浜田家ありがとう。またRAW LIFEで石田さんのライブが見たいな」

自分で書いて自分で泣いてしまった。子どもたちに涙が見られないように、すぐにお風呂に入り、ひとしきり泣いた。

9月15日（木）雨のち曇り

「お母さん、雨」の声に起こされる。外は思いっきり土砂降りらしい音がする。大急ぎで起き出し、洗濯物を取り込むも時すでに遅し。まさかこんなに降るとは思わず、昨日の夜に外に干してしまっていた。六時起き。携帯を見るとすでに村田から「起きてまーす！　ハザマース！」とLINEが来ていた。柴崎から来るからすでに電車に乗っているのだろう。ひとまず安心。

そうこうしていると村田が到着。七時にロケバスが迎えに来るのでまだ時間がある。朝食を村田の分も作ろうと卵を焼こうとすると、一個は昨日作ったゆで卵で割れない。そういえば昨日も寝ぼけていて、ボウルに卵を割ろうとして、なぜかシンクに割ってしまったのを思い出した。ソーセージも焼き、村田にはおにぎりを作ってもらう。今日は上の娘を七時半に見送り、下の娘を八時半以降に保育園へ連れて行ってもらえればそれでシッター完了だ。私の出が早いのでこうして数時間だが来てもらった。

行ってきまーす、と先に出ようとすると、村田から手紙を渡された。嫌な予感がしつつも鞄にしまう。土砂降りの中ロケバスへ。

今日は『＆Ｐｒｅｍｉｕｍ』の撮影で長野まで行くことになっている。片道三時間の予定。副編集長の岩下さんから「旦那大丈夫なの？」と聞かれ、ひと通り事情を話した。岩下さんの両親はどちらも癌で亡くなっているという。こういっちゃあれだけどね、あんまりいろいろやらなきゃよかったって思ってるんだよね、と岩下さん。手術や抗がん剤治療は、癌を小さくすることもできるが、体への負担も大きい。言いたいことはよくわかる。どうすれば一番いいのかは、本人が決めることかもしれない。

ふと携帯を見ると村田からＬＩＮＥが届いていた。

「保育園に私と行くのが嫌だそうです。保育園に行くことは先生は知っているのか聞いてきます」

数十分前に届いている。急いで返事をする。

「先生に伝え忘れましたが、大丈夫でーす！」

「ぜーんぜん大丈夫でしたが、えんちゃん教室前で泣きました」

「あら……昨日の影響かしら」

「まあいろいろあるとは思いますがそろそろシッター行くのやめようかなと思います。なんだか子どもたちによくない気がしてしまって」

村田がそんなことを言うとは思わず、驚いてしまった。

どうやら今日泣かれたこと以前に、思うことがあったらしい。

「さっき一緒にいられるところを見られたくないから早く帰ってなどと言われて、そういうのは仕方がないけどそう言わせてしまうのは私なので。なんだか申し訳なくて」

下の娘は体裁を取り繕うところがあり、周りをよく見ている。集団からはみ出すのが苦手なタイプなのだ。しかし私もその気持ちはよくわかる。はみ出して人からあれこれ言われるのが嫌なのだ。

「朝ごはんもよく食べたね嬉しいと言ったら、うん怒られるから今日は食べたとくらしに言われ、うーんとなんとも言えない気持ちになりました。怒られるから食べるだなんてなんだかこれは変だと思ったわけです」

そんな風に言われると、私の育て方が悪いと言われているような気になってしまう。石田さんほど私は甘やかさず、口うるさくはしているものの、村田にそんな風に言うとは。子どもたちは村田に懐いているものだと思っていた。村田のことが嫌だというのが冗談なのかわからず、彼女の子どもを子どもとして扱わないところは、私にも似ていると思っていたからだ。

「ただ、私は二人の前でどういう顔をしていいかわからないことが多いです。シッターだからあれやってーと言ったりするのもどうなんだろうって。いい子にお留守番しててえらいねーあれ買ってあげるねーとか遊んであげるねーとはなれないので私は。だからと言ってもういい歳になった子たちにこうしなさいとか言っても仕方ないし……」

あれ？　なんか食い違ってるのかもしれないな、と思った。確かになんでも買ってあげたりするのは違うかもしれないが、いい歳になった子たちといえど、まだ子どもなのだ。甘えているのだ。

「子どもってみんなあんなにわがままな感じなのかなあ、自分ってあんな感じだったのかなあとよく考えます」

子どもは難しい。我が子でさえ難しいのに、人の子ならなおさらそうだろう。村田はまだ、若すぎたのかもしれない。

「なんというか失礼というか。自分よりお姉さんの人にその態度とるか〜？　みたいな。シッターだから遊べと言われてブチ切れました」

相当わがままをやらかしているのかもしれない。遊べ！　と命令口調でいうのは冗談ではあるだろうが、神田さんがいつも甘やかしてくれているので、その延長だと思っているのかもしれない。神田さんはその辺どう考えているのだろう。

「大きくなっていくにつれて集団の中で理解して行くことではあると思うんですけど、下手したらなんでだめだったのか、と考えてもわからないようになっちゃうんじゃないかなって心配なんです。人の気持ちを考えられなくなっちゃうのはどうしても嫌なので。傷ついたり、悩んじゃってどうしようもなくなるのはやっぱり少なくあってほしいし」

言いたいことは本当によくわかる。でも、いまなのだろうか？　なんだか、昔の自分をみているような気がした。子どもはこうあるべき、というのが強すぎる。真面目なのだ。

まぁまた今度話しましょう、ということで区切ったのだが、かなりくらっていた。子どもたちの存在を否定されたような気がして。そして、それをどうしていま言うのか、とも思ったのだ。昨日の今日で私はかなり弱っている。それは子どもたちも一緒だ。少しのわがままくらい、許してやってくれてもいいのに。事情を少しは話しているつもりだったが、あまりに酷に思えた。

ふと鞄に、さっき村田から渡された手紙があることに気づいた。恐る恐る読むと、意外なことが書いてあった。

「一子さんにはどうか元気でいてほしいです。私はなぜかそう思います。いろいろな気持ちをかかえるお母さんとしての心や、それに向かうえんちゃんやくらしの気持ちもなぜか自分には両方わかるような気がして、どうしても放っておけない気分になるんです」

「私はクライアントでもベビーシッターでもないのでもっと一子さんと仲良くしたいです。一子さんはどこでもいろんな壁を上手に作っているように見えるので、いまはそんなにがんばらないでほしいです」

「一子さんが石田さんのことで泣いたと聞いたときは少しびっくりしました。やっぱり本に書いてあったような石田さんへの態度が、そうじゃないと思っていても私の脳に張り付いていたので、もう一子さんはそういうことでは泣かないのかと思いました。安心しました」

どうやらうちへ来るまでの電車の中で書いたらしい。読んで少し救われるような気がした。村田もまだ若い。こうしてぶつけてくるのも仕方ない。しかしいまは少し距離をとらなければ自分が壊れそうになってしまう。自分を励ますようにこの手紙を何度か読み返した。

撮影を終えて一七時前に東京に戻り、娘たちを連れて病院へ。ＩＣＵへ行くと、もう七階に戻ったという。いつもの大部屋へ行くも見当たらず、ナースステーションで聞くと、個室に移動していた。いつものようにテレビを見ていたが、鼻には酸素チューブがついている。かなり動きは遅いが、聞けばトイレもなんとか一人で行けるようになったらしい。今日もＩＣＵにいると思っていたので、石田さんの携帯なんかは持ってこなかった。

今日ツイッターで知ったのだが、Ｕ.Ｇ ＭＡＮの谷さんと奥さんのＹＵＫＡＲＩちゃんが、癌の治療費に充てるための曲を作り売ってくれているらしい。谷さんが昔捕まったとき、子どもの共鳴はまだオムツをしていた。すぐに石田さんが谷さんの曲を作り、ライブでＣＤ－Ｒを売った。その売り上げをすべてＹＵＫＡＲＩちゃんに渡したのだ。どんなことで捕まったのかは忘れてしまったが、残されたＹＵＫＡＲＩちゃんと共鳴を金銭面で助けようといち早く動いたのは石田さんだった。そのお返しとしていまこうしてやってくれているらしい。

こんなことしてくれてるよ、と、ＹＵＫＡＲＩちゃんが書いたブログを読ませると、昔のお返しか、と言って笑った石田さんが、次の瞬間には泣いていた。それを見て私も泣いてしまった。子どもたちはびっくりして「なんでないてるの？」と聞いてくる。これまで一〇年弱一緒にいて、泣いたのを見たのは石田さんが飼っていた猫のプーちゃんが死んだときくらいだ。

村田のことを相談したいけれど、子どもたちの前では言えないし、いまの石田さんに言って心配させてもいけない。どうして村田はこんなにも子どもなんだろう。そういう私が子どもなのだろうか。

石田さんは体を動かせないなりにもテレビを見て、

「松茸牛丼七三〇円、安いな」

などと言うので安心した。

さて帰ろうか、となったとき、下の娘が石田さんに向かって、

「かなしくなったらグッドして」

と親指を力強く立てて見せた。そういえば最近写真を撮るときにこのポーズばかりしていて、なんのことかと思っていた。手術のときにもグッドしろと言っていたくらいなのだ。

「えんにあいたくなったらグッてして。えんもパパに会いたくなったらグッてしてるからね」

と言っている。娘が指を立てるとき、その指は石田さんの指につながっているのだそうだ。石田さんも力なくグッと指を立てた。

下の娘は繊細で、かなりがんばっている。本当は、限界なのかもしれない。

帰り、コンビニで夕飯を買うことにした。もう作る気力と体力がない。上の娘は冷凍のグラタン、下の娘はミートドリア、私は冷凍のつけ麵。

コンビニの袋をぶらさげての道すがら、下の娘が、

「とにかくちからをあわせなきゃいけない」

と私が言いそうなことを先に言い出した。よく聞いてるなあと思い、おかしくて吹き出しそうになる。そうだそうだ、大変なときだから力を合わせなきゃいけないよ、と私と上の娘も加勢した。

家に帰って夕飯を終え、落ち着いたところで村田の話をしてみた。もう来たくないって言ってるよ、と伝えるとみるみる顔が曇り、二人とも大泣きし始めた。そうだよな、きっと少し調子にのっていただけなのだ、甘えていただけなのだ。こんな風に村田のことで泣くのも、不毛でしかない。

下の娘に、どうして朝泣いたのか聞くと、だってはずかしいんだもんと言い、上の娘に「遊べ」っていうのが嫌だったって、と伝えると、携帯ばっかりみててあそんでくれないんだもん、と言う。双方の言い分があるだろう。

泣き止ませ、落ち着いてから、村田のことは嫌い？　と聞くと、絶対本人に言わないでほしいんだけど、嫌い、と笑いながら上の娘が言う。なんで？　と聞くと、だって怒るんだもん、と。そうだよな、怒る人はいやだよなあ、ただそれだけなのだ。でも、本気で嫌いというわけではなさそうに思う。村田も、真面目ないい子なのだ。きっと誰も悪くない。

ただ、私は今日の一件でいっぱいいっぱいになってしまったのは確かで、ちょっと付き合い方を考えなければいけないとも思ったのだ。いまは村田のことに時間をとられている暇はない。不安定になっている場合ではないのだ。

すべてを支えてくれる人は、本当にこの世のどこにもいない。いろんな部分をいろんな人に少しずつ支えてもらって、やっと一人で立っていられる。今日は体力的にも疲れたが、精神的にも疲れてしまった。日々、いろんなことが起こる。

砂鉄さんからメールが届いた。

「奥さん共々、植本さんのこと、心配してます。でも、「心配です」とも、「大変ですね」とも、簡単には言うべきではないのかなとかも思ったりしてます。でも（「でも」が続く悪文）、少しでもお役に立てそうなことがあったならば、言ってくださいね。知り合って数ヶ月（奥さんの場合は一週間）ですが、どうも植本さんとは長い付き合いになる気がします」

誠実だなあと思い、少し救われた。

9月16日（金）小雨・曇

天気悪し。今日も外に洗濯物が干せない。朝、トーストと梨。上の娘は六時過ぎには起きたので宿題もやって時間通りに出て行った。八時過ぎに下の娘を保育園へ連れて行く。ギリギリ雨降らず。受け渡しのときに先生に耳打ち。

「すごいナーバスです」

そう伝えると、

「あ、やっぱり。わかります」

と先生。

えんちゃんって全然泣いたりしない子で、それはそれで心配なんですけど、お父さんが入院してから、本当にちょっとのことでメソメソしていて。でも、園の職員はみんな事情がわかってるので、様子見つつ、過剰にしすぎないようにしてます。

下の娘は、大人をよく見ていて、空気を読むところがある。上のお姉ちゃんはどうなんですか？と聞かれ、くらしはあんまりそういうところはないなあ、と思った。石田さんの血筋というか、周りは一切関係なく、自分のやりたいことに没頭できるタイプなのだ。下の娘は、私に似たのだろうなと思う。夏に実家に帰ったときにも母に言われた。

「えんちゃんは周りをよう見とるよ。何考えとるかわからん、あんたの小さい頃にそっくりじゃ」

保育園にも、小学校の担任の先生にも、学童の先生にも、連絡帳で入院と手術のことを伝えてある。すべてを教えているわけではないけれど、みんな心配して子どもに配慮してくれてありがたい。

午前中、体がだるくて仕方なく、横になっていた。原稿がたまっているのが心残りなのだが、何もする気になれない。一一時にランチの約束をしていたが、どうしても起き上がれず時間をずらしてもらう。一二時、下北で友人とランチ。調子が悪いときはスパイスだ、と先週も行ったスープカレーの店に行くが、あまり食べられず残してしまった。なにげなく、本当にしんどいときに話せる人はいる？　と聞くと、いないと即答される。話しても仕方ないし、誰にも言わないね、と。いかにも男の人っぽいなと思った。女の人は、悩みを話して共感してもらえれば救われる部分があるとよく聞く。昨日の村田の話をしてみて思ったが、どうやら自分は、子どもの育て方が悪いと責められているような気持ちになっているのかもしれない。疲れているせいか、悪いほうにばかり捉えてしまう。その子も余裕がないいんじゃない、と友人は言う。

一三時過ぎからドクターストレッチ。運動をしないから、メンテナンスの意味も含め、週一で続けているのだが、石田さんの入院やらでひと月も空いてしまった。原稿を寝転がって書いているので、肩、首周りを重点的にやってもらう。だいぶ楽になった。

一五時から渋谷の専門学校で、学校主催の高校生向けのフォトコンテストの審査員の仕事。一時間ほどで終了。渋谷駅までダッシュし、なんとか一七時前に家に到着。案の定、上の娘はマンションの下で待っていた。来年には、一人で家に入ることができるようになるだろうか。いまはどうしても無理なのだそうだ。ひまちゃん家に遊びに行ってくるというので、一八時には帰るように伝え、私は一人、病院へ自転車を走らせる。一人でお見舞いに行くのは久々のような気がする。

一七時過ぎに病院へ着くと、個室から元の大部屋へ戻っていた。四人部屋なのだが、他の人は全員退院したようで個室状態。

調子どう？　と聞くと、自分でトイレも行けるようになり、気分がいいらしい。見るからに調子がよさそうでほっとひと安心。携帯やら預かっていた貴重品を渡すと、窓辺に置いてあるお見舞いの花の写真を撮り、早速ツイッターに上げていた。下の娘から預かっていた写真のアルバムを渡すと、うへぇ、と言う。下の娘が、自分の写っている写真を小さなアルバムに入れて用意したものだ。お父さんに見せてあげてね、と渡されていた。

えんちゃんがかなりナーバスになってるよと言うと、えんちゃんはよく見てるからねえ、と石田さんももちろんわかっている。子どもの気持ちを考えると、いろいろなことが辛くて仕方ない。

下の娘のお迎えの時間が迫っていたので、三〇分ほどで退散。帰りは、なんだかとても気分が軽くなっていた。思えば、昨日から一日、ずいぶん暗い気持ちを抱えていたような気がする。気を緩めると泣きそうになっていたのだ。帰りの自転車は驚くほど軽く感じた。このまま、死なないんじゃないかな？　と思うくらいに、元気そうだったのだ。余命が五年あるかどうかと言われても、どうなるかなんてわからない。長生きする可能性だってあるのだ。

保育園へ迎えに行き、その足でひまちゃんの家へ迎えに行くことに。家の下に着くと、娘とひまちゃんの大きな声が外にまで丸聞こえで笑ってしまった。

帰りに梨を買おうとスーパーへ寄ると、冷蔵庫にキャベツが余っているのを思い出した。商品の棚にはすでに鍋の材料が並び始めている。鍋のスープの素と、焼き豆腐、長ねぎ、えのきを買った。家に戻って、キャベツと豚肉も入れてとんこつ鍋。娘たちは相変わらずあまり食べないので、二人前を三人で食べる。久々にこうして野菜を料理した気がする。連日、外食と冷凍食品だった。簡単なものでも自分で作ると、なんだかましな気持ちになる。

夜、写真家の塩田正幸君から電話。心配している様子。お見舞いに行きたいが来週から海外らしく、戻ってきたら連絡するとのこと。結婚するまでは塩田君がECDのアー写を撮っていた。お台場の海辺で撮ったというアー写をいまでもよく憶えている。猫の本を出すと言って、猫の爪痕《つめあと》残るうちのボロボロの襖を撮りに来たりもした。

風呂から上がると、また体調が悪くなってきた。お母さんは先に寝るよ、と二一時にはテレビを消し、消灯。熱が出そうな体のだるさだ。明日は「東京アートブックフェア」へ顔を出して少しだけ店番をする予定なのだが、いろんな人に会えそうで楽しみでもあり、疲れそうでもある。なんとか寝て治さねば。

9月17日（土）晴れ

昨日の夜から体調がよくないが、いよいよ熱がありそうな予感。

今日は東京アートブックフェアで、高松の本屋「BOOK MARÜTE」のブースで店番が決まっている。オーナーのてっちゃんからつい一週間前くらいに連絡があり、マグネット売りませんか？と誘ってくれたのだ。去年は出展したけれど、今年はあてにしていたブースも落選してしまい、普通に遊びに行こうと思っていたので、てっちゃん様様だ。昨日ふと思いついて、昔作ったECDのステッカー（私は悩まない、と書いてある）を投げ銭式で配ろうと思い、持って行くことに。癌の治療費に充てますとSNSでアナウンスしておいた。数百円にでもなればいい。

いつも通り子どもたちを九時過ぎに送って行き、家に戻って夜の準備。今日は一七時から華ちゃんがシッターにきてくれるので、夕飯にグラタンを作っておくと伝えてある。しかしいざ作ろうとすると、肝心の牛乳がないことに気づく。買いに行く時間はあるのだが、体がだるくて動けない。ここはもう甘えようと、適当に冷凍のチャーハンでも食べてくれと華ちゃんにメール。玄関先に銭湯用の財布も置いておく。

一一時過ぎに家を出て、駅までの薬局で栄養ドリンクを買う。こんなもの飲んでまでがんばる必要あるのか、とも思うのだが、やっぱり無理をしてでも行きたい気持ちがある。

一二時の開場直前に着き、てっちゃんのいるブースへ。私のために一番いい場所を、テーブル上に空けておいてくれた。マグネットとステッカーと、自費出版の『かなわない』を置かせてもらう。一六時まで店番の予定でぼーっとしていると早速「美肌室ソラ」の館山さんが来てくれる。ここだけを目指して来てくれたのだそう。長野に行ってきたとお土産の味噌と、投げ銭に一〇〇〇円も渡してくれた。いつも気にかけてくれている。

そのあとも続々と知り合いが顔を見せに来て、マグネットを買ってくれたり、投げ銭をしてくれたり。友人のミヤジ、すしこ、SEALDsのアチキちゃんとさくらちゃん、朝日出版社の綾女さん、タバブックス宮川さん、今井麗《うらら》とお姉ちゃん等。麗は三人目を妊娠していて、いま六ヶ月だという。高松でも展示したらいいよ、とてっちゃんを紹介した。B&Bの内沼晋太郎さんがやってきて、投げ銭はお金があらかじめたくさん入っているほうが入れやすい、しかも大きい金額で、と言い、自分の小銭入れにある五〇円以上のお金を全部入れていってくれた。一〇〇〇円単位の投げ銭もたくさんの人がしてくれて、それも一緒に置くようにした。

知り合いもそうでない人も、ECDさんはどうなんですか？　と聞いてくる。いつもどう答えればいいのかがわからない。お客さんがいなくなったときにてっちゃんと並んで座り、こういうときどう答えるのがいいんやろね、難しいね、と話した。てっちゃんの親戚にも余命一年と言われたおばちゃんがいるが、もう何十年も生きているという。本当、どうなるかわからないのだ。五年もつかわからないと言われたものの、その言葉に引っ張られて暗くなっていてはもっと寿命が縮むような気さえする。

　そうこうしていると、石川直樹が見に来てくれた。会うのはどれくらいぶりだろうか。旦那大変なことになっちゃったね、と言われ、そうねぇ、としか答えられない。直樹は新作の写真集を版元のブースで売っている。しかし私は前に、その版元の人に飲み会で泣かされたことがあり、直樹のいるブースには近づけそうにない。直樹も今日だけ来られたらしく、会えて嬉しい。次会えるのはいつなのだろう。この人、本当にいつも東京にいない。

　一六時過ぎに店番を終えると、約束していた玉ちゃんがちょうど着いたので、二人で会場を一周することに。玉ちゃんは私にとって一番の男友達。会うだけで元気が出る。

　会場には知り合いもたくさんいる。名古屋の「ON READING」の黒田夫妻は平野太呂さんの新作写真集のサイン会中。レイキンとシモン夫婦も春に京都で会ったぶりか。『家族と一年誌』の編集長のんちゃんは二人目を妊娠中とのこと。広島の「READAN DEAT」の清政《せいまさ》さんにも偶然会えた。こうして人に会うことでかなり気がまぎれている。しかしだんだんふらふらしてきた。明らかに熱がある。

一八時過ぎには帰ろうか、ということになりブースに戻ると、マグネットも自費出版の『かなわない』も売り切れていた。そしてすごい量の投げ銭。一子さんのおらん間《ま》にもたくさん投げ銭に人がきよったよ、とてっちゃん。ステッカーは引き続き置いておくけ、そのうち集まったの渡せるようにするよ、と言ってくれた。とりあえず置いてある分の投げ銭を持って帰ろうと袋に詰めたら、ものすごい重さ。ありがたい。

玉ちゃんと会場をあとにし、信濃町駅の駅ビルの中にあるイタリアンのお店で夕飯を食べることに。玉ちゃんには、いつも助けてもらっている。今回癌がわかったとき、玉ちゃんに頼りすぎるのが怖くて、なるべく連絡をとらないようにしていた。今日初めて事情を会って話す。

「あんだけいなくなっても平気だって言ってたのに、いざ本当にいなくなると思ったら、自分の自由って石田さんありきのものなんだってことがよくわかった」

と玉ちゃんに話すと、

「身をもって教えてくれてるじゃん」

と言うので笑った。本当にそうだ。これまでのいろいろが、すべて伏線にさえ思えてくる。私はどこへ向かっているんだろう。終着点はどこなんだろう。

玉ちゃんはお母さんが癌になったことがあるので、お台場にあるがん研を教えてくれた。

「癌と言えば、うちの母親が再婚するきっかけになった病気よ」

そうだった、玉ちゃんのお母さんは、癌で死ぬかもしれない、となったときに、もう自分の好きなことをしよう、とバリ人の男性と再婚したのだ。去年、鎌倉の鶴岡八幡宮であった玉ちゃんの結婚式の写真を頼まれたときに、そのお母さんにも、再婚相手のワヤンにも会っている。玉ちゃんのお母さんは、とても明るかった。私は二人とも、好きなタイプの人間だな、と思ったのだ。

帰り際、最近周りがすごい妊娠していくよね、と話すと、ほんとそうなんだよ、空気中に精子飛んでんのかってくらい！　と玉ちゃんが言うので、二人で大笑いした。こうして一緒に笑える人がいるということは本当に救いだ。

二〇時過ぎに家に到着。華ちゃんが食器を洗ってくれているところだった。さっきまで大げんかしてたんですよ、という娘たちは仲良く一緒に『ちゃお』を読んでいる。銭湯のお金足りた？　なんか買ってほしがらなかった？　と聞くと、私がめっちゃアイス食べたくなって、付き合ってもらったんですよー、と、銭湯の帰りにブルーシールアイスを買って食べたという。華ちゃんが好かれるのはこういうところなんだろう。おおらかなのだ。薄給でごめんね、と言うと、他のバイトで稼いでるから、大丈夫ですー、本当にしんどいときはいつでも呼んでください！　と明るい。村田と何か話したのだろうか。

梨の美味しいジュースを買っておいたので、飲んでくださいー、と冷蔵庫に瓶のジュースが入れられている。シッター四時間分の二〇〇〇円と、家にあった開けてないサラダ油やせんべいを帰りに持たせた。華ちゃんは流しの横に指輪を忘れていった。もう村田と華ちゃんには、頼めないかもしれないと思っていたのだが。

明らかに熱がある。体温を測って数字を見てしまうと余計ひどくなるような気がして、とにかく寝ることにした。

9月18日（日）曇り

微熱があるせいかぐっすり眠れず。疲れがとれないまま朝九時。何度か朝ごはん、と言われたが起きられず。娘たちは七時から起きていた様子。朝食、買っておいたエクレア、昨日玉ちゃんからもらったシャインマスカット。昨日は寝る前に洗濯物を干せなかった。室内干しにし、雨が降るかもしれないので窓を閉めて家を出る。

今日も先週に引き続き、病院近くに住むみやもすの家へ遊びに行くことに。新宿行きのバスに乗ればマンションのすぐ下に着く。あと五分で着くというところで、上の娘が気持ち悪いと言い出した。上の娘は酔いやすいのだ。あとちょっとの我慢だよ、と励まし、なんとかもたせる。バスを降りてからは元気になったのでひと安心。明日も出かけるのに電車を乗り継ぐので、薬局で酔い止めを買うことに。ついでに栄養ドリンクも明日用に買おうと思い、「活蔘《かつじん》28」を探す。薬局ではあまり見かけないのだが、調子が悪いときに買う栄養ドリンクはいつもこれにしている。八〇〇円もするのでここぞというときに飲むのだが、確か産後しんどかったとき、ツイッターで誰かから教わったような気がする。レジに持って行くと「一〇〇円高い活蔘28Vというグレードアップしたものが新しく発売されたので、おすすめですよ」と言われたので、迷わずそちらを購入。明日にとっておこうと思ったのだが、思わずお店を出てすぐに飲んでしまった。今日は今日でかなりしんどい。これで元気になれるなら安い、と思えるくらいに微熱が続くというのはきつい。そういえば石田さんはひと月以上熱が下がらなかったんだよな、こんな状態で仕事を続けていたのか、と思い知らされるような気がした。

今日も娘たちはメイホに夢中。前回、メイホは珍しく昼寝をしたが、その夜も珍しく一度も起きずに朝までぐっすり眠ったという。今日も遊んでいる最中にぐずりだし、上の娘の抱っこで眠ってしまった。七ヶ月の赤ちゃん。自分の子の成長は思い出そうとしても思い出せないほどに毎日がめまぐるしく大変だったが、こうして人の子を見ると、可愛くて仕方ない。自分には責任がないからだろうか。孫を見る目というのはこういうものなのかな、と思った。

歩いて病院へ移動。いつも三人で縦に並んで順番に数字を数えながら病院まで歩く。先週は下の娘が一〇〇を超えたあたりから怪しくなったのだが、今日はなんとか二〇〇まで三人で数えることができた。じゃあ次はしりとりをしよう、とやっていると、私が「し」で終わる言葉を言った次に、下の娘が「しむ！」と答えた。しむって何？　と聞くと、しーむだよ、しむ、と言う。下の娘はまだうまく発音できない行があり、どうやら「死ぬ」と言っているらしい。しむなんて言葉ないよ、単語じゃないし、と言ってその場は流した。

病室へ着くと、相変わらず大部屋を一人で使っている状態だった。椅子がないのでデイルームへ移動するも、この前と打って変わって動きが鈍い。聞けば、おとといの夜あたりから麻酔が切れ、そこから体をくの字に曲げるのも辛いらしい。じっとしていれば痛まないらしいのだが、少しでも動くと痛み、昨日は眠れなかったという。看護師さんたちがやたらリハビリのことをいうのがやっとわかったそうだ。

これ、と渡されたのは、昨日親父と一緒に病院に来たという義理の弟に当たる人から渡されたお見舞いだった。どんな人だった？　と聞くと、普通のおじさん、と言う。春に死んだ石田さんの弟と仲良くしていたらしいのだが、弟の育ての母親の息子らしい。親父と血がつながっているわけではないが、いまだに親父が籍を抜いていないために、一応は石田さんにとっても戸籍上は義弟となっているという。親父も何を考えているのか、その義弟をお見舞いに連れて来て早々、あとは二人で、と病室に二人きりにされたらしい。何話したの？　と聞くと、どこに住んでるか聞かれたという。

「持ち家ですか？」

「いえマンションです」

「買ったんですか？」

「賃貸です」

「えっ。ずっとですか？」

と、なんだか驚いていたらしい。

石田さんより五つほど年下で、ずっとＪＲに勤めているらしく、もう成人した子どもが二人いるという。向こうからすればこちらの感覚が不思議なのだろう。歌手なんですよね、と聞かれたとも言っていた。

「このタイミングで近づいてくるっていうのが、なんか嫌な予感するんだよ」

と石田さんが言う。早く籍抜かないと、と言いつつ、こうして関わっているのはどういうことなのだろう。

「親父の遺産ってないも同然なんでしょ？」

「家があるから二〇〇〇万円くらいにはなるらしいよ」

お金ない人なの？　と聞くと、そんなことないでしょ、何年もJRに勤めてたら、と言うのだが、お見舞いのお金が千円札で五枚、内袋に入れずに裸で入っていたりして、なんだか嫌な予感しかしないのだ。

「親父のその、家族最高！　みたいなノリ、本当に辟易《へきえき》するわ」

苛立ってそう言うと、石田さんは困った顔をしていた。遺産をめぐるあれこれになんて絶対に巻き込まれたくない。でも、ないと思っていたお金が実はあると知り、心がざわついたのも確かだ。

「こんなことでやきもきしたくない」

心からそう思った。籍を抜くなら抜いてほしい。どうでもいい他人に関わりたくなんかないし、荒らされたくもない。

「って、そんな風に言ってたら悪い人にしか思えなくなるけど、どんな人かなんてわからないもんね」

　自分に言い聞かせるように石田さんに言った。納骨だって行ってくれた。

「悪い人じゃないんだろうけど、ちょっとずれてるっていうかね」

　昨日はメールで自己紹介が送られてきたらしい。これからは兄貴って呼びます、と書かれていたという。変なロマンチシズムに勝手に浸らないでほしい。

「親父はマッチョだからな」

　と私がなにげなく言うと、

「それがそうでもないんだよ、ああやって仕事してきて人使ってきてる割には、居丈高《いたけだか》じゃないんだよ」

　と石田さんがフォローする。

　とにかくこんなときに波風立たせないでほしい。

　今日はリハビリしたの？　と聞くと、七階のフロアを二周したという。あと一周、娘たちに付いて行かせると、戻ってきたときにはふらふらすると言いベッドに戻っていった。じゃあ帰ろうか、と娘たちに言うと、下の娘が別れ際に、

「さびしいときは、グッドしてね。グッドするときはつながってるからね」

　と親指を立てて見せた。どんなときでもグッドすれば、下の娘は石田さんにつながることができるらしい。手術前もやたらやらせていたが、下の娘にとっては大事なことなのかもしれない。グッドは

トイレに行くときやご飯を食べるとき、どんなときでもやるといいらしいのだが、基本は心細くなったらグッドということなのだろう。なんだか石田さんが涙目になっているように見えた。

家に戻って夕飯。昨日と同じく野菜と豚肉と豆腐をぶち込んで鍋。石田さんがいないから、雪平鍋ひとつで三人分がまかなえ、それでも余るくらいだ。食後、食べかけだった黒胡椒のついた大人向けのせんべいをかじっていると、娘たちもカライカライと言いながら食べている。上の娘は『ちゃお』を読みながら、下の娘はおままごとをしながら、私は原稿を書きながら同じ袋からせんべいをとっていく。

いつもと変わらないようで、石田さんがいないことだけが違う。ここに早く石田さんが戻ってくればいいなと思う。あのでかい図体で横たわり、ツイッターをチェックしながらせんべいを食べる。私が「風呂」といえばゆっくりと起き上がり、娘たちを風呂に入れる。

思い出すと涙が出そうになる。

9月19日(月・祝日)雨

二子玉川へ雑誌『VERY』が主宰するイベントに、武田砂鉄さん夫妻と連れ立って行く。副編集長が小島慶子さんを紹介してくださるとのこと。子連れで行けるイベントというのは、総じて混んでいて子どもが飽きるのでなるべく近づかないようにしていたのだが、砂鉄さん夫婦がいればなんとかなるだろうと思い。

一一時過ぎに明大前で待ち合わせ、電車に乗って二子玉川へ。普段は子連れで遠出しないんですか？　と砂鉄さんに聞かれ、しないですねー、と答える。いつも石田さんが子どもたちを連れて行ってくれた。面倒臭くて、と自分で言っておいて少し恥ずかしくなる。石田さんは三浦海岸でも一人で連れて行っちゃうんですけどね、と。石田さん、一人でよくがんばっていたな。育児には向き不向きがあり、私には向かないのだ。大変すぎて、連れ歩こうなんて思えない。いつでも一人で自由に動きたかった。

風邪はよくなったんですかと聞かれたが、今日も九〇〇円する栄養ドリンクを飲んできている。まあ一日持つだろう。

イベントはおしゃれしている子連れで大盛況。会場に入るのに行列ができていて、それを見るだけで辟易する。副編集長に連絡すると楽屋に通してくれた。

紹介された小島慶子さんはテレビやラジオと変わらずとても気さくで素敵な方。トークショーも見て帰ったのだが、最後にお客さんに向けて言われていた言葉が、とても小島さんらしいなと思った。

「今日はみなさんとてもきれいにして来てくださっていますけど、家ではいつもきれいになんてしていられないですし、ぼろぼろで泣きそうにもなるし、もちろん私もそうです。でも、これだけの仲間がいると思って、一人じゃないから」

その飾らない励ましの言葉にどれだけ救われる人がいるだろう。私がその一人だった。いまは少しだけ子育てのバタバタからは抜け出したような気がするけれど、あれを経験しているからこそ、小さな子どもを抱えたお母さんの心が、いつも明るくありますように、と願う。私たちは決して一人ではなかった、だけどそれが時々見えなくなる。

家に戻るとぐったりと疲れ果て、夕飯は卵かけ御飯。石田さんのツイッターを見てみると、相変わらず絡んできた人に怒っている。こんなことしているから病気になるのだ。あれほど入院したときにやめろと言ったのに。でもまずやめないだろう、それが石田さんにとって、いまだに生きる気力になっているようなものなのだから。

少し前に私のツイッターに知らない人から画像が送られてきていた。プロフィールに「放射能」や「福島」とある。漫画の一ページで、入院している子どもが病床で息も絶え絶え、お母さんらしき人に「どうしてあのとき避難してくれなかったの?」と言っているものだ。出た出た、嫌がらせだ、と思い、すぐにブロックしたのだが、急に思い出して悔しくなった。どんなことをツイートしているのかと思えば、体調が悪いとツイッターに書き込んでいる人のツイートをリツイートばかりしている。放射能のせいと言いたいのだろう。こんなこと予想していたし、大したことないと思ってすぐにブロックしたのだが、意外と引きずっている。石田さんがいれば一緒になって憤慨《ふんがい》できるのだが、内容が内容だけに、石田さんには言えない。

癌はもしかすると五年前からあるかもしれないと言われた。そんな大きさらしい。ちょうど震災から五年だ。私だって考えないわけではない。かといって、いま言ってどうなるのだろう。私を責めてどうしたいのだろう。五年といえば、自分の行動を思わないわけでもない。どちらかといえばそちらのほうをよく思う。私のせいで癌ができたのだろうか。こんなこと、いまさら言っても仕方ないのだが。

YouTubeで矢野顕子「ごはんができたよ」を久々に聴いた。辛いことばかりあるなら帰って帰っておいで。ふと、私はいまどこに帰ればいいんだろう、と思った。帰るところがない、なくなった。本当にそう思った。

9月20日（火）雨

風邪が治らない。予定されていた占い教室を休む旨を先生に伝える。小雨だと思ってカッパも着せずに家を出たら結構な土砂降り。濡れながら保育園へ連れて行き、その足で耳鼻科へ。季節の花粉やアレルギーなんかもあるものの、喉も腫れつつあるらしく、抗生物質を処方される。ご主人どうですか？　と聞かれたので、癌でしたと言うと、一瞬診察室の空気が凍った。入院する前に耳鼻科で、ものが飲み込みにくいということで喉を診せに来たらしく、ここでは限界があるから外科へ行ったほうがいいとお伝えしたんです、と先生が言う。

「いまは医療も発達していますから。くれぐれもご主人にお大事にしてくださいとお伝えください」

家に戻り休む。今日はお見舞いへ行こうと思っていたのだが、体調が悪いからいけないと石田さんにメール。病人から逆に心配される。お見舞いに行くのが自分の中で絶対化していて、行けないことに罪悪感を感じるようになってしまった。そんな必要はないのに。

夕方、下の娘を連れて歯医者へ。上の歯に思いっきり空いた虫歯を見てもらう。女医の先生から、お母さんがちゃんと見てないと、と責められるかと思いきや、そんなこともなくひと安心。

「これどうしたの！　お母さん！」とあまりの大きさに笑っていた。本当は真面目に歯磨きを見ていなかったとは、どうしても言えなかった。この歳なら、毎回仕上げ磨きをしてやらないといけないのだろう。永久歯が生えてくるから安心して、と言うものの、乳歯はすぐに穴が空くから、ママが気をつけてあげてね、と。ひと通り検診してもらうと、どうやら下の歯も怪しいらしく、明日も来ることに。

久々に連れてきたのだが、ママも雨の中大変ねえと言われ、つい、

「旦那さんが入院しちゃったんですよ、癌で。だからいま母子家庭みたいなもんで」

と言ってしまう。するとまた診察室の空気が凍ってしまった。今日二回目だ。先生と助手のおばちゃんが顔を見合わせている。食道癌はもうとれないって言われちゃって、というと、あらぁー、と絶句。ここは石田さんもしょっちゅう通っていた歯医者で、全然そんな風に見えなかったわ、と二人が口をそろえる。同じく。

帰り際に先生から、

「いろんな人に助けてもらって、ママがんばって」

と励まされた。

本当、それしかないよな、と思う。

9月21日（水）曇り

朝からすごい眠気。朝食に炊き込みご飯を作って食べさせるも、そこから二度寝してしまう。何度か下の娘に起こされたが、どうしても起き上がれず、結局九時半に保育園へ連れて行く。家に戻ってからもひたすら睡眠。今日の撮影が延期になって本当によかった。本当は映画でも観に行こうと思っていたのだがそれどころではない。ひたすら眠り、一四時前に起きる。

近所の蕎麦屋で昼食を済ませてから病院へ。石田さんは昨日アイスが解禁されたらしく、早速食べたとツイッターに書いていた。食べられそうなら買ってこようと思ったのだが、気持ちが悪いらしく昼食も食べられなかったという。顔色はいい。お腹の中の膿を抜いていた管はなくなったらしいが、左腹から出ている細いチューブはしばらくつけっぱなしにしておき、食道がふさがってご飯が食べられなくなったときには、直接そこから腸に栄養を入れるという。口からご飯が食べられないって、精神的に辛いだろう。そんな日が来なければいいのだけれど、癌は食道をふさぎつつあるらしい。

退院してからの一ヶ月を家で療養すると思っていたのだが、手術の日から一ヶ月ということだったらしく、計算すると一〇月の二週目には再入院ということになる。病院は早く抗がん剤治療に取り掛かりたいのだろう。手術から早ければ一〇日で退院できるということだったが、その通りになれば今週の土曜には退院の予定だ。しかし今日は気持ち悪いというし、どうなることやら。早く退院できれば、家にいる時間も長くなる。退院に向けて、早速荷物を減らすと言うので、差し入れの本をごっそり持って帰ることになった。

親父がまた来たらしく、なぜか持ってきたという死んだお母さんの大量の日記を読んだという。ここ見て、と渡された古い大学ノートには、春に死んだ義弟を産んだときの日記があり「また原稿のネタができた」と言う。お母さんは義弟を産んだときに妊娠中毒症で入院していた。その後、義弟を置いて家出もしたりして、その時期の日記もあるらしい。達筆だが読めないほどではない。これを石田さんはどう書くのだろうか。

あとこれ、と見せられたのは、昨日お見舞いに来たアベシにもらったというお見舞い金二〇〇〇円だった。

「二〇〇〇円っていうのがまた」

と言って笑っている。それでもちゃんと持ってくるアベシがおもしろい。曽根君を連れてきたらしい。全部話したの？　と聞くと、もちろん、と言う。

「アベシはそうでもないけど、曽根君が深刻そうな顔してたな」

曽根君は石田さんが数年前に鬱病になったとき、それまでと何も変わらず接してくれた唯一の人と本に書いてあった。曽根君については詳しくないのだが、石田さんの知り合いの中で、おそらく一番恐いことで有名な人だ。当時、そんな曽根君の存在には救われただろう。私も石田さんと曽根君と一緒に、今里さんが捕まったときに面会に行ったことがある。警察に向かって、鼻をかく振りをして中指を立てていたのを思い出す。

いまお金ないから、この二〇〇〇円もらっていい？　と言う。当たり前じゃん、もっと渡しておこうか？　と聞くと、いや、たぶん足りる、と。退院する気満々だ。アイスなんか好きなだけ食べてほしい。

「早いところ職場行って、荷物とってこないとな。失業手当も出るはずなんだよ」

職場には、癌の告知があって早々に退職する旨を伝えた。仕事中に読んでいた本がたくさんロッカーにあるらしい。雇用保険の積み立てをしていたとは知らなかった。毎月の給料は、一六万七〇〇〇円だった。社保はない。国保だ。国保ということは、正社員ではなくアルバイトということらしいのだが、社長は正社員だと言い張っていた。いずれにしろケチな職場だったのだ。

もう石田さんの仕事の都合で、私の仕事を調整したり、シッターを頼んだりしなくてよくなるんだなあ、とふと思う。入院しなければ、の場合だが。このまま長生きして、家でのんびり原稿書きをやっていてほしい。私がなんとか稼げるだろう。

「小遣いくらい自分で稼がないとね」

と言うので笑った。本当だ。

荷物や洗濯物を持って帰り、お迎えへ。一六時から下の娘と一緒に歯医者。私も定期検診を受ける。

虫歯が進行しつつあるらしく、歯磨きをしっかりするように言われる。娘も、昨日の上の歯に引き続き、下の歯にも思いっきり穴が空いていた。乳歯だから生え変わるものの、あと三年ほどは使わなければいけない歯だから、きっちり歯磨きを見てやるよう言われる。まだまだ子どもに手がかかる。

家に戻って夕食。昨日作っておいたグラタン。私は昼に食べそびれた、朝作った弁当。お風呂が面倒臭くなり銭湯へ。

今日一日、何もしてないはずなのに疲れている。余裕がなく、少しのことで子どもに当たりそうになる。これまで一ヶ月ほど、ほとんど子どもと三人で過ごしてきたが、いよいよ限界がきているのか。一人になりたい。一人の時間がほしい。原稿も溜まっているが一文字も書けず、すべてがどうでもよくなり、二一時過ぎには子どもと一緒に寝てしまった。

9月22日（木・祝日）曇り・雨

祝日。今週何回休ませんだよ、という感じ。朝から些細なことで子どもたちにイライラしてしまう。本当に、一人にして、と思いそれを実際口に出してしまう。もう一ヶ月近く母子家庭状態で過ごしてきたが、そこまで子どもたちにイライラすることはなかった。そう思うと、本当に小さい子どもではなくなったし、改めて乳幼児の頃は毎日が地獄だったのを思い返す。

こうして毎日日記を書いていると、書いた端から起こった出来事を忘れていくような気がする。逆に、忘れるために書いて残しているのかもしれない。自分が生きてきた証拠のようなものをこうして残すことは、写真を撮ることにも似ている。いま、あの頃の日記を読むことができない。まだ日が浅すぎて、読めばしんどい気持ちをありありと思い出してしまうからだ。これまでの日記を他人事のように読める日がいつか来るのだろうか。

どうにも体調が悪いので、今日は家から出ないことにする。石田さんに今日は行けないことを伝えると、昨日の夜から吐き気が出てしまい、食事もできないので点滴に戻ったという。退院はいつできるのだろうか。

午後、コインランドリーへ。天気が悪いせいか四台の乾燥機が埋まっている。空くのを待つため椅子に座る。最近この時間が一番落ち着く。坂脇慶君に電話。高松の「BOOK MARÜTE」が投げ銭ステッカーを引き続きやってくれるというので、新しくステッカーを作ろうと思い、デザインをお願いすることに。すると慶君のところにも、石田さんのために何かやろうとみんなが相談を持ちかけてきているらしく、いろいろと考えていたとのこと。もちろんすぐやるで、と了承してくれた。

「ステッカーの絵をいろんな人に書いてもらって、それを石田さんのゆかりのある本屋とかレコ屋に置いてもらうのはどうかな？」

「今回ギャラが出せないし、頼みにくいけど任せるよ」

「石田さん、写真で見たらこないだよりちょっと痩せとったね」

慶君は、癌の告知を受ける前日にお見舞いに来ている。

「食べてないからね」

「石黒さんが「医者は三割の嘘つくから、五年の三倍の一五年が真実で、それすなわち平均的な寿命」って言っとるのウケたで」

石黒さんの姿が思い浮かぶようで笑ってしまった。ＥＣＤは死なない、的なやつだ。

慶君は石田さんのＰＶも作っているのだが、いま作っているＰＶのオチが石田さんが星になるというものだったらしく、作り替えているという。石田さんは笑ってくれそうだけど、これはデザイナー生命に関わる、と。

家に戻るとき、マンションの共有階段が相当汚いことに気づく。ここは週一でうちが掃除をする契約になっていて、その分共益費の三〇〇〇円をなしにしてもらっているのだ。いままでは月一くらいで石田さんがほこりまみれになりながらやっていたのだが、忙しくてすっかり忘れていた。久々にマスクをし、五階からほこりを掃きながら下に降りていく。目立つものだけ掃いてとればいいと思っていたが、あまりの汚さに大真面目にやってしまう。三階を掃いていると３０１のＫさんの旦那さんが家から出てきた。こんにちは、と挨拶すると、

「旦那さん大変ですね、なんかあったら、うちのに言ってもらえれば」

と言って出かけて行った。ネットのニュースで見たのだろう。

Ｋさんの旦那さんはミュージシャンのローディーをやっているらしく、しょっちゅう地方のライブに駆り出されていると聞いた。震災前から同じマンションに住んでいたのだが、専業主婦の奥さんと

は震災の日をきっかけに話をするようになり、二年前くらいにシッターを初めて頼み、私の帰りが遅いときに子どもたちを家で待たせてもらったりしていた。意を決してお願いしたのだがあっさり受け入れられ、むしろ喜んでくれていたように思う。旦那がいない日ならいつでも大丈夫よ、と言われているのだが、最近はあまりお願いしていなかった。Kさん自身も近所のスーパーで夕方までバイトをしているので、その時間に行けば会えるのだが、最近は顔を見ていない。会ったときにいろいろ話そうと思っていた。

一階まで掃除し終わると、信じられないくらいほこりがたまっていた。週一で掃除していればここまでにはならないだろう。

9月23日（金） 雨

ねえちゃんが「ＥＣＤ基金」をやろうと言い出した。ねえちゃんは、私が東京に出てきて初めて付き合った彼の友人のお姉ちゃんだ。なぜか私は最初から「ねえちゃん」と呼んでいる。もう随分会っていなかったが、今年初めに写真展をしたとき、ねえちゃんは子どもを連れて見に来てくれた。『かなわない』をいたく気に入ってくれたらしく、そこからまた連絡をとるようになった。

ねえちゃん曰く、私たちのファンの人が純粋に二人の力になりたいと思っているはずだという。音源やシールの投げ銭をやっているのは知っていたが、趣味が違うと買いづらい、ダウンロードしづらい。この二択以外に何かダイレクトな方法はないかと考えてくれたのだそうだ。ねえちゃんが口座を開設し、集まったお金をそのまま渡してくれようとしていたらしいのだが、私が矢面に立つのが一番影響力があるのではないかと言う。つまり「援助してください！」と声を上げろと言われているのだ。お膳立てはするからやったらどう？　という提案だ。とりあえず石田さんに聞いてみるね、とそのままメールで転送しておいた。

「誰もなんの見返りも求めてないので、お礼に何かせねば、とか返さねばなんて気持ちの用意はまったく必要ないと思います。唯一期待するとしたら、二人の近況、真実を少しずつでも語り続けてほしいということだけだと思います。本当は、そんなことも余計なお世話なんですけどね」

と書いてある。

重いな、と思ってしまった。すごくありがたい提案ではあるけれど、私が矢面に立つのは疲れるからまず無理ということは伝える。しかし、二人の近況、真実ってなんだろう。どこまで、どういう形で伝えてほしいのだろう。

ねえちゃんの、私たちを助けたい、という気持ちはありがたいのだが、少し頭を抱えてしまう。そしてこの勢い、この人、私に似てるなあと思った。おせっかいがすぎるというか、やりすぎるというか。これだ！　と思ったらぐいぐい相手の領域に踏み込んでくる感じ。わかるわかる、と思うのだ。

昨日も連絡があり、

「石田さんは、一子ちゃんの守り神なんだよ。でも、一子ちゃんはどんどんパワーアップしてて、いま役目を交代するときが来てしまっているのかもしんないなぁーって、残酷すぎるけど思ったり。お父さんは永遠だけど、命の永遠は難しいからね。みんなでできるだけ応援したいよ」

とあった。

『かなわない』を読んでそう思ったのだそうだ。また、共通の友人も力になりたいから、写真展やトークショーをやらない？　と言ってくれているという。写真展は無理、と言うと、

「鉄が熱いうちにやろう。まずトークショーだけでもやろう」

というので、それもいま何を話していいかわからないから、落ち着いたら、と断った。来月から抗がん剤治療でどうなるかもわからない。先の予定がいまは組めないのだ。

「抗がん剤、効き方マチマチみたいだしねー。本人も辛いし、あれ見てるのも辛いんだよね……次目を閉じたら開かないかもってものすごい寂しくなるみたいだから、なるべく一緒にいてあげたらいいよ」

そういうものなのか。しかしいまそれを言われると。とても心配してくれているのはわかるのだが。

案の定、石田さんからも「知り合いじゃないから断って」と連絡が来てほっとした。そのまま伝えると、

「じゃあ見方を変えて、一子ちゃんを助けたいという友人の一人として私が口座開設する、で任せてくれる？」

と返信が。それなら、ともう了承する。ありがたいことだ。

昼の撮影を終えて雨の中病院へ。石田さんに諸々伝えると、募金って難しいよね、と。谷さんの音源が売られている中、ツイッターで「Tシャツポチった」と書いたらしいのだが、書いたそばから、あれ？　これ書いたらまずかったのかな、と思ったのだという。石田さんにはなるべく自由に発言してほしいのだが、こうして気を遣うことになるなら、金銭的な援助はすべて断り続けなければいけなくなる。そもそも、そこまでお金に困っている状態ではないのだ。これから先がどうなるかはわからないけれど、とりあえずのお金があるからこそ、そこまで気が乗らない。

「どんだけ貧乏だと思われてるんだろう」

と石田さんが言う。どれくらいあれば余裕があるといえるのかもわからないが、とりあえずいま困っているわけではない。これから困ることになるのだろうか。それを考えると確かに怖い。

昨日から吐き気があるらしく、横になると気持ち悪いと、ベッドに座ったり向きを変えたりともぞもぞしている。隣のベッドが急に騒がしくなり、石田さんが小さい声で、

「肝硬変。酒の飲み過ぎ」

と言った。

石田さんが昔なりかけたやつじゃん、と言うと、そうそう、と。向かいのベッドが空っぽになっているのに気づき、どうしたの？　と聞くと、昨日夜中に何かぶつぶつ言い出したと思ったら突然窓辺に立ったり、何かガチャガチャ触り始めたりして、看護師さんが飛んできたという。そのときに「あー、発作出ちゃったね」と言われて個室に連れて行かれたらしい。坊主の若いイケメンだと石田さん

は言っていた。精神的なやつ？　と聞くと、アル中のせん妄症状というものらしい。アル中だらけじゃん、と笑ってしまったが笑い事ではないだろう。どうしてそんな二人にはさまれてしまったのか。

今日はさっきまで、吐き気の原因を探るためにＭＲＩをやったのだという。私も一度やったことあると言うと、え、いつ？　と驚いていた。三年前だろうか、あまりに頭が痛いので病院へ行くと、脳梗塞が怖いので、一応ＭＲＩの病院へ行ってくださいと言われ検査したのだ。実費で一万八〇〇〇円ほどだった。結果は副鼻腔炎で膿が溜まって頭が痛くなっていたらしい。そのときは当時の彼がついてきてくれたので、石田さんには何も言わなかったのだ。

ツイッター見るなって石田さんに伝えてって、知らない人からツイッターで言われたよと言うと、昨日はツイッター見てない、と言う。テレビの画面もしんどいらしい。吐き気止めは六時間おきに一日三回までしか飲めず、夜にとっておかないと眠れないからと、いまも我慢している。こうして話しているあいだも、何度か座り直したりしている。

吐き気がするのは脳の関係かもしれないと先生が言うらしく、どうやら脳への転移を疑っている様子。

下の娘が夜、手をつないで寝てほしいと言ったことを伝えると、そんなにかぁ、と肩を落としていた。こんなことを伝えたところで、石田さんも辛いだろう。

今日、しばき隊の人やレコード会社の人、そしてフクユーもお見舞いに来たいと言っていたらしいのだが、全部断ったという。相手できない、と。

帰り、エレベーターホールまでいつものように見送ってくれたが、昨日、看護師さんから、「いつもいらっしゃる女の子はお孫さんですか？」と聞かれたという。いえ、自分の子どもで、結婚が遅かったので、と話したらしいのだが、笑ってしまった。

家に戻ると石田さんからメールが来ていて「検査の結果は、脳に異常なし、大腸の手術後の経過も順調」とのことで、吐き気止めで症状を抑えることになった。一体何が原因なのだろう。

そしてねえちゃんからもまたメールが届いた。

「法律専門の友達に口座開設を相談したら、お叱りを受けた……。

・寄付をもらうのは簡単なことじゃない。

・すぐにトラブルが起きる。

・あなたはその責任を負える状況にない。

・振り込んだはずなのになんの連絡もない。

・いくら集まった。

・いま一子ちゃんや石田さんがどんな状況か。

上記項目、そしてクレームを誰がまとめるのか。お金を集めることを安易に考えるなよ、バカと。ベストは、一子ちゃんがいまの写真を撮りまくり、写真集にする。それならファンディングの意味がある。タイミングがあるとしたらそのときだけだと。

気持ちが先走ってしまい、安易な発言してしまってごめん。でも本当に力になりたいのよ」

直接話したいから病院に行きたいと言われたのだが、やんわり断っておいた。一連の流れでとても疲れている自分がいた。

写真集か、と考えた。写真は撮っているが、いまはそこまで考えられない。毎日を、ただいつも通りに、必死に過ごしているだけなのだ。

9月24日（土）雨

八時起き。一瞬、今日が日曜かと思ったが、土曜だった。昨日寝るときに子どもたちと、明日は早起きしない、ということになったのだ。今日は九時に家を出ればいい。上の娘は学童、下の娘は土曜保育、私は仕事。朝食、おにぎり。ひき肉が残っていたのでお弁当用にハンバーグを作る。残ったタネは夕飯に。晴れ間が出そうな曇りだったので洗濯物を外に干して出かける。

一一時から一件撮影。終わってもっさんに連絡し、一緒に昼食を食べることに。もっさんは神戸に住んでいるのだが、徐々に拠点を東京に移したいと、月三万円払ってもらって事務所をシェアしている人だ。スチールギターのミュージシャンであり、こうして月一くらいでやってきてはスチールギター教室を事務所でやっている。それ以外のときは機材置き場として使っているのだ。こうして会うのは相当久しぶりな気がする。

で、どうなん旦那さんは、と聞かれ、余命宣告されてるよ、もっさんの周りでも癌はいるんじゃないの？　と言うと、いるよ、死ぬ死ぬ詐欺がな、と関西人らしい返し。やはり何人か癌になったミュージシャン仲間がいるという。もっさん曰く、お逝きになられた人から、克服した人まで。死ぬ死ぬ詐欺もわからなくはないわな、と。本当にどうなるかわからないのだ。石田さんも、死ぬ死ぬ詐欺であってほしい。もっさんのお母さんも最近脳梗塞になり、食事ができなくなったという。それで胃にチューブを通してそこから栄養を摂るかどうか、家族内で悩んでいるという。それ、石田さんもやってるやつだ、と思った。ものが飲み込めなくなったときに、そこから栄養を入れるのだ。もっさんのお母さん自身はそこまでしたくないと言っているらしいのだが、かといってこのままでは死んでしまうし、と家族は考えてしまう。

土砂降りの中、自転車で帰ろうとすると、もっさんが大きめのゴミ袋の底に穴を開けて「ここから顔だけ出してかぶって帰りや！」と大真面目に言う。ここ東京だよ！　と大笑いした。

朝干した洗濯物が全滅。全部洗い直すことに。

上の娘と一緒に保育園へ迎えに行くと、ちょうど玄関で、下の娘のおともだちのお母さんに会った。パパなんの病気？　と聞かれたので、癌です、と答えると、そこに副園長先生も通りがかり、二人とも絶句してしまう。え、どこ？　と言われ、大腸と食道、食道はもうとれないって、といつもの説明をする。そんなあっけらかんと……もう受け入れたの？　と聞かれ、受け入れてるのかどうか自分でもよくわからず、うーん、としか答えられない。受け入れるって、何をどう受け入れるということなんだろう。

娘たちと一緒にバスで病院へ。こうして連れてくるのはいつぶりだろう。退院できると思ってあまり連れてこなかった気がする。ここ最近私の体調も悪かった。もう日々のことが思い出せない。

珍しく病室にいないのでどうしたのかと思いきや、トイレで吐いていたらしい。調子どう？　と聞くと今日も吐き気がするという。

MRIの結果、脳には異常なく、吐き気の原因は食道癌からだろう、ということになっているらしい。吐き気で食べられないということで、腸につながっているチューブから栄養を入れている。点滴のポールにぶらさがっている栄養のボトルには、「一〇月一日まで」と書かれている。

「一〇月一日って言ったら、えんちゃんの運動会じゃん」

「ね」

この調子だとすぐには退院できそうにないらしい。

食べられないってどんな感じ？　と聞くと、テレビ番組で人が食べてるの見るとムカつく、と言う。急いで食べていたパンを隠そうとしたが、いいよいいよ、と力なく笑っている。吐き気止めはあまり効かないのか、効いてそれなのか、何度かトイレに吐きに行っていた。出るものは胃液だけらしい。横になっていると気持ち悪くて、座っているほうが楽、と言っていたのだが、途中、ちょっと戻っていい？　と言ってベッドへ戻って行った。

下の娘は手をつないで付き添い、上の娘は待合室にある漫画を熱心に読み続けるという対照さだ。

今日は隣のアル中の人のところにも奥さんと娘らしき二人が、カーテンの隙間から見える。娘さんは小学校高学年だろうか。ベッド横のテレビでイヤホンをしてアニメを見ている。

下の娘がベッドに座り、石田さんの足をさすっている。

「パパの足やせた。だってこんなに」

と言って足の皮をつまむ。まえはこんなじゃなかった、と言う。

「手のいろもちがう、きいろっぽい」

よく見ているなあと思う。黄色いのは病室の明かりのせいかもしれないが、下の娘は本当にいろんなことをよく見ている。

「にゅういんしていいことあった?」

「ないよ。こうしてえんちゃんが来てくれることがいいことかな」

下の娘が石田さんの体をさすりながら、

「あきらめたらだめだよ、あきらめたらそこでおわりだよ」

と漫画の台詞のようなことを、いつもの舌ったらずな喋り方で言う。石田さんも驚いていた。

運動会、お父さん来れないから、神田さんにでも来てもらう? というと、親子競技は誰がやるの? と聞く。そりゃお母さんが出るよ、と言った。私は苦手で、毎年石田さんが全部出てくれていたのだ。なんで? と聞くと、

「おやこきょうぎだから、ほんとうのかぞくじゃないとね」

と娘が言う。本当の家族。

石田さんの調子があまりに悪そうなので、適当なところで切り上げた。今日も家族以外のお見舞いは断っているらしい。

家までの帰り道に「ご自由にお持ちください」があり、子どもたちが嬉々としておもちゃを選んで持ち帰る。娘たちが、何が「ご自由にお持ちください」にあったら嬉しいかという話で盛り上がっている。下の娘が、

「おうちがあったらいいな、お城みたいなおうち」

と言った。もしもお城のような家をもらえるとして。もうそこに四人で住む想像ができなかった。あんなに調子の悪そうな石田さんを見たからだろうか。今日はいつにも増して気分が落ち込んでいる自分がいる。

家に戻って洗濯物をコインランドリーへ持って行く。娘たちは拾ったおもちゃで盛り上がっているので留守番も大丈夫そうだ。

ちょっと行ってくるね、と言って、ずっしりと濡れて重い洗濯物をゴミ袋に入れて運ぶ。この一ヶ月でコインランドリーに何度通っているのだろう。石田さんがいた頃、雨の日は毎回これをやってくれていた。

一〇〇円玉を三枚入れると、大きな音を出して乾燥機が回り出した。一度家に戻ろうかと思ったが、誰もいないコインランドリーの居心地がよく、そのまま腰をおろす。返信をすぐにくれそうな人を探してはメールを打ち、返信を待つ。こうして一人になれる時間がなかなかない。子どもの前では泣け

ない。今日も泣きそうになるのを我慢して病院から帰ってきた。私が泣いてしまうと何かが崩れてしまうような気がする。

そういえばさっき河出書房新社から文藝賞の授賞式の招待状が届いていた。一ヶ月後に山の上ホテルだ。授賞式に興味はないが、山の上ホテルは行ってみたい。砂鉄さんに行くかどうか連絡すると、一緒に行こうと返信をくれた。「ローストビーフなんかがありますよ」とのこと。一ヶ月後はどうなっているんだろう。ローストビーフいいな、と思ったのと同時に、石田さんは食べられないことが頭をよぎる。あぁ、なんかもうここからは石田さんに後ろめたいまま生きていくことになるのかな、そんなことこれまで一度もなかった。石田さん、かわいそう。そう思うと、コインランドリーで涙が出た。結局三〇分、そのままコインランドリーで座っていた。

家に戻ると吉祥寺の親父から電話が。お見舞いに行くのだが、石田さんの声が小さく、補聴器をしていても聞き取れないらしい。「あまり大きい声出させないでくれ」と石田さんに言われたらしいのだが、食道癌を調べると、声が出なくなるとあったという。先生から聞いてた？　と言われ、そんなことは聞いていなかったが、聞いた聞いた、と答えた。こんなことになっちまってなあ、と受話器越しに一人声をつまらせているので、だんだんイライラしてしまい「それで、籍は抜いたの？」と大きな声で聞き返した。「石田さんが心配してるよ！」と嘘とも本当ともつかないことまで言ってしまったが、まあ間違いではない。もしもその義理の息子が親父の遺産狙いだとしたら、このタイミングで近づいてきたのはやっぱり許せない。石田さんの二歳下の弟は、親父の電話に出なくなったらしい。

わかるような気がした。私だって出たくない。でも、石田さんのお父さんだから、とも思う。

ふと、お母さんに泣きつきたいと思った。私のいまの苦しみや悲しみをいくら周りの人たちに伝えたとして、ちっとも減る気がしない。全部をさらけ出せて、受け入れてくれるのは、結局お母さんしかいないのではないだろうか。周りを見渡しても誰もいない気がして、どうしてもそこに行き着いてしまう。そんな希望が昔からずっとあって、それがかなえられることがなかったから、私はいまこんな風になっているというのに。母への憎しみとともに、子どものように泣きつきたい衝動にかられる。

結局私は自立をしないで生きてきたのだ。お母さんから石田さんへ、バトンが渡されただけだった。それがいま、自分に戻ってきてしまったような思いがする。自分のバトンは自分で持ちなさいと。

こんな形で自立をしなければいけないなんて、思ってもみなかった。

9月25日（日）晴れ

やっと晴れた。朝から布団を干すなど。石田さんにメールをしてみると、昨日よりはマシらしく、夜寝られたという。

午前中、溜まった原稿書き。

これも読めそうにないから持って帰って、と言われた本、斎藤環著＋訳『オープンダイアローグとは何か』を読み始める。石黒さんにもらったらしく、これだけは読もうかな、と病院に残していたのだが、なんだかんだで本は読めないらしい。私も気になっていたので読み始めるも、あまりの眠気に昼寝。本はなかなかおもしろそう。

一四時過ぎに起き出し、そこから病院へ行くことに。行く前に近所のファミマで昼食。子どもたちにも好きなものを選ばせる。上の娘は握り寿司のパック、下の娘は日清カップヌードルの醤油味。ミニサイズにしな、と言いつつもミニが売っておらず、食べきれるというので普通サイズに。私は親子丼とカレーと迷ってカレーに。温めてもらいイートインスペースで食べる。石田さんがいまは食べられないので、少しだけ気を遣っている。イートインには一〇席くらい並んで椅子があるのだが、三つ並んで空いていない。コーヒーゼリーを食べていたおばさんが「ここどうぞ」と一席詰めてくれたので座れたが、そのおばさんはみずほ銀行の通帳を開いてはぶつぶつ何かを言っている。私たちが各々好きなものを食べているのを横目で見てきてちょっと怖い。食べて早々に退散。

バスに乗って病院へ。土日は京王バスが子ども五〇円というキャンペーンをやっているのだが、今日は都営がやってきて残念。くじみたいなものだ。

石田さんはメールの通り、昨日よりマシらしく顔色もだいぶいい。昼に親父が来たらしく、石田さんの弟が死んでから近づいてきた、例の義理の弟のことを自分も怪しいと思っていると言っていたらしい。

石田さんがナースステーションでもらってきたというパンフレット「私たちの道しるべ　がんと共に生きる人々へ」を渡される。癌との付き合い方がイラストつきでわかりやすく書いてあり、新宿区・杉並区・中野区の癌に関する病院や施設のマップが載っていた。杉並区で癌に特化した一番大きな病院は阿佐ヶ谷にある河北総合病院らしく、石田さんのいる佼成病院は、ホスピス・緩和ケア病棟がある病院として名前が入っていた。ホスピスということは、この病院で看取ることができるのだろう。新宿区には、看護小規模多機能型居宅介護というものができる建物があり、そこには「家族と共に看取りが可能に！」と書かれている。写真を見る限り、表向きは家のような施設で「通い・訪問看護・訪問介護・泊りの四つのサービスを備えた施設」とある。病院よりも家庭らしい雰囲気なのだろうか。こんなもの渡されて、いよいよ看取りまで心配し始めたのかと少し驚いた。もちろんそれ以外の情報もたくさんあるのだが。

帰る頃には陽も落ち、暗い道をバスに揺られていると、いつも今後のことをふと考えて暗くなる。看取りといえば、浅野《あさの》さんの話を思い出す。石田さんが緊急入院した日、私は高松にいた。担当編集の柴山さんと高松在住の友人のなかっちゃんと、浅野さんの運転で豊島《てしま》を巡っていた。石田さんがすぐにでも入院しなければいけないことになり、諸々の調整を終え翌朝に東京へ戻ることになった。最後の夜と思い、ゲストハウスの浅野さんの部屋にみんなで集まり、買ってきたお酒を飲みながら話していた。浅野さんに結婚観を質問すると、そこから話は膨らみ続け、浅野さんのおじいちゃんが後妻に騙された話から、バリ島で霊能者にならないかと修行に誘われた話、初めて見た幽霊の話と笑いが絶えない。宴も終盤というところで唐突に浅野さんが、

「僕はアフリカで死にたいんです」

と言い出した。なんでまたアフリカですか、と聞くと、

「最期くらいわがまま言って人に迷惑かけたいんですよ」

といつもの大真面目で言う。淺野さんはアフリカを旅したことはあるが言葉はしゃべれないらしい。言葉が通じないの怖いじゃないですか、と聞くと、言葉が通じなければ人に気を遣うこともないからいいんですよ、と。なるほど。なんか石田さんに似てる。

「でも最先端の医療は受けたい」

というところでアフリカの大都市ナイロビが希望なんだそう。

次の日の朝、高松駅まで一緒に歩いたが、夜に話したことを何一つ覚えていないと言うのでまた笑った。また淺野さんと話がしたい。

家に帰ると、デザイナーの山野さんからメールが来ていた。「参考になれば」というタイトルと共に、リンクが二つ。どちらも癌についてのもので、ひとつは「ガンが消えた人に、何を食べたのか教えてもらった」というタイトルのブログで、癌になった旦那さんを食事療法で治した人のものだった。

「なんとなく、前にブックマークしたの見つけた」

と書かれている。山野さんも人間ドック行ってってね、とお礼を返信した。

食事療法はどうにも胡散臭いと思ってる部分があったのだが、山野さんという自分の信頼する人が教えてくれるとなると、逆にこれで治るような気さえしてくるから不思議だ。もうなんでもいいから試してみよう、という気持ちもある。読んでいくとやっぱり人参ジュースが出てきた。いまなら宗教

にハマる人の気持ちもわかるような気がする。宗教の勧誘がきたら絶対に聞く耳をもたないと決めているが、ヤクルトが毎週営業に来るようになり、無視できない自分もいる。

石田さんにもリンクを「なんか治る気がする！」と子どもの写真と一緒に送ってみた。お父さんに写真送るから笑って〜と携帯で撮ったものだ。笑うことも免疫を上げるらしい。病院へ行けない日はこうして子どもの写真を送るのもアリだな、と思った。死ぬと決まったわけじゃない、治ることだってあるんだと思えたことで、気分は少し上を向く。

9月26日（月）　晴れ

石田さんから朝一でメールが届いていた。

「退院は口から食事を摂れるようになったらということで昼から食事を出してみると」

「ちょっと怖い」

弱音を吐くとは珍しい。

「ちょっとずつ食べてみればいいさ」

前は病院で出されたお茶がきっかけで気持ち悪くなったと言って、お茶も飲まないようにしていた。トラウマなのだろう。少しずつがんばってほしい。本人も退院したいはずだ。

今日は朝から夕方まで私鉄電車の広告の撮影。下北沢の駅周辺のロケで、女の子のタレントさんと、下北沢の非公認キャラクター「しもっきー」が被写体。しもっきーはUKプロジェクトという音楽事務所が作ったもので、噂には聞いていたものの、見るのは今回が初めて。しもっきーは最初から最後までハイテンションの動きで場を盛り上げ、撮っているほうも楽しかった。

しもっきーの撮影が終わり、おつかれさま、と声をかけると、持っていた撮影用の大きなクレジットカードのパネルの「MasterCard」の文字を指差して、何かを伝えようとしてくる。しもっきーは動きは機敏なのだが、なにせしゃべらない設定のキャラクターなので、徹底して口を開かない。指で文字を隠したり、指差したりする。こっちも必死に解読しようとするのだが。e、C、あ、ECDか。しもっきーは、うんうんとうなずき、今度はガッツポーズを何度も見せてきた。どうやら中の人は事情を知っているらしい。そっかそっか、ありがとね、本人にも伝えるね、と言うと、ガッツポーズをしたまま、台車に乗せられて去って行った。とても嬉しかった。

一七時過ぎにすべての工程が終わり解散。学童に電話し、一人で帰りマンションの下で待つように伝えてもらう。ダッシュで保育園に寄って家に戻る。一八時過ぎ、もうあたりはすっかり暗い。

すでにマンションの下で待っていた娘に、待った？　怖くなかった？　と声をかけると、帰り道、前を歩く高校生のお姉さんがずっと同じ道だったらしく、そのすぐうしろを歩き、全然怖くなかったと言う。歩くのが早くて着いて行くのに必死だったと笑っている。賢くなったな、と感心したが、そろそろ一人で鍵を開けて家に入れないだろうか。マンションが古いので、階段が怖いのだという。そういえば前に、嘘か本当か、階段で足だけの幽霊を見たと言っていた。まあ怖いのも無理もない。

石田さんに、いま家に着いたから、今日は行けないと連絡。撮影が早く終わったら行こうと思っていたのだ。今日は鈴木君と慶君がお見舞いに来たらしい。このあとフクユーも来るそうだ。

慶君に、叔父貴はどうだった？　とＬＩＮＥで聞くと、「今日はいままでより調子いいって」と返信がきた。投げ銭のステッカーも石田さんから許可が出たらしく、正式に作り始めるという。その話をすると、なにより石田さんが嬉しそうにしていたといい、それを聞いて私も嬉しくなった。

9月27日（火）晴れ

午後、今日はタロット占いの授業。私は断易《だんえき》とタロットの二つの占いを習っている。先生も気を遣ってくれて、気晴らしになるようならおいでと言ってくれていた。昨日の疲れもあるし、行くまいかギリギリまで迷っていたのだが、行ってよかった。

練習で、何か占いたいことは？　と聞かれ、いま気になることは石田さんの癌のこと以外ないものの、とても怖くて占えない。先生もお父さんが癌らしく、やはり占っていないと言っていた。こういうことは私のいないところで勝手に占われるのも嫌だなあと思う。占いでなくとも、ネタにされたくない。おまじないで、しじみを川に流すといいらしいという話を教えてくれた。人参ジュースといい、しじみといい、なんでもやってみるか、という感じだ。

学童から戻った上の娘を連れて病院へ。石田さんは吐き気がやっと収まった様子。昨日から食事の量を少しずつ増やしているらしい。血液検査の結果、血中の塩分量が少ないらしく、それで吐き気が出ているのではないかとのこと。点滴で塩分を足しているらしい。塩分と聞いて、最近検索した「若杉ばあちゃん」の食事療法を思い出した。この人も旦那さんが癌になり、食事療法で癌を治したらしいのだが、塩分多めの昔ながらの食事を唱えていた。塩分多めという時代と逆行するものに、もちろん賛否両論あるらしいのだが。

腸に直接入れている栄養の点滴のようなものは、退院してもやらなければいけないという。起きているあいだに一〇時間、五時間ごとの二回に分けてもいいらしい。

ちょうど先生の回診があり、今週様子を見て退院しましょう、とのことだった。土曜日の運動会にもしかすると間に合うかもしれないね、と嬉しそうだ。上の娘は練習を毎日がんばっているという。

日曜から日に日にひどくなる上の娘の咳のために、帰りに近所のクリニックへ行くことに。下の娘も連れて着いたときには四人待ち。ここはとにかく待ち時間が長い。一時間半後にやっと呼ばれると、気管支炎ではなく喉風邪だろうとのこと。今日同じような症状の子どもをたくさん診たと先生が言う。

ひと通り診察が終わると、で、ご主人どう？　と先生と看護師さん。癌だったんですよ、と言うと、うん、聞いてる、と。どうやら病院と連携しているのか、癌のことは知っている様子。そもそもこのクリニックから紹介してもらって行ったのだから当たり前か。

ここで毎年、区がやっている無料の大腸癌検診も来ていた。その検査結果も看護師さんは見返したという。一度も引っかかったことはなかった。

「本当に驚いちゃった、だってなんにもファクターが見当たらなくて」

と看護師さんが言う。だいたい痩せたりするのだそうだ。ご主人タバコ吸うの？　吸ってたことはある？　と何度も聞かれる。吸わないし、副流煙を吸う場所にずっといたというわけでもない。そう言うとまた驚いていた。あのね、食道癌ってタバコを吸ってる人がほとんどなの、だから何度も聞いちゃったけど。

食道癌はもうとれないと言われたことを先生に言うと、えっ？　と驚き、セカンドオピニオンとか……とつぶやいてそれ以上何も言わなかった。とれないと言われたことが、どういうことか先生にもわかるのだろう。リンパにも転移してるらしいんです、と。

「他に症状はなかったの？　飲み込みづらいとか言ってなかった？」

言っていたのだ。ただの老化現象だと思っていたと言うと、

「言ってたのかー、うちでもちゃんと聞けばよかった」

と悔しそうにしている。水分が飲み込みづらいというのは、もう相当なのだという。石田さんが飲み込みづらいと言っていたのが何を指していたのかもうわからないが、とにかく自分の体に無頓着というか、自分のことを人に話さない人だった。それが裏目に出た。石田さんらしいといえば石田さんらしい。

薬局で薬をもらい、帰り道の焼肉屋の誘惑を断ち切って家に着くと、すでに二〇時を過ぎていた。急いで夕飯の準備。長ねぎのみじん切りと豚こま肉を炒めたのを甘辛く味付けして豚丼と、なめこ、

豆腐、油揚げ、わかめの味噌汁を一〇分で作った。あとは残り物のポテトサラダや納豆を出す。上の娘は喉が痛いせいかあまり食べず。宿題をやって風呂に入り、二二時前にやっと就寝。

石田さんにクリニックで言われたことをメールで伝えると、

「飲み込みにくいとは言ったような気がするんだけど。まあ、やっぱり人間ドック入んなきゃ早期発見なんかできないんだよ」

と返信が来た。

9月28日（水）晴れ

朝、下の娘を保育園に連れて行ってから、久々に電車に乗って新宿へ。九時二〇分から上映の映画を観に行くことに。思えばここ一ヶ月以上、普通にどこかへ遊びにいくとか、息抜きなんてものをしてこなかった。映画館なんてどれくらいぶりだろう。『怒り』と『オーバー・フェンス』で迷ったものの、新宿ピカデリーで『怒り』を。二時間二〇分という長さをまったく感じさせず、とてもよかった。沖縄のデモのシーンもあり、石田さんも自分のツイッターのタイムラインで話題になっていて、見たいと言っていた理由がわかった。広瀬すずの体当たりの演技もよかった。昔からなのだが、女の人が虐《しいた》げられることにとても強い苛立ちを感じてしまう。

伊勢丹に寄り、狙っているダッフルコートをチェックしに行くが、来週の金曜入荷とのこと。スケジュール帖にメモメモ。世界堂に寄り、上の娘の2B鉛筆一ダース購入。笹塚に戻り、サミットの前に自転車を置いていたのだが、ついでに衣料品売り場をのぞくことに。ちょうど全品二〇パーセントオフをやっていたので、石田さんの長袖のパジャマとパンツを購入。娘たちの下着と靴下も。下北の事務所に機材をとりに行き、帰りに昼食にしようと友人のオジイのカレーの店「YOUNG」へ。お客さんがいなければ厨房をはさんでおしゃべりできるのだが、今日はひっきりなしに人が入ってきてあまり話せず。それでも暇を見てテーブルまで来てくれた。オジイのお父さんは肺癌だったらしく、余命三ヶ月と言われて一年半もったという。手術はせず抗がん剤治療だったらしい。

今日は下の娘を連れて病院へ。頼まれていた宇多田ヒカルのアルバムもちょうどAmazonから届いたので持って行くと、代引き代を払うと言う。いまならお金あるから、と言うのだが、いいよいいよ、と断る。お見舞い金から払っておくよ、と。お金は先月分の最後の給料が振り込まれていたという。二〇日締めなので数日分なのだが、二万円ちょっとだったらしい。

『怒り』を見てきたと言うと「僕も引退したら見てこよう」と、引退と退院を間違えていて笑った。

病院での食事はお粥ばかり食べているらしく、固形はまだ怖くて手を出せないという。お粥にかける塩を売店で買ってきたというのだが、どんなの？　と聞くと、よくある食卓塩みたいなやつ、という。見れば「アジシオ」だった。アジシオやら旨味調味料は石油からできているという話もあるし、今度美味しい塩を買って持ってくるからもうそれはかけないように、と念を押す。そうこうしていると回診があり、先生たちが、どうですか？　と石田さんを囲んだ。

腸に栄養を入れるチューブが入っているのだが、退院してからも家でやらなければならず、それの付け外しが少し難しいらしい。奥さんも一緒に看護師から習ってください、と言われる。いつなら来れますか？　と聞かれ、金曜の一六時から説明を受けることになった。

「まあご主人お若いですから、すぐできますよ。なんなら、奥さんに教えられるくらいですね、ははは」

と先生が笑うと、周りの先生たちもつられてはははと笑っている。

若いですか、と私が言うと、僕らはおじいちゃんばっかり診てますから、それに比べるとってことです、と。私も一緒に、ははは、と笑っておいた。退院はいつ頃になりそうですか？　と聞くと、来週頭を目指しましょう、とのこと。今週の上の娘の運動会は難しそうだが、下の娘の運動会には行けるだろう。下の娘も嬉しそうにしている。

チューブの付け外しはそんなに難しそうではなかったが、石田さんは練習していたら早速爪が割れたらしい。プーちゃんみたいだね、と石田さんに言うと、そうだね、と。プーちゃんは石田さんが昔飼っていた猫で、乳癌で死んだ。動物病院の先生に、脱水症状になるから家でも点滴を打つよう言われ、石田さんと二人がかりでぷーちゃんに皮下注射の点滴を打っていた。動くと針が外れるので押さえつけなければいけない。ほんの一五分くらいだろうか。力なく暴れるガリガリのプーちゃんの骨の感触を思い出す。辛かった。

9月29日（木）曇り

今日は朝から、去年に引き続きNegiccoのカレンダー撮影。朝早く、九時過ぎには航空公園へ行かなければならない。いつものことだが、仕事で寝坊できないと思うと、眠りが浅くなり何度か目が覚めた。六時過ぎに起き、おにぎりで朝食。保育園は七時半からやっているので、昨日その時間に連れて行くことを先生に伝えておいた。仕事のときは早くからでも預かってくれる。着くと二番目だった。

新宿から西武新宿線で航空公園へ。車内はガラガラ。反対方向は満員電車だ。通勤ラッシュに当たると、こんな毎日で頭がおかしくならないほうがおかしい、と毎回思う。駅に着いたときは雨が降っていたものの、撮影が始まると晴れ間が見えるくらいになった。三箇所ほど周り、一七時過ぎに予定通り全行程終了。

今日は遅くなる予感がしていたので、上の娘は学校帰りにそのまま友達のひまちゃんの家に遊びに行き、預かってもらうよう親御さんにお願いしていた。一八時には帰れると思っていたのだが、川越で終了したため、そこから新宿に出るまでに一時間かかる。ホームからひまちゃんのお父さんの携帯に連絡を入れ、一九時頃になりそうと伝える。大丈夫ですよー！　と明るく言われ、ほっとひと安心。保育園にも延長保育を急遽お願いすると、連絡が遅かったため捕食は出ないけれど預かるのは大丈夫とのこと。給食室との兼ね合いで、確か一五時くらいまでに連絡をしないと捕食の用意ができないのだ。

一九時前に代田橋にやっと着き、荷物を一旦家に置いてダッシュで保育園へ行くと、うちの娘が最後の一人だった。ここまで遅く預けたことはなかったが、だいたい一九時くらいまでは延長保育の子がいるらしい。

下の娘を連れてひまちゃんの家へ。インターホンを押すとすぐにひまちゃんが出てきて「ごはんたべてた、からあげ」と言う。台所がある二階からは唐揚げのいい匂い。ひまちゃんのお母さんと一緒に、上の娘が嬉しそうに降りてきた。

「今日はお父さんが夕飯の用意をしてくれてたんだけど、唐揚げつまみ食いするって言ってたら、だんだんお腹すいてきちゃったみたいで。白ご飯と唐揚げと味噌汁をたべちゃいました」

とひまちゃんのお母さん。お父さんは自営と聞いていたが、すぐ近くのクリーニング屋をおじいちゃんと切り盛りしていると、昨日ひまちゃんから聞いたばかりだ。昔ながらのクリーニング屋さんで、店の前は毎日のように通っていた。家に誰もいない日は、ひまちゃんはクリーニング屋に帰るらしい。お母さんは保育園の先生で、偶然にも上の娘の担任の先生だった。いまだに私は「先生」と呼んでしまうことがある。私のしんどかった時期をよく知る人だ。

お礼を言って帰り道を急ぐ。いいなあ晩御飯、と言うと、すーっごいおいしかったよ、キャベツとトマトとキュウリもたべたよ、と娘。唐揚げも羨ましいけれど、お父さんが作ってくれているというのが、ただただいいなぁ、と思う。

家に着くと、えんもからあげたべたかった、と下の娘が怒り出した。唐揚げは冷凍品も買ってないし、今日はないよ、と言うと、くらしばっかりずるい、と泣き出してしまう。唐揚げ以外で何食べたい？　と聞くと、たこ焼き、と言うので、急いで冷凍のたこ焼きをチンする。タイミングよくおととい冷凍半額セールで買っておいたのだ。

たこ焼きを食べながら、冷蔵庫に貼っておいた上の娘の運動会のお知らせを読むと、雨天の場合は翌日に順延となっている。運動会は明後日の土曜なのだが、雨天のことをまったく考えず、私は次の日に撮影を二件も入れてしまっている。なにより退院しているだろうと見込んでいたのだが、石田さんは土曜の午前中だけ外出許可をもらえたそうで、病院からタクシーで見に来るという。お父さん、病院から運動会見に来るって、と言うと嬉しそうにしていたものの、雨で日曜になったらお母さん行けないわ、と言うと憤慨。しかも天気予報を何度見ても、土曜は雨の可能性が高そうなのだ。

ちょうど運動会のことで連絡をとっていた同じクラスのお母さんがいたので、日曜になった場合は、娘たちを面倒見てもらうようお願いする。昼をはさんで午後まで競技があるのだが、昼食は親と一緒に食べることになっているのだ。決行か中止かは当日の朝、学校からメールで届くようになっている。石田さんは日曜になった場合でも、外出許可をずらしてもらえるらしい。運動会、そりゃ見たいよな、と思う。

床屋に行けず髪がまりものように生えているせいか、ニット帽持ってきて、とリクエストがあった。

9月30日（金）曇り

思い出して朝一で家賃の振り込み。家の一〇万七〇〇〇円と、下北の事務所の七万七〇〇〇円。事務所はシェアしているので、実質五万弱なのだが、この額をこれからもずっと一人で払い続けるのか、と改めて戦慄《せんりつ》する。とはいえ石田さんが文章を書いたりすれば少しは払ってくれるだろう。生きてるだけで丸儲け、頼むよおっさん。

一一時からストレッチの予定が、施術師の人が体調不良で日にちを変えてほしいと電話あり。来週に延期し、私は事務所で冬物をメルカリに出品。オークション方式かと思っていたら、こちらが設定した値段での即決らしい。噂には聞いていたが簡単だ。いらないものをかたっぱしから売っていきたい気分。

百均へ行こうと駅前を歩いていると、前から慶君が。一緒にいるのは川島小鳥だった。二人で銀杏BOYZの打ち合わせのはしごだと言う。その後どうなの？　と小鳥に聞かれ、どうもこうもないよ、と言う。

百均で下の娘がほしがっていた絵の具セットと画用紙を購入。保育園では月一で絵手紙を書く日があり、家でもやりたがっていたのだ。来年になったら学校で絵の具セットを買うから我慢してと言ったのだが、百均なら飽きても惜しくない。

家までの帰りにいつもと道を変え、北沢中の横を自転車で走ると、校庭の目隠しに植えられている金木犀《きんもくせい》が満開。辺り一帯が金木犀のみっちりとした甘い香り。小さい頃から秋といえばこの香りだが、東京は本当にどこもかしこも金木犀が植わっていると思う。空気が少し冷たく乾いてくると、金木犀が一斉に咲き出す。私が家を出るまで実家は汲《く》み取り式で、臭い消しのために秋は花の咲いた枝が置かれていた。だから私は金木犀と聞くと、ぼっとん便所を思い出す。秋になりみんなが金木犀で騒ぎ出すと少しおかしくもある。

近所の郵便局に寄り、不在通知の郵便物を二通受け取り。最近は家にいないことが多く、なかなか受け取ることができない。友人からのレターパックと、サランラップの懸賞で当たった商品券の簡易書留。ついでに切手を購入。高円寺でお店をやっている友人から届いたレターパックは、項目に「食品」と書かれている。開けてみると真空パックの崎陽軒のシュウマイが二パックと、子どもたちへ、と黒猫のアイシングクッキーが二つ。丁寧に梱包され手紙と一緒に入っていた。急にシュウマイを贈りたい、と思ったのだそう。心優しい女性店主。

今日は一五時から栄養指導があるらしく、病院に行く約束になっている。退院後の食事についていろいろと説明があるらしい。行く前に図書館に本を返そうと思い自転車を走らせていると、図書館の近くの小さな商店の店先に『ちゃお』の来月号が。この店は昔から月曜発売の『ジャンプ』を金曜に出すような店なのだ。明日から一〇月とはいえ、週明けになると思っていたのでラッキー。とはいえ世の中的にはだめなことなのだろう。上の娘の喜ぶ顔が目に浮かぶ。

図書館の門の前で見たことのある顔が。お互いに、あ！　となった。久美子さんだ。

上の娘がまだ一歳にもなっていないとき、代田橋のエレベーターで一緒になったのが始まりだった。同じくらい小さい男の子をベビーカーで連れていて、思わず私から話しかけたのだ。やはり子どもは同い歳で、久美子さんも歳が近かった。そこからは近所ということもあって、しょっちゅう遊ぶようになったのだが、久美子さんが下の子を出産してから疎遠になってしまった。その下の子の幼稚園バスが帰ってくるのを待っているところだという。

久々の再会の喜びもつかの間、実はたまに一子ちゃんのツイッター見てるの、旦那さんもヤフーニュースに載ってたし、大丈夫？　と。こう言われるといつもどう返そうか迷っていたのだが、久美子さんには普通に、もう余命宣告されててね、と言う。会った瞬間から、会わなかった四年間が一気に縮まったような不思議な感覚があったからだ。まあ、どうなるかわかんないしね、長生きしてほしいよ、と言うと、実はね、と久美子さんも、下の子が発達障害かもしれないと言われていることを教えてくれた。

そうこうしているとちょうどバスが戻ってきた。娘のIちゃんにこんにちは、と声をかけると、こんにちは！　と返してくれるが、久美子さんが言うには、おうむ返しばかりでいまだに会話ができないのだという。月二で療育に通っているが、小学校の普通学級は難しいかな、と。

S君は元気？　と聞くと、あの子は相変わらずだよ、落ち着きがなさすぎて、と笑っている。S君はうちの上の娘と同じ学年だが違う学校になってしまった。久々に会わせたら覚えているのだろうか。

Iちゃんは引き止めてもどんどん進んでしまい、久美子さんが慌てて追いかけて行き、また近々会おうね！　と手を振って別れた。

一五時まで二〇分を切っている。自転車で病院へ急ぎつつ、昔のことを思い出していた。久美子さんと一緒に遊んでいた頃のことは、もう鮮明には思い出せない。それくらい、子どもが大変な時期だった。久美子さんとあのとき会わなかったらどうなっていたんだろう、とふと考える。思い出せないことはたくさんあるけれど、久美子さんの家の賑やかなディズニーのキャラクターの山や、淹れてくれた美味しいアイスティー、いつも優しい笑顔、そんなことはよく覚えている。久美子さんの存在にはとても助けられたのだ。

病室に着くと「すごい、ちょうど一〇分前だ」と石田さん。看護師さんが呼びに来て、一階にある栄養指導室へ。食道に癌があり、とにかく飲み込みにくいため、何でも飲み込みやすい形であればいいとのこと。食べてはいけないものが特にないのは救いだ。病院での食事も、肉は固く、食べる気にならないという。胃カメラで見た食道の癌を思い出した。もう食道をふさぎかかっていた。

ラーメンとかいいんじゃない、カロリーもあるしと言うと、ラーメンいいねえ、「バリやわ」とかあるらしいし、と笑っている。食べられないときに、飲んでカロリーが摂れる栄養補助飲料のパンフレットも渡された。消化のしやすさのグラフやカロリー表などいろんなプリントをもらったが、来週退院できたとしても、一週間後にはまた入院する予定になっている。一刻も早く抗がん剤治療を始めなければいけない。家では好きなことをしてほしいと思う。食事以外には病院と同じように、腸に栄養を直接入れることになっていたが、口から飲めるならそれでもいいということになった。手術前は同じものを飲んでいたらしい。それが飲めるなら、腸に入れるのに一〇時間かかると言われていた時間が一気に短縮できて、自由時間が増える。ただ、めちゃくちゃまずいのだという。

週明けに退院と言われているんですが、月曜は何時に帰っていいんですか？　と石田さんが看護師さんに聞いている。そんなの聞いてない、と戸惑った顔をした看護師さんがナースステーションで確認すると、週明け退院とあるだけで、ちゃんとした日時は先生の判断次第なのだそうだ。退院したくて焦っているように見えた。

家に帰ると、学校から明日の運動会は天候不良のため延期、とメールが届いていた。急いで方々へ連絡。おそらく日曜は晴れるから開催されるはずだ。日曜は撮影を二件入れているため、朝、下の娘を学校へ連れて行き、上の娘のクラスメイトのお母さんであるアサコさんに預かってもらうようお願いする。アサコさんにはまだ言っていなかったが、石田さんの病状のこともメールで伝えておいた。石田さんは外出許可を日曜に変更してもらったという。私も二件目の撮影の人の時間を繰り上げてもらい、なるべく早く学校へ着けるようにした。

午前中に上の娘の出るマスゲームや五〇メートル走があったのだが、それはもう仕方ない。

夜、「一八時過ぎにいきなりユウザロックがきた」と石田さんからメール。こっちより深刻な顔してて困った、と。そのあとには反原連のミサオ・レッドウルフさんという方が、反原連のみなさんからと、お見舞い金を持ってきてくれたという。四万一〇〇〇円も入っていたらしく、入院費が払えてしまう、と。よかったね、と返信しておいた。

10月1日（土）曇り

運動会中止ということで朝九時起床。のんびりしていると、一〇時頃チャイムが。外からは「吉祥寺～」と親父の声。吉祥寺の親父はこうして突然やってくるのだ。布団くらい片付けないと、とバタバタしていると、何度もチャイムを鳴らし、ドアをガチャガチャと回してくる。耳が遠いし、このまま居留守を使おうかとも思ったが、子どもの手前そんなことはできず。親父は電車で吉祥寺から来たものの、学校に行き運動会が中止と知ったらしい。初めて学校行ってみたけど、ピカピカなんだねえ、と言い、デジカメで学校の様子を撮ってきた、と上の娘に写真を見せている。昨日の時点で中止になっているのだから、石田さんも連絡しただろうに、おかしい。メールを見ていないのだろうか。そうこうしていると昼前には帰って行った。

午後、バスに乗って方南町へ。島忠まで歩いて行き、昼食にモスバーガー。地下の自転車売り場で上の娘の自転車の試乗。二〇インチと二二インチで迷っていたが、二〇インチでよさそうだ。ネットで娘が気に入るのを探して買うとする。

ここから病院へは歩いて一五分ほど。今日はずっと曇っているが、結局雨は降らなかった。今日が運動会なら、私もちゃんと見に行けたのに。

病院へ着くと、石田さんが「親父いるよ」と言う。一五時頃にやってきて、私たちが来るのを待っていたらしい。もう一六時過ぎだ。文字の大きいガラケーにしたらしく、デイルームで使い方の勉強をしていたという。家でやるよりここでやるほうがよくわかるんだよ、と。それでも石田さんのアドレスを登録するのに苦戦していて、私が代わりにやった。いくら文字が大きいとはいえ、八〇過ぎには難しいのだろう。娘たちはさっき買った雑誌の付録で遊び、私も買ってきた『文藝春秋』を読んで相手をしなかったら、暗くなる前に帰って行った。親父は、パソコンやプリンターをしょっちゅう買い換えているのを自慢げに話してくるが、使いこなせているとはとうてい思えない。石田さんが、電気屋のいいなりになってるんじゃないかな、と呆れている。

のんびりしていると、元エイベックスの本根さんという人がお見舞いにやってきた。石田さんのエイベックス時代の担当の人らしく、いまは東洋化成にいるらしい。私たちはそこで退散。あとで聞くと、本の企画を持ってきてくれたらしい。石田さんは早速やる気になったようで、Ａｍａｚｏｎで資料の本を買っておいたからよろしく、とメールが来ていた。

10月2日（日）晴れ

完璧に晴れ、今日こそ運動会。上の娘はいつもの時間に学校へ。行きしなに、がんばってね、と声をかける。

八時半過ぎ、外出許可をもらった石田さんがいつものように鍵を開けて帰ってきた。鍵を開ける音が懐かしい。体調どう？　と聞くと、ふわふわする、と言う。午前中だけとはいえ、この暑さの中もつのだろうか。

三人でゆっくり歩いて学校へ。じりじりと背中が熱いくらいに日差しがある。石田さんと何をしゃべったらいいのかわからない。一五分ほどかけて学校へ着くと、次の次の競技が娘の出番だった。会場の校庭では、基本立ち見とされている。人も多く見えるかどうか不安だったが、優先席がありひと安心。「入院中なんですって言って座らせてもらう」と石田さん。身体がしんどいのだろう。お願いしていたアサコさんに下の娘を託し、私は撮影のため下北へ。

今日は二件の撮影が入っている。一件目は一一時過ぎに終了。娘の出番も終わった頃か、と作ってきたお弁当を食べながら携帯を見ると、マスゲームの最中の娘の後ろ姿と「写ってないけど」と本人の写っていない五〇メートル走らしき写メが石田さんから届いていた。下の娘も未就学児競技に参加したらしい。それらを全部見届けてタクシーで病院へ戻ったという。担当してくれている看護師さんのお子さんも同じ学校だったらしく、会場で会えたらしい。

事情を連絡して、一三時からの予定を一二時に繰り上げてもらったお客さんが、来るなり「石田さんのツイッター見ましたよ」と。私が運動会に行けないことで恐縮させてしまい申し訳ないばかり。ちゃんと予備日のチェックをしなかった私が悪いのだ。撮影はいつも通りにやり、一三時前には終了。急いで学校へ。すると、ちょうど次が上の娘の出る最後の競技の玉入れだった。しかし、入場した子どもたちがみんな同じ体操着に赤白帽で、娘の見分けがつかない。なんとなく靴下と動きで特定。玉入れに入る前に、みんなで輪になって踊るのが可愛い。上の娘は踊りが大好きなので、やたらと張り切っている。午前のマスゲームも見たかったなぁと思いつつ、とりあえず間に合ってよかった。アサコさんも下の娘も朝からで限界の様子。玉入れが終わった上の娘にひとこと声をかけて帰った。

帰り道、うちの旦那さんどうだった？　とアサコさんに聞くと、パパはきっちり見て戻って行ったよー、と。上の娘はマスゲームで一番前だったらしい。去年もそうだった。背が小さいのもあるとは思うが、とても張り切って身体を動かすので、前のほうにされるのかもしれない。お弁当は、ひまちゃんのパパが中庭に場所をとってくれていて、そこに合流させてもらったのだそう。

「そのときばっかりはちょっと寂しそうだったね」

とアサコさんが言う。来年は予備日も仕事を入れないようにしないと。

家に戻りのんびりしていると、上の娘が汗だくで帰宅。時間がかなり押したらしく、本人も疲れている様子。でも楽しかったよ！　おかあさんにも踊り見てほしかったのに〜！　と口をとがらせる。本当にごめんね。空っぽのお弁当箱には、入れた覚えのない手羽先の唐揚げの骨が入っていた。一緒にお昼を食べたときに、どこかのお家が分けてくれたのだろう。

夕飯は上の娘のリクエストで近所の中華屋「代一元」。上の娘曰く、運動会の日はここなのだそう。去年のことが思い出せないが、石田さんが連れてきたのだろうか。なんでも好きなもの食べていいよ、というと、ラーメン！　と言うので、とんこつラーメンを頼むことに。おつまみの中から、下の娘は鶏肉の唐揚げを選び、私もタコの唐揚げ。もう一品くらいどう？ と上の娘に聞くと、えびが食べたい！ というので海老マヨ。娘たちの頼んだジンジャーエールとキリンレモンが瓶でやってきて、まあまあ、と上の娘についでやる。私はたまらずミニビール。三人で、おつかれさま！ と乾杯。上の娘は大きなラーメンを目の前にして嬉しそう。石田さんに写メを撮って送る。私は残ったものを平らげ、娘たちはデザートまできっちり食べた。お店を出ると、近所に住んでいるであろう家族連れが何組か並んでいた。

その足で銭湯へ行き、二一時過ぎには家で眠りについた。

10月3日（月） 曇り

またいつもの朝。とは言いつつ、今日小学校は運動会の代休だ。学童はあるのでお弁当を持たせ、八時半に三人揃って家を出る。石田さんからメールがきていて、明日退院が決まったという。「明日朝来れる？ 退院は早くても一〇時」とあるが、私はあいにく一一時から撮影が入っている。今日も専門学校の授業があるので病院には行けそうにない。土曜に行ったときにかなり荷物は減らしたつもりだったが、荷物を入れる大きな袋がないという。

「まあ、売店で紙袋買ってもいいけど。これから手続きの書類とか来るから、それ見てひとりで大丈夫そうならひとりで帰る」

清算があったとしても、手元にお見舞いでもらったお金があるからなんとかなるらしい。

とうとう明日か、と思うといてもたってもいられず、部屋の片付けを始める。新潟から戻ってきた展示の額を入れた大きな段ボールを押し入れにしまうべく、押し入れの片付けから。必要ないものはどんどん捨てる。ついでに本棚の整頓も。本は読んだら処分する人間なので、本当に大切な本しか残していないつもりなのだが、それにしてもいまだに読めていない本が山のように。カバーなんかつけてもらっていたら余計に存在を忘れてしまう。読むタイミングというのもあるとは思うが。

調子に乗ってちょっとした模様替えも。たんすの位置を移動させただけで、石田さんの部屋がかなり広く感じられるように。石田さんの部屋と言っても、六畳の部屋の押し入れの襖を外し、そこに荷物と機材を押し込んでいるだけなのだが、荷物が多すぎて押し入れに入り切らない状態だ。さすがに勝手に捨てられないので、なんとなく部屋の片側にすべての荷物を寄せた。石田さんのスペースは二畳あるかないかだ。

かなり部屋がすっきりとし、この部屋に布団を敷いて寝ることもできそうだ。もし石田さんが寝たきりになったらここに寝かせてもよさそう。引っ越しが頭をよぎるが、このあたりの賃貸物件をペット可で探すとなると、どうしても家賃が上がるので考え中。もうこの家も八年目になり、どこもかしこもぼろぼろ。襖を何度か張り替えたが、畳とクッションフロアの張り替えはできない。電気カーペットでさえすぐにボロボロになり、使い捨て状態の我が家。

午後、写真の専門学校で後期の授業一回目。出席率悪し。今年で五年目だが、来年はどうしようかなあ、と毎年思いながら続けている。

一七時半に授業を終え、ダッシュで帰宅。マンションの下で上の娘とちょうど落ち合う。一八時にもなるとあたりは真っ暗だ。東京は街灯があるからまだいいにせよ、なるべく早い時間に帰らせるようにしないと危ないなと思う。

下の娘も家に戻り、広くなった部屋に気づくと大興奮。明日お父さんが退院することを伝えると、やったぁ！　と嬉しそう。二週間後にまた入院することも言うと、でも運動会は見に来れるね、と下の娘。

肉を買いそびれたので、夕飯はちくわとじゃが芋の煮物、略してちくじゃが。それと、白菜と油揚げの炒め煮、とかなり茶色い食卓。石田さんは肉を食べないはずだから、明日からの食事はどうしたものか、毎日お粥でいいのだろうか。

寝る時間になり、娘たちが広くなったお父さんの部屋で寝たいと言い出す。ダブルの布団を敷くくらいの余裕はできたし、その部屋で寝てくれれば、テレビの部屋の電気が届かないのでちょうどいい。布団を敷くと娘たちは大興奮。確かに私も小さい頃、こうして寝る場所を変えるだけでワクワクしたものだ。娘たちが寝てから、私は久々に夜のテレビを見ながら作業。

今日の片付けで昔のデジカメのSDカードを見つけたのでデータを見てみることに。数年前に買って、いまは使っていないコンパクトデジカメで撮ったものだ。中身は案の定、元彼の写真がほとんどだったが、数枚、石田さんの写真と、娘たちを撮った動画が入っていた。

懐かしいな、と思いつつ、あんなに好きだった彼のことを、いまはなんとも思わないことが不思議でしょうがない。一年前はきっとこのデータを消せなかったはずだ。動画は三年前くらいの娘たちだろうか。ただただ可愛く、こんな時期に私は彼にのめり込んでいたんだな、と思った。私は一体何から逃げていたんだっけと、時々考えてしまう。彼の写真をかたっぱしから消去し、石田さんの写真と娘たちの動画をパソコン上にコピーして保存した。

寝たと思っていた下の娘が、いつもと違うせいか寝つけないらしい。私も布団に入って電気を消したものの、隣に誰もいないことに慣れず、なかなか眠れなかった。

10月4日(火) 晴れ

午前中、一件撮影。石田さんが退院して帰ってくるので、早めに切り上げようと思ったものの、お客さんが三〇分遅刻し、一三時過ぎに終了。急いで家に戻るも不在。一一時過ぎに退院して家に戻ったらしく、まず床屋に行ってくるとメールが来ていた。病院ではあんなにふらふら歩いていたのに、渋谷の床屋まで行って帰ってこれるのか、まだ帰っていないということは、もしやどこかで体調を崩してしまったのではないかと心配になり、撮影するために同行しているフクユーに連絡。まあ何かあったら返事が来るだろう、と洗濯物を取り込んでいると二人が帰ってきた。外から鍵を開ける音が懐かしい。石田さんが入院したばかりの頃は、時々「あぁ、帰ってこないんだった」と不思議に思っていた。それもそのうち慣れてしまったが。

きれいに頭を坊主にした石田さんは、もういつもの家にいるときの石田さんでしかなかった。遅いからどこかで倒れたのかと思ったと言うと、床屋へ行って、渋谷のお粥屋でお昼を食べ、PｰVINEまで行ったと言う。お粥屋は、私が教えている学校への道の途中にあるお店で、私も寒い時期はよく行っていた。渋谷でお粥屋といえばそこしかない。お粥はどんぶりいっぱい出されるのだが、味がついているからか全部食べられたという。

今度から、行く街にお粥屋があるかリストアップしないと、と石田さん。しかし退院してすぐによく動けたねと言うと、石田さんがたくさん歩くからフクユーも驚いたと言う。でもフクユーがついてくれたから安心だったんじゃない？　と聞くと、それはそうね、と。昨日の夜中にフクユーから退院の様子を撮影すると連絡がきていて、タイミングよく付き添ってもらえてよかった。明日は明日で職場に荷物をとりに行くのを撮るらしい。

家では早速CDを探したり、パソコンのメールを整頓したりと動き回っている。部屋着に着替えると、短パンからは痩せた足が見えるけれど、それ以外は入院前と何も変わらない石田さんだ。いつもこんな感じで、一人黙々と作業していた。作業の合間に、今日の分を飲まなきゃ、と言って、栄養剤を溶かして飲んでいる。まずいらしいが、飲まなければ一〇時間かけて腸に直接流し込まなければいけない。口から飲めなくなったときにと、その点滴のセットも持って帰ってきたらしい。二週間分の栄養剤やら、かなりの大荷物だ。

夕方、家族が全員集まるところまでは撮りたいとフクユーが言うので、歩いて上の娘を迎えに行くことに。下の娘の保育園に石田さんが一人で迎えに行くと、園長先生から相当心配されたと言う。こうして三人で上の娘を迎えに行くのは史上初だ。通学路を半分くらいまで歩いたところで、前から上の娘がひまちゃんと一緒に帰ってきた。下の娘が走って駆け寄るが、さすがに石田さんを走らせるわけにはいかないので、ゆっくりと合流。

入院するまでは、こうして石田さんが上の娘を途中まで迎えに行っていたんだよな、とみんなが歩いているのを眺めながら思う。私はいつも自分の気が向いたときにしか迎えに行かない。上の娘はいまだに学校まで迎えに来てほしがることがあるが、石田さんは自分が休みのときや、早く帰れたときは、こうして毎回迎えに行っていた。これがいつもの風景。

それをうしろから私がカメラで撮っていると、フクユーが「さすが、シャッターチャンスを逃さないね」と言ってきた。フクユーはみんなが会ったときに感動の再会的なシーンがあるのかと思っていたらしいのだが、あまりに普通で拍子抜けしたらしい。

ひまちゃんがうちに遊びにきたので、もらった梨を子どもたちに切ってやる。ずっと心配してくれていた、近所に住む友人のハカセがさっき持ってきてくれた梨だ。豊水《ほうすい》という梨にはまっていて、旬のうちにいっちゃんに食べさせたいと言われていたのだが、入院中はなかなか忙しく会えるタイミングがなかった。これから二週間、こうして人に会う時間もできそうな気がする。

子どもたちはＤＶＤ、石田さんは作業、私は夕飯の仕度、と動いていると、チャイムがなり、また吉祥寺の親父が突然やってきた。手には退院祝いらしき、箱に入ったメロンがある。狭い家の中に大人が四人と子どもが三人（プラス猫二匹）。かなりの人口密度に。親父は置いてあった入院の請求書を見て、なにやらぶつぶつ言っている。

そういえば預けておいた保証金の一〇万円は戻ってきたの？　と石田さんに聞くと、先月と今月の入院費でほとんど持って行かれたという。高額医療費制度で、うちは月三万七〇〇〇円ほどの自己負担額のはずだが、実費の食事代と、私費という名目で一万円ちょっとと、なんだかんだで九月分は五万五〇〇〇円になっていた。それでも元の医療費を見ると、一五〇万ほどかかっているので相当ありがたい。親父は子どもたちがDVDに夢中で相手をしないため、すぐに帰って行った。

一八時にひまちゃんが帰り、夕飯にする。子どもたちは昨日のおかずの残り、上の娘はお粥を食べるというので石田さん用の残りのお粥。肝心の石田さんはお粥に中華だしで味付けたのと、豆腐となめこの味噌汁。時間をかけて水と一緒に食べていた。

フクユーが持ってきた録画容量を全部使い切ってしまい、もう撮れないのでこのへんで帰ると言う。ここからは宿題やったり風呂入ったりでなんにも起きないよ、と石田さん。

「あれなんですね、僕は家族がいないから子どものいる生活っていうのはわからないんですけど、結構バラバラなんですね」

子どもたちは夢中でテレビを見ながら夕飯を食べ、石田さんはいつも通り寝転がって携帯を見ている。私はパソコンで仕事。バラバラと言われればバラバラだが、

「これがいつも通りだね」

石田さんが入院中は、娘たちが寂しい思いをしないように、私も一緒に夕飯を囲んだり、風呂に入ったりと気を遣っていたつもりだが、それもそんなにいまと変わらない。無理はしない。絶対、も決めない。

「こんなにもすんなり日常に戻れるものなんですね」

と言われ、それは確かにそうだな、と思った。私も、少しはぎこちなくなるかと思ったのだが、どちらかといえば、フクユーが撮影していることでぎこちなくなっているくらいだ。

石田さんは風呂に浸かるのは厳禁で、シャワーのみということもあり、娘たちに風呂は一人で入るように言う。入院中に少し練習したのだ。上の娘は、風呂場のドアを少しだけ開けていれば、なんとかがんばれるようになった。下の娘は案外平気なのだが、髪の洗い残しが多い。そんなこんなで石田さんに娘たちを頼み、私は早速飲みに行くことに。こうして夜に一人で出歩くのはどれくらいぶりだろう。石田さんの入院中、一度だけ夜に打ち合わせが入ったことがあり、そのときは華ちゃんに来てもらったが、シッターを頼んでお酒を飲むというのも気が引けるのだった。

今日はそんなことはなく、思う存分楽しめる。石田さんの家での様子が少しわかってから飲みに行くようにしようと考えていたが、今日昼に帰ってきて早々、あ、これは大丈夫だな、と思ったのだ。石田さんにも念のため聞いてみると、いいよいいよ、入院中飲みに行ってないんでしょ？　と。子連れで外食をするときに一杯だけ、はあったが、そのときに上の娘から「お母さん飲みすぎないでよ」なんて言われ、逆に気が引き締まってしまった。

自転車で幡ヶ谷の焼き鳥屋へ。急遽、夕方に誘っても来てくれたのは、高松ぶりに会う担当編集の柴山さん。落ち着いたら打ち合わせがてら飲みましょうとはなっていたものの「今日かよ！　と思いましたけどね」と隣で笑っている。

この日記を柴山さんに出版してもらう予定ではあるが、入院から毎日続け、すでに一〇万字ほどになっているらしい。問題はどこで区切るか、ということだ。そのタイミングはきっと自分でわかると思うのだが、なにせ石田さんがこれから再入院し、抗がん剤治療を始めるとして、どうなるかなんて予想がつかない。

今日もヤン富田さんからメールが来たと石田さんが見せてくれたが、ヤンさんもステージ3の癌だったという。何か大きな病気をされていたとは聞いていたが、日本科学未来館でのライブも私は数年前に行ったし、いまも活動されているので、まさか癌だったとは驚いた。抗がん剤治療がきつく、四〜五日はダウンしたとメールにある。

日記は、抗がん剤治療が落ち着くとか、先の見通しが立った時点で区切るのがいいかもしれませんね、と柴山さんは言うが、それっていつになるんだろう、と思う。来月かもしれないし、数年後かもしれない。人の命ほど、予想がつかないものはない。もちろん自分だってそうだ。

帰り、自転車で夜の甲州街道を走りながら、自由だ、と思った。石田さんの存在の上にある自由。いつもそうだったのだ。

サミットに寄り、味覇《ウェイパー》を買った。お粥の味付け用だ。あとはプリンとヨーグルト、そしてウイダーinゼリー。全部石田さんが食べられる、喉越しのいいもの。

酔っ払ったまま家に戻ると、石田さんと娘たちが川の字で寝ていて、なんだかじーんとしてしまった。ほんの一ヶ月いなかっただけなのに、すでに懐かしい。昨日、部屋を相当片付けたのだが、石田さんの荷物のスペースも子ども部屋も、すでに散らかっている。人と生活するってこういうこと、と思う。なんとなくほっとして、風呂にも入らずそのまま眠った。

10月5日（水）曇り

七時頃に目を覚ますと、いつもの光景。石田さんが娘たちに朝食を食べさせ、洗濯物が干されている。台所へ行くと燃えるゴミがなくなっていて「ゴミがない！」と驚いてしまう。朝のゴミ出しがなにげに大変だったのだ。石田さんはすでにウェイパーを入れたお粥を食べたという。「お風呂の追い炊きしといてー」と布団から声をかける。この感じも懐かしい。何かをお願いできる人が同じ家の中にいるという心強さ。皿が洗ってあるだけで感動してしまった。

風呂に入ってからまた布団へ。昨日の酒が残っているのか身体がだるい。はっと気がつくとまた眠ってしまったようで、すでに家の中には誰もいない。これも一ヶ月前まではよくあった光景だ。こんな風にのびのびと寝たのは久しぶりで、すでに一〇時過ぎ。今日、石田さんは職場に荷物をとりに行っていて、フクユーも同行しているはず。一緒に帰ってくると言っていたので、こうダラダラはしていられない。部屋を軽く片付け、残り物で自分のお弁当を作って下北へ。事務所で二時間ほど原稿書き。一五時からストレッチへ。

家に戻ると、フクユーは来ていなかった。職場の片付けを撮影に来たらしいのだが、仕事があると言って帰ったらしい。フクユーがいてくれて助かったんだよ、と石田さん。職場に置きっぱなしだった本が段ボール一個分になり、それを発送の窓口に持って行くのが一人ではとてもできそうになかったらしい。やっぱり体力落ちてるわ、と言うが、そりゃそうでしょ。頬もこけている。しかし何もかもがいつも通りで不思議な感じがする。

お昼何食べたの？　と聞くと、カロリーメイトのパウチを飲んだらしい。いま、カロリーメイトの缶ってどこにも売ってないのね、と言う。昨日の夜、ウイダーinゼリーも買ってきたのだが、ゼリー状のものさえ飲みづらいのだという。水分が喉を通らないって相当やばいってクリニックの先生が言ってたよ、と言うと、飲み物は大丈夫だという。入院前くらいから、すでにこういうゼリー状のものを食べ物の代わりに飲んでいたらしい。いま聞くと相当やばい気がするが、癌とわからないときは、飲み込み辛いのはただの老化現象だと思っていた。石田さんもそんなに深刻には思っていなかったからこんなことになってしまったのだ。

夕飯を用意していると、石田さんがなにやら作業をしながら「さけるチーズ」を細かく裂いて食べている。その様子がなんだかおかしい。固形物は食べられないというのに、さけるチーズは細かく裂けば食べられるという。子どものようだ。

私と娘たちはキャベツの千切りに冷凍餃子を焼いたもの、冷奴。石田さんはその横でお粥にウェイパーを入れ「粘度が強い」と水分を足して食べている。それと昨日の残りの味噌汁。ゆっくりと食べているが、三分の一くらい残ったところで、もう苦しい、と言ってやめてしまった。明日は何か美味しいスープでも作ってみよう。ごぼうがあるのでポタージュにしたい。圧力鍋で柔らかく煮て、バーミックスで粉砕すればすぐにできる。

いまは生協で買った人参ジュースを飲んでいるが、娘たちにもどんどん飲まれてしまうため、やっぱりジューサーを買うべきかと悩む。石田さんはこれと決めたら変わらない部分があり、食べ物にもその辺のこだわりが出るとそればかり食べたり飲んだりしそうで怖い。こだわりというか、無頓着というか。

夕飯の皿洗いを終え明日のお粥のセットをしていた石田さんが、圧力鍋のレシピを見て「中華粥のレシピが載ってる。手羽元買ってこようかな」と言うので、干し貝柱とか干し海老も出汁が出てうまいよ、と言っておいた。明日あたり買ってやってみよう。

10月6日（木）晴れ

朝、石田さんの本気のラップの練習で起こされる。これ、昔もあったなあと思うのだが、本当にうるさい。子どもたちも起きてしまった。まだ五時台だ。苦情を出すと、明日から昼間にやるとは言うものの、ライブまでに覚えなければいけない歌詞があり、少し焦っているらしい。とはいえこの狭い家で朝から大声で歌われると。しかし懐かしくもあった。

朝食のお粥にみずから卵を入れて味を変えていたが、もう半分も食べられないと残している。昨日Amazonで頼んでおいたカロリーメイトの缶が今日には届くはずだ。

しかしそんなものにばかり頼ってもいられないので、とうとうジューサーを買うことに。最近、同じく旦那さんが癌になったとフェイスブックに投稿していた福岡の知人が載せていた「ヒューロム」という会社のスロージューサー。やはりその人も人参ジュースを作って飲んでいるらしい。ジューサーはいろいろ出ており、比較動画なんかもあるのだが、とりあえずいいのを買っておいたほうがあとから困らないものだ。相場は四万円ほど。価格ドットコムで最低価格の三万四〇〇〇円のものを注文。明日には届くらしい。人参とリンゴを買っておくよと言うと、もうジュースを飲むだけでもいいな、と石田さん。よくないだろ。

今日は一〇時に目黒で玉ちゃんと待ち合わせている。庭園美術館で始まったクリスチャン・ボルタンスキーの展示に行こうと思い、昨夜誘ったのだ。身支度をしていると、白髪発見。しかも二本も。ついこの前も一本見つけたばかりだ。もういい歳とはいえ少々ショック。

目黒のリーベルでフルーツサンドのモーニングを食べてから庭園美術館へ。展示は美術館の建物を上手に使っていてとてもおもしろかった。先月も来たが、やはり建物が素晴らしく、ボルタンスキーの展示に合っているように思う。作品ももちろんよかったのだが、ボルタンスキーへのインタビュー動画がよかった。高くて躊躇した関連書籍を買えばよかったと後悔。もう一回くらい見に行ってもいいかもしれない。

せっかく目黒に来たので、バスに乗って目黒消防署前にある友人のじろけんがやっている花屋「花すけ」へ。じろけんは私たちが来たことにびっくりしたようで、終始嬉しそうにしゃべっている。今日のように天気がいい日は店が暇らしい。

「で、大変そうだけど、植本一子の恋愛のほうはどうなのよ。俺それぱっかり気になっちゃって」

そんなことを聞いてくる人はこれまでいなかった、さすがじろけん。私が最近まで付き合っていた人のことを玉ちゃんもじろけんも知っている。あれは恋愛と言えたのだろうか。いま考えると、最初から暇つぶしのための相手だったのかもしれない。

「待ち時間だったんでしょ」

と玉ちゃんが言うのがおかしくて笑う。いまはそれどころではなく、まったく連絡をとっていない。これから先もとることはないだろう。思えば恋愛なんて、いつもそんなものだ。

「性欲がまったくなくなった」

と言い、三人で笑い合った。

玉ちゃんの奥さんの卓《たか》ちゃんから「家族で食べて」と松茸をもらっていたので、じろけんにお礼にお花を作ってもらう。

目黒まで戻り、アトレの中にある美登利寿司がやっている回転寿司で遅めの昼食。安くてうまいのでたまに来ていた店だ。玉ちゃんも気に入ったようで、今度卓ちゃんを連れてきてあげよう、と言う。卓ちゃんは難病を持っていて、肉や揚げ物が食べられない。確かにここならいいかもしれない。

家に戻ると一六時前。石田さんも家にいた。今日は神保町で編集者の宮里さんと打ち合わせだったといい、いま書いている原稿をおもしろがってもらえたらしく嬉しそうだ。

「一日に用事二つが限界」

歩いていれば平気らしいのだが、電車で立つとどっと疲れがくるらしい。それは常に疲れているわけで、動いていれば平気というのは自転車操業っぽいというかなんというか。明日はワタリウム美術館に「ナムジュン・パイク展」を見に行くという。

古書コンコ堂の天野さんから「もうこんなになってます」と投げ銭の写メが届いた。千円札を入れてくれる人も多いらしくありがたい。石田さんに伝えると、近々顔出しに行かないとな、と。他にも、昔からECDのファンで、自分の結婚パーティーのライブを石田さんに頼んできた斧《おの》さんも、ドネーションのTシャツを作って売ってくれたり。デザイナーの慶君もステッカーとは別になにやら作ってくれているらしく、

「これ簡単に死ねない感じになってきたな」

と石田さんが嬉しそうにつぶやいた。

夕飯はもらった松茸で、松茸ご飯と松茸のお吸い物。この松茸は、卓ちゃんの実家の山で採れたも

のらしく、見たこともない大きさ。すぐには食べきれないので、半分はひまちゃんの家にお裾分け。それでもすごい量の松茸を入れたご飯とお吸い物になった。

松茸なんて初めて調理したが、お吸い物なら石田さんも飲めて風味を味わうことができる。ちゃんと花鰹で出汁をとり、塩と醤油で味付け、買ってきた三つ葉を散らす。しかしこれだけでは、と思い、かぼちゃスープも。かぼちゃの皮を剝き、レンジで柔らかくなるまでチンしたものを潰し、牛乳でのばしてコンソメで味付け。チンしてから五分かからずできた。なんだか離乳食みたいで懐かしい。

みんなで夕飯を囲むと、一口だけ食べてみようかな、と石田さんが松茸ご飯を食べるという。神棚に備えるような小さな器に盛って出すと、本当に一口だけ食べた。かぼちゃスープは残すと言って娘に譲っている。

食後に病院から出されている栄養剤をお湯に溶いて飲んでいたが、「飲むのも一苦労」と渋い顔で言う。

10月7日（金）晴れ

石田さんは午前中から出かけて行った。やめた職場に、最後の挨拶をするらしい。その帰りにワタリウム美術館へ行くと言っていた。私は午前のうちに夕飯の準備。帰ってくるつもりではあるが、一五時半から試写会なので、間に合わなかったときのために。ごぼうと人参と豚肉のきんぴら、さつまいもをマッシュ。牛乳でのばして味をつければポタージュだが、牛乳がない。石田さんに買ってきてもらうようにメールしておく。

午後に渋谷へ。西武のコム・デ・ギャルソンへ行き、今日入荷のダッフルコートを購入。知り合いの店員さんとしばし話すが、この人は何も知らないのが気楽でいい。最近は人と会って、石田さんのことが会話に上らないことのほうが少ない。

映画美学校の試写室で、知人の中村祐太郎君の新作『太陽を掴め』の試写。昔の作品のほうが好きだが、相変わらずがんばっていて頼もしい。

すでに時刻は一七時半。だが、娘たちのお迎えを気にせずに過ごせるのはとても気が楽。

一八時過ぎに家に着くと、石田さんが白米を炊いてくれていたが、疲れたというので、あとはやると交代。石田さんは相変わらずお粥にウェイパーを溶かしたものだが、もう半分も食べられないという。胸につっかえるのだそう。さつまいものポタージュもあまり食べなかった。昨夜ジューサーが届いたので、早速人参ジュースを作ってみたが、食べる順番があると言ってすぐには手をつけない。娘たちはジュースに大喜び。確かに美味しいジュースができる。

今日は職場で、これを持って行けば失業手当が出ると上司に言われた書類を、帰りに新宿の職安へそのまま持って行ったらしいのだが、足りない書類があり申請できなかったという。職安までが遠くてしんどかったそうで、こりゃワタリウム行けてないな、と思う。

夕食後、娘たちのリクエストで、宇多田ヒカルの新しいアルバムを流している。それを石田さんはツイッターに「娘たちがヒッキーの新作を聞いています」と嬉しそうに書き込む。

今日は人工透析患者についてのブログで、物議を醸した長谷川豊アナウンサーがとうとう全番組を降板したことなど、たくさんリツイートしてたくさん更新し、何かしらにいつも怒っている。それは入院前も入院中もいまも変わらない。元気なときはこうしてたくさん更新し、何かしらにいつも怒っていた。石田さんは怒りを生きる糧にしているように見える。しかしその怒りが癌を作ったと言っても過言ではない気がする。ツイッターは怒りを発露する手段でしかない。いくら言ってもやめるわけがなく、まして人を変えることなんてできないと、私はもう諦めているのかもしれない。いまもしんどいと言って横になりながらも、やっぱりツイッターを見ている。ストレスでしかないのに。とはいえ、本当に調子の悪いときは見られないのも知っているので、ある意味、元気の目安のようにもなっている。

タロット占いの先生が言っていた。

「人は死期が近づくと、業《こう》が落ちて急に物分りがよくなるよ」

先生のお母さんがそうだったらしい。石田さんは、まだ大丈夫そうだ。

風呂上がりに、何かあったかい送風機みたいなのない？　というので、冬用の足元用ヒーターを押し入れから出してやった。風呂に浸かれないので、シャワーだけだと寒くて仕方ないらしい。うちはシャワーの水圧が低く、さらに温度調整ができないので、年がら年中お湯を溜めて浸かっている。お風呂に入れないのは辛いだろう。シャワーも二日に一回にするという。

明日は運動会、気が重い。というのも、親子参加の競技があり、これまで毎年すべての親子競技を石田さんにやってもらっていたのだ。ただでさえこういった非日常の行事が苦手なのに、さらに自分も参加しなければいけないとなると、もう嫌で嫌で仕方ない。これまでは石田さんに任せることでそのストレスから少しは免《まぬか》れてきたのだが、今年こそ逃げられない。まあ、いかに石田さんを頼りにしてきたかということが、ここでも明らかになったわけで。明日のことを想像すると緊張するので、とにかく考えないようにして寝る。

10月8日（土）曇りのち雨

下の娘の運動会。朝から曇りで、天気予報は雨になっている。それでも保育園のクラスのＬＩＮＥが届き、園に確認の電話をしたお母さんが「やるそうです」と。石田さんは体調が悪いらしく、開始の九時に行くという。私は娘たちを連れて八時半には保育園へ。雨が降りそうなので、順番を少し変更したと新しいプログラムをもらう。座る場所を確保すると、九時を待たずに、園児が揃った八時四五分には運動会が始まった。

園児入場、準備体操が終わったあたりで石田さんがやってきた。上のクラスからかけっこがあり、娘の順番も。石田さんも携帯でしっかり動画を撮っている。それが終わると、前半に〇歳から三歳児クラスの競技が集中してあり、小さい子たちは終わり次第帰れるようになっている。そうこうしていると小雨が降ってきて、あっという間に土砂降りに。結局下のクラスの子たちの競技が終わった時点で明日に延期となった。雨が降るとは思わず傘を持たずに来てしまい、家族四人でびしょ濡れ。帰り道、すれ違ったおじさんから「風邪ひくぞ！」と声をかけられる始末。

家に戻ってすぐに、明日行く予定だった『君の名は。』を観に行くと三人が出かけて行った。娘たちはずっと観るのを楽しみにしていたのだ。石田さんの体調は大丈夫だろうか。私は私でコンコ堂にでも行こうと思っていたが、カップ麺を食べると昼寝をしてしまい、三人が帰ってきた音で目が覚めた。

流しに置いた空のカップ麺の容器を見て、石田さんが「ラーメンのスープとか飲みたいなあ」と言う。麺は食べられそうにないが、スープだけを出してくれるお店もないしな、と。ちょっと疲れた、と言って横になったので、私は娘たちを連れてスーパーへ。ジューサー用の人参と、安くなっていたつけ麺を購入。

夕飯はつけ麺。石田さんにはスープだけ出すと、食べる、と嬉しそうに起き上がってきた。ちょっと麺も食べてみる、とひと口をよく噛んで食べていたが、すぐに、やっぱりつっかえる、と苦しそう。そこからはずっと横になっていたが、何度もトイレに行き吐いていた。やはりつけ麺がよくなかったか。うなされながら寝ている。夜、急に起き出し、暑い気がする、と言ってTシャツに着替えていた。熱でもあるのだろうか。何もしてあげられない。

結局、夜中もずっと吐いていたようで、えずく音で私も何度か目が覚めた。

10月9日（日）雨

「S字フックどこ？」という石田さんの声に起こされる。かなり弱々しく、よぼよぼだ。立ち上がると猫背で余計に痩せて見える。とうとう栄養剤も飲めなくなったらしく、点滴にするという。台所に行くと、さっき作ったらしき点滴の栄養剤の粉末が散らばり、そこらじゅうがベタベタしている。作るのもしんどいのだろう。

昨夜中ずっと吐いていたようで、私もそのたびに目が覚め、眠りが浅く、地元の夢を見た。広島の本通りで買い物をし、友人のやっているカフェに初めて遊びに行くという、かなり生々しいものだった。石田さんは、吐き気は落ち着いたものの、横になっていないとしんどそうだ。運動会も見に行けそうにないという。

今日は一三時から昨日の運動会の続きが開催される予定だが、朝から土砂降り。天気予報を見ると午後から曇りにはなっているが、この調子だと園庭がびしょびしょで準備もできないだろう。さらに明日に順延されたとして、私は撮影が二件も入っている。先週に引き続き、またこのパターンだ。下の娘の保育園最後の運動会でもあり、なんとか調整して行きたいのだが。

「明日も祝日か」と石田さんが独り言のように言う。今日は連休中日《なかび》の日曜で、主治医の先生は火曜まで出勤しない。あまりにしんどそうで、救急外来なら見てくれるんじゃない？　病院に電話してみようか？　と言うと、そうする、と。もう限界なのだろう。朝から何度もトイレで吐いている。病院に電話すると、入院していた七階のナースステーションにつないでくれた。石田さんに電話を代わると、救急で診てもらえることに。娘たちをすぐに着替えさせ、入院の準備も一応用意する。しかしどこにかけてもタクシーの配車がつながらない。

石田さんは一刻も早く行きたいらしく、甲州街道で拾う、と言い張る。歩けないでしょ？　と必死に電話をするが、もういいよ、とイライラしている様子。仕方なく大雨の中、甲州街道まで歩いて出る。いつもだとここはあまり捕まえられないのだが、今日は運良くすぐにタクシーがやってきた。五分足らずで病院に到着。今日の運動会を撮影すると言っていたフクユーに連絡すると、一一時過ぎには病院に来られるという。

地下の緊急外来で受付をし、待っているあいだにも石田さんは座っていられない様子。あまり人もいなかったので、四連の椅子を使って横になってしまった。二〇分くらいで呼ばれ、採血とレントゲン。そうこうしているとフクユーがやってきた。すぐに血液検査の結果が出て、異常は見られないらしく、点滴をしたら帰らされそうだと石田さんが言う。どうにも病院側は入院させたくないらしいのだが、石田さんは無理を言ってでも入院したいという。

点滴をしていると当直の先生がやってきて説明をしてくれた。どうやら昨日のつけ麺がよくなかったですね、と。麺が飲み込みにくく消化しにくいものなので、手術後は控えたほうがよかったですと言われたのだが、麺は少ししか食べていないし、スープを飲んだだけなのだ。すると、うーん、スープは大丈夫なんですけどね、と言う。とはいえ、つけ麺が吐き気の引き金になっているのは間違いないらしく、今日から口からの食事はやめましょう、ということになった。水分もあまり摂りすぎず、喉を潤す程度にしてほしいと。基本は腸から栄養剤を入れることに。

「食道癌が大きくなってるんですか?」

「そんなにすぐ大きくなるとは思えないんですけど、食道を圧迫してるのは間違いないです。食べると下手したら窒息しちゃうのでやめましょう。重症でもないので入院はしなくていいのですが、本人の強いご希望ということであれば、空きがあればもちろん入院はできますけど」

そう先生が言うと、

「また家でこうなるのが不安なので、入院したいです」

と石田さんがキッパリと言った。そう言いながらも、吐きそう、と言って、看護師さんに持ってきてもらったビニール袋にゲロゲロと吐いている。下の娘が、きいちゃだめ! と言って耳をふさいでカーテンの陰に隠れてしまった。いつも平気そうにしていたけれど、お父さんのこんな姿を見るのは辛いだろう。

空きのベッドを確認次第、入院手続きをしましょう、と先生が言い、再入院となった。一週間後には抗がん剤治療で入院する予定だったので、一週間早まっただけだ。しかし、かなりほっとした自分がいる。

この前やったばかりの入院手続きと同じことをする。説明を受け、書類にサインをし、病院内にあるATMでおろした保証金の一〇万円を渡す。運動会の準備があるので私たちは先に帰ることにして、あとはフクユーに任せた。今夜予定されていたDJも「迷惑かけそうだから」と言って休ませてもらうという。石田さんの他に、クボタタケシ、川西卓、KZAというDJで毎月青山のクラブでやっている定期イベントだ。一昨年の5月にメンバーだったDEV LARDEが亡くなって、代わりにKZAが入った。

バスで家に戻ると、フクユーからLINEがきていた。前回と同じ728号室に入院したという。しんどそうだった？　と聞くと、メンタル的にしんどいほうが強そうな雰囲気、とある。一人になりたいっぽかったので一旦帰ります、と。フクユーの家が病院から近くてよかった。また来週から病院に通うことになるのか。

家に着くと、下の娘が体温計を見せてきた。三七・九度。昨日から咳が出ていたものの、知恵熱だろう。下の娘はかなりナイーブで、保育園の行事がある前日はあまり寝つけないし、こうして熱が出ることもこれまで何度かあった。本人はいたって元気そうなので、とにかくやるしかない。午後からは雨も上がり、運動会もなんとかなりそう。

今日は最初から娘が出ずっぱり。運動遊び、玉入れ、組み体操、そして親子競技。親子競技はやってみると楽しいのだが、やはり出るまでは緊張する。その緊張がストレスだ。しかし無事に終わってよかった。

そして大トリのリレーは、なんと娘がアンカーに。娘は足が速いわけでもないのだがなぜか選ばれたらしく、それを「なんでだろうね？」と少し誇らしげに何度も私たちに言っていた。二チームの対抗で、最初から娘のチームがリードしていたのでそのままゴールしたのだが、やはり負けた子はゴールした瞬間から悔しくて泣いてしまっている。それを見ると大手を振って喜べない。しかし娘にとってはいい経験になっただろう。

無事に運動会も終わり、携帯で撮った動画を石田さんに送る。私も上の娘も、まさか下の娘が逆上がりをできるとは思ってもみなかったのだが、今日の運動会ではできていた。動画を見た石田さんも驚いていたが、本人も実は今日はじめてできたらしく驚いている。しかし石田さんも、会場で見たかっただろうな、と思う。なので普段はあまり撮らない動画をなるべく撮っておいた。

夜、いそかよと四人で近所の銭湯へ。いそかよと話し込んでしまい、のぼせてしまった。脱衣所で気持ち悪くなり立ち上がれない。少し休むとすぐに治ったが、これだけでも相当しんどいのに、これがずっと続いているような状態の石田さんは辛くて仕方ないだろうなとふと思う。自分が元気なときは、辛い人の気持ちに無頓着になってしまう。

「しゃけ小島」に寄ったものの満席で、今日は焼肉屋の「金剛園」へ。ソフトドリンクで乾杯。しかし今日は疲れてしまった。運動会が終わったので、少し落ち着くとは思うものの、今度は石田さんの再入院。明日の撮影は、神田さんにシッターに来てもらうことになった。神田さんも心配して電話をくれたが、うまく説明できない。大丈夫なの？　と聞かれ、大丈夫と言えない。わからない。頼れる親族がいないまま、このまま突っ走るのだろうか、とふと思う。遠くの親族よりも、近くの友人。頼れるところに、頼るしかないと、少し開き直ってきている。だって頼れる親族はいないのだ。ここでいう遠い近いは、心の距離のことだ。その事実がまた、荷を重くしている。

これが、一体いつまで続くのだろうと考えると、真っ黒な気持ちになる。娘たちの存在は私にとって生きる希望でもある。しかし一人で育てるとなると、荷が重い。私には、荷が重すぎる。

10月10日（月・祝日）曇り

九時に神田さんにシッターに来てもらい、私は撮影へ。天然スタジオで一〇時からと一三時からの二件。神田さんには一五時には戻ることと、自転車屋に三人で行って、娘の自転車の補助輪を外してもらうようお願いする。昼食は用意できなかったので、適当に冷凍物を食べること。

一〇時からのお客さんはご夫婦で、今日が結婚一周年の記念日だという。仕事を聞いてびっくり、河出書房新社にお勤めのご夫婦。旦那さんが私のファンとのこと。奥さんはいま、砂鉄さんと益田ミリさんの共著を編集しているところだとか。とても楽しみ。撮影後、旦那さんが持ってきた『働けＥＣＤ』にサイン。『かなわない』はサイン本を買ったのだそう。

一三時からは、スタジオを始めたばかりのときに来られたお客さんが四年ぶりに。四年前はお兄ちゃんの七五三の撮影で、立派な袴をお母さんが上手に着付けていたけれど、今度は下の弟くんが同じものを着て五歳の撮影。お兄ちゃんもかなりイケメンに成長していたが、あのときまだ一歳くらいで、ヨチヨチ歩いていた子がこんなに大きくなっている。

一四時には撮影が終わり、帰りに羽根木《はねぎ》公園でやっている「雑居まつり」へ寄り道。このお祭りは福祉関係の出店が多く、素朴な雰囲気が好きで毎年来ている。たくさんバザーが出ていて、編集者の柴田さんがボーイスカウト姿で売り子をしているのに今年も遭遇。奥さんの江里子さんも、会って早々石田さんの心配をしてくれる。

思えば柴田さんには、私と石田さんの結婚パーティーで、私側の代表の祝辞を読んでもらったのだ。RAW LIFEの写真をネットに載せていたのを見た柴田さんが声をかけてくれて、初めてファッション雑誌で仕事をさせてもらった。柴田さんはカメラマンとしての最初のきっかけをくれた人だと思う。私が二三歳のときの話だ。

時間がないので早足で会場を一周していると、レスザンの谷さんの姿が。普段谷さんは障害者の介助の仕事をしていて、その事業所がブースを出しているらしい。谷さんいろいろありがとね、とCD－Rのお礼を言うと、もう結構お金集まってて、近々渡したいと思ってるから、と言う。昨日再入院したことも知っているらしい。時間があれば顔を見に行ってやって、と伝えてブースを離れた。

もうお祭りも終盤らしく、子ども服の詰め放題をやっている。急いで一〇着ほどを詰め込んで三〇〇円。ホクホクで帰路に。

家に戻ると、神田さんが娘に寸劇をやらされているところだった。いつも神田さんが失恋するパターンだ。自転車の補助輪は外せたものの、いざ乗ろうとするとタイヤの空気が抜けていて練習できなかったという。昼食には冷凍のグラタンとチャーハンを食べたらしい。何か買わされなかった？　と聞くと、俺がアイス食べたかったから、一緒に食べたくらいだよ、と。

みんなで一緒にバスに乗って病院へ行くことに。バス停で並んで待っていると、下の娘が神田さんと私の手をつながせようとする。気持ち悪い、と言うと、だってパパしむ（死ぬ）かもしれないじゃん、と。だとしても神田さんか、と考えるがなんか違う。最近彼女とはどう？　と聞くと、もう依存がすごくて限界、と。恋愛になるとそうなるのは仕方ないよな、と思う。友達よりもちょっと仲がいい人、くらいで結婚するのがちょうどよいのではないだろうか。そう思うとちょうどよいのはそうなのだが、なんか違う。

人はみんないつか死ぬんだよ、と下の娘に言うと、そうだそうだ、と神田さんが加勢した。

病院の石田さんは昨日よりは調子がよさそうだ。このまま調子がよければ、明後日にでも退院させてもらうというので驚いた。水曜に打ち合わせ入っているし、と言う。そんなにすぐ退院できるの？と聞くと、だって今回はこっちから頼んで入院させてもらってるようなもんだから、と。昨日の夜は私もずいぶん暗い気持ちになっていたけれど、すぐに退院と言われ、喜んでいいんだか何なんだかわからない。振り回されてるなあ、と思う。

今回、石田さんが退院して嬉しいのは確かだったのだが、なんだか自分のペースを乱されたような気もしたのだ。乱されているといえば、もう一ヶ月以上大混乱だ。一ヶ月入院し家にいなかったことを思えば、久しぶりに家に人が一人増えたことで、それなりの圧迫感もあるし、乱されるのも当たり前だ。しかし昨日石田さんが再入院し、私は気合を入れ直した部分がある。石田さんが家からいなくなるたびに、これから一人でどうにかしなきゃ、と切羽詰まったような気持ちに追い立てられる。これにもいつか慣れるのだろうか。日常になるのだろうか。

まあ、退院してくれるならそれはそれでよし、と思い帰宅。

バス停から家までの帰り、近所のひなびた商店街を通りがかると、久々に見るコタロウの姿が。コタロウは半年前までここにあった商店の飼い猫だ。雨の日に迷い込んできたと言っていた。

人懐こく、いつまでたっても大きくならないコタロウ。まだ小さかったとき、去勢手術はしてもらえたものの、鼻の病気は治してもらえず、いつも鼻水が出ている状態だった。片目はここに来たときから濁っている、いわば病気持ちの猫だ。商店街全体で飼っているようなものだが、一応の飼い主である店主のおばちゃんに断って、病院へ連れて行こうかと何度か思ったことがある。最後まで面倒見られないのに、と思うと手が出せなかった。商店が開いているときはしょっちゅう見かけていたのに、おじさんが身体を悪くして店をたたんだ半年前くらいから、めっきり姿を見なくなった。久々に会えたコタロウは、ガリガリに痩せている。

これはもう長くないな、と直感で思う。上の娘と同い年くらいだから、八年か。まだ早いが、外猫で病気なら仕方ないかもしれない。

コタロウ、コタロウ、と呼びながら娘たちと骨ばった身体を撫《な》でた。

癌になってから石田さんが言っていたことを思い出す。

「結婚してなかったらどうなってたんだろ」

石田さんは結婚するまで国保さえ払っていなかった。

久々に石川直樹にメールをしてみた。

「お金は、いくら持てば気が楽になるんだろ？」

やはり暗澹《あんたん》たる気持ちになる原因はお金なんだろうか。お金があれば、石田さんがいなくなったとしても、少しは気が楽なのだろうか。

「五〇〇万くらい？　ＥＣＤさん、貯金あるでしょ？　ＣＤの印税とか」

これが、ないのだ。常に、まったくゼロに近いのだ。それは年度末の確定申告を私が毎年しているのでよく知っている。

「え〜！　だって、前に経済力に惹かれて結婚したとか言ってなかった？」

「んなこと言ってない」

「なんか生活が楽になるからとか言ってなかったっけか」

そうなのだ。少ない収入でも、二人合わせればなんとかなるから、という意味で生活が楽になるために結婚した部分はある。もとより、尊敬できるというところが一番大きく、経済力を考えたことは一度もない。

「金はないけど、尊敬できたから一緒にいられて、でもこの人死ぬかもしれないって思ったら、一人で二人育てなきゃいけないことが結構怖くなった」

こうして言葉にすると、怖さがより背後に迫ってくるような気がした。とはいえ、五〇〇万あれば気が楽になるのだろうか。一回のエベレスト登山で四〇〇万近く使っている石川直樹の言うことは、あてにならないなあと思いながらメールをしていた。それこそ彼も結婚を考える歳らしい。

「結婚したら直樹は変わるのかなあ」

「高二でインド行っても、エベレスト二回登っても、気球で落ちても変わらなかったから、結婚でも変わらないのでは……?」

「変わるか変わらないかは、奥さんによるのかな、あんま縛られないといいね」

「あんま家にいないから、縛られないでしょ〜」

健やかなるときも、病めるときも。彼の結婚はどんなものになるのだろうか。私はもう、結婚はしないだろう。

10月11日（火）曇り

朝方、リアルな夢をみた。知らない女の人から「あなたにとっていまが人生で一番しんどいときです！」と予言のように告げられる。それを聞いて、あぁ、いまがピークなんだ、と思ったら、夢の中で安心した。これ以上しんどい思いは確かにもうしたくないが、目が覚めてもあまりにリアルで、自分の深層心理というよりは、誰かが夢を通じて励ましてくれたような気がした。

昨夜、下の娘が三八度過ぎまで発熱。夜中もゼイゼイとしんどそうだったが、朝には平熱に戻りひと安心。しかし鼻水は相変わらず出ているので、保育園を休ませて耳鼻科へ連れて行くことに。今日も占いの教室があったが、保育園を休ませる可能性があったので、昨日の時点で参加できないかもしれないと連絡済み。改めて占い教室は来月に持ち越し。これで二ヶ月休講となっている。

一一時過ぎに耳鼻科へ着くと四人待ち。私も先週に引き続き診てもらおうかと思ったが、調子がいいのでやめておく。診察後、元気そうなので二人で新宿へ出かけることに。こうして下の娘と二人っきりで新宿へ出るのは初めてのことだ。なかなかこういう時間を作ってあげられなかったので、今日はリクエストに応えたい。

何食べたい？ と聞くと、えびのおすし、というので、回転寿司へ。どうやら回っているのを自分でとりたかったらしいのだが、サビ抜きにしてもらうには頼まなければならず、レーンからとれないことに気づく。以前下北にある、新しくできた回転寿司に石田さんが連れて行ったらしく、新幹線がお寿司を乗せて走ってきたと言っていた。あれがやりたかったらしいが、普通の回転寿司に入ってしまった。お父さんはそのとき何食べたの？ と聞くと、おなかいたいっていっておちゃのんでた、と言う。そういえばそんなことあったな、夏前のはずだ。すでに前兆はそこかしこにあったのだ。気にもとめなかった。

二人で数皿たべ、お会計は一三〇〇円ちょっと。おいしかったね、と満足そうな娘。ニューマンに寄り、ずっと買おうと思っていたイソップのハンドソープ購入。おしゃれなお店を二人で冷やかす。

世界堂でシールを買ってやろうと思い向かっていると、世界堂の手前にある商業ビルの中に百均があるのに気づき入ってみることに。フロアも大きく、キャラクターグッズやおもちゃも近所の百均にはないものがたくさんある。娘は迷いに迷っておままごとのおもちゃを購入。二つで迷っていたので、どっちもいいよと言うと驚いていた。今日は特別。世界堂ではシールを買わず、上の娘の誕生日カードを買いたいと言い、娘が選んで購入。誕生日まで隠さないとね、と言うと、くらしはかってにひきだしあけるから、ママあずかっといて、と渡される。

笹塚のクイーンズ伊勢丹で、ジュース用の無農薬の人参を購入。石田さんがいないまま、毎朝のジュース生活が続いている。お菓子売り場で、知育菓子が軒並み揃っていて娘は大興奮。知育菓子は、付属の粉と用意した水で、手作りのお菓子が作れるものだ。家の近所のスーパーだと二種類くらいしかない。このときも、自分の分と、上の娘の分もちゃんと選んでいた。

家に帰ると早速買ったおもちゃでおままごと。

石田さんにメールしてみると、昨夜から調子が悪かったらしく、夕方にやっと吐き気が落ち着いたといい、一旦退院するかわからなくなってきたらしい。今週土曜に予定していたライブはやめたとのこと。小岩のブッシュバッシュであるライブにゲスト参加する予定だったらしく、そのタイミングでレコーディングまで谷さんに頼んでいたという。いくらなんでも詰め込みすぎだ。そういえば昨日も、退院してから動きすぎたかもしれないと反省していた。下の娘の風邪もあったから、退院しなくてよかったよ、と伝えた。

夜にもう一度メールが来て、回診で先生から、このまま入院で抗がん剤治療に入ると言われたらしい。いまは落ち着いているけど、また退院してどうなるかわからないから、と。入院続行を知り、少しだけ気が楽になった自分がいる。

子どもたちを二〇時過ぎには寝かせ、私は洗い物をしたり洗濯を干したりしてから布団に入る。三人で頭を突き合わせて寝転がると、この子たちがいてくれてよかった、と思った。

10月12日（水）晴れ

一一時から撮影。一三時からストレッチ。晴れているだけで気分良し。

家に戻り、石田さんから頼まれていた荷物をまとめて病院へ。このまま様子見つつ体力を温存して、来週の月曜あたりから抗がん剤治療に入るらしい。

石田さんは転院とか考えたりする？　と聞いてみると、全然、と即答。昨日、友人から連絡が来て、友人の友人もステージ3の食道癌だったらしい。もう手術はできないと病院で言われたものの、どうしても諦められず、慶應病院に転院して手術し、いまも元気に暮らしているという。友人と同じ三〇代後半の女性だそうで、石田さんにも伝えてみて、と言われていたのだ。

そういうのって結局、名医を見つける、みたいなことでしょう。ここの先生も悪くないと思うし、なにより家から近いから、と石田さん。家が近い。そうなんだよなあ、と思う。自転車で一五分の距離はありがたい。

「抗がん剤治療ってどんなもんだろうね、吐き気ってよくいうよね。つわりで三ヶ月くらい吐き気したのもしんどかったけど」

「そんなには続かないでしょう、そんなんなら安楽死がいい」

安楽死と平気で口にするが、冗談とも思えない。実際どうなるかなんて、まったく想像がつかず、石田さんは相当不安だろう。私でさえ怖い。

今朝保育園に行ったときに、同じクラスの子のパパから、運動会の動画を送りますよと言われ、LINEでやりとりしていたのだが「聞いていいのかわからなかったのですが、パパのお身体は大丈夫ですか？」と届き「そのときに正直に余命のことも伝えたんだけど、いいよね」と石田さんに聞く。いいよいいよ、と。石田さんも周りの人には言っているらしい。

「なんか、スッと言える人と、言えない人がいるんだよね、あれは、なんだろな」

わかる気がする。この人には、傷つけられないかどうか、ということだろうか。

前にも、入院していることだけを知っている他のお母さんから体調を尋ねられたときに、まだ入院していると言うと「まぁすぐよくなるでしょう」と何の気なしに言われたことがあった。なんにも知らないで、とそのときは意地悪く思ったが、実際になんにも知らないのだから仕方ない。

同じようなことで、自分が親に対してよく思っていないことも、言える人と言えない人がいる。それは、話していてなんとなくわかる。余命の話はまた別だとは思うが、話したときにどんな返しをしてくるかで、相手をはかってしまう。

いままで相手を選んでいるだけに、そんなに嫌な気分になった覚えはないが、石田さんが死ぬかもしれない、と伝えたとき「石田さんは死なないよ」と返されたことが一度だけあった。あのときの白々しさはよく覚えている。励ましてくれようとしたのだろうが、無性に腹が立った。相手も相手だったのだ。私がその時期、一番頼ろうとしていた人で、距離の近さがそうさせた。相手に期待しすぎていたのだ。誰でもいいから、自分の辛さを救ってほしかった。だからそんな言葉と、自分に腹が立ったのだ。

あと「自分の周りにも余命何年って言われた人がいたけど、いまも元気に生きてるよ」という話もよくされると言うと、そうそう！　と石田さん。反応は本当に人それぞれなのだが「深刻な顔されると困るね」と笑う。

久々に石田さんとよくしゃべったなぁと思い、帰宅。

10月13日（木）曇り

曇天。体調悪し。九時すぎに耳鼻科に行くと一〇人待ち。待合室で「さくら組の……？」と隣に座ったお母さんから声をかけられる。小さい男の子を連れているので、下のクラスの人なのだろうか。それとも上のお子さんがうちの子と同じクラスだろうか。いまの保育園に移って二年目で、今年で卒業だが、いまだに同じクラスの子の名前と、お父さんお母さんを覚えていない。顔を見ても怪しい。保護者会をすべてスルーしているから仕方ないが、もう少しがんばってもよかったのかな、といまさらにして思う。一対一で話すのは誰とでも平気なのだが、保護者会なんかの集団になると一気に参加できなくなる。

待合室にある『AERA』をいつものようにかたっぱしからチェック。この耳鼻科には、『週刊朝日』と『AERA』が最新号から過去五号分くらいまでが常に置いてある。先生の趣味だろうか。目に止まった小島慶子さんの連載をメモ。

次男を妊娠していたころ、長男の育児で行き詰まり、自身の家族との関係にも悩んで、病院にあった育児相談ルームでカウンセリングを受けました。赤ちゃんを怒鳴っちゃうんです、自分が怖いんですと泣きながら話したら、臨床心理士の先生は言いました。子どもを産むと、それまで封じ込めていた家族関係の蓋が開くことがある。突如噴出する怒りに戸惑うこともあるのだと。「でもね、悩んでいるお母さんはいいお母さんよ。問題は、自分が正しいと信じている人なの」。

まさに自分がそうだった。自分の家族を持ち、出産をしたことで気づいたことがたくさんあった。いまだに母への怒りがあるのと同時に、自分に母と似ている部分を見つけては自己嫌悪に陥る。私の話をいつも聞いてくれる安田先生はこう言った。

「あなたとお母さんは確かに似ていました。でも決定的な違いは、その自分の嫌な部分と闘うか闘わないかです。あなたは逃げないで闘いました。そこにプライドを持ってください。向こうは逃げ回ってリングにも上がりません。その卑怯さを怒ってるんですよ」

こんなにも揺らぐのは、母に対して罪悪感があるからなのだろうか。母なのに、親なのに。周りからいろんな声が聞こえてきそうで、耳をふさぎたくなることもある。

「親子ではなく一対一の人間として考えてください。お母さんだからというフィルターを外し、一人の人として考えれば揺らがないで済むと思いますよ。親としてというよりも人としての失礼です。人としてのマナーとしてすべきことをしてくれないから怒ってるだけです。その怒りは正しい精神状態から発する健全なものですから、なんら後ろめたく感じる必要はありません。許すも許さないもあなたが決めていいことだしあなたが決めるべきです」

自分が変われてよかったと一番思うのは、怒りを子どもにぶつけないようになったことだ。先生のカウンセリングを受けるまでは、どうして自分が怒ってしまうのかがわからなかった。自分のことがわからなかったのだ。

「誰かに対しての怒りを我慢したら、必ず自分よりも弱い人に吹き出します。怒りは正しく「やった相手」に向かって返すべきだし、そうしている限りは健康でいられるんです。誰に嘘をついてもいいんだけど、自分にだけはついちゃダメなんです。簡単なことだけどそれができてる人は少ないし、そうして生きてる人は一緒にいて気持ちがいいんです。逆ならなんとなく不愉快なはずです。自分で自分の心が見えない。わからない。触れない。そういう人を見たら、ああこの人はどんな嘘を自分についてるのかな？　って思いますね。何かから目をそらすために怒りが必要な人。本当に怒るべき相手に怒れないから当たり散らす人なんです」

相談を持ちかけることはずいぶん減ったが、安田先生の存在が私にとってひとつの指針であることは変わらない。

午後、ひたすら寝る。仕事の連絡が来ていたので、家で納品作業。

しんどい体のまま、保育園へ迎えに行き、夕飯にちくわとじゃが芋の煮物。昨日は肉じゃがを作って食べたが、まったく同じような物を作ってしまった。頭が働かない。娘たちには適当に夕飯を食べてもらい、風呂には二人で入ってもらった。シャンプーがうまく流せないので、頭を洗うのはなしにする。二一時すぎには消灯。

10月14日（金）曇りのち晴れ

朝、六時には上の娘に起こされたが、どうしても起き上がれず。「ご飯チンして、おかずあっためて、適当に食べて……」と自分でやってもらう。七時半にはちゃんと家を出て行った。下の娘にも自分で食べてもらい、ぼんやりしたまま九時過ぎ。やっとのことで保育園へ連れて行くと、一〇時前だった。体調悪そうですね、と副園長先生から心配される。

ついさっき石田さんからメールが届いていた。

昨日からまた栄養剤を飲むことになったが、昨日は一日中吐き気がして、夜中にやっと収まったという。今日どうしてもパソコンでダウンロードしないといけないデータがあるらしく、外出許可をもらって一〇時すぎには家に帰るとある。

保育園から戻り、布団に横になっていると、石田さんがパジャマのまま帰ってきた。外出着がなかったという。そういえば、寒くなってきたからパーカー持ってきて、と頼まれていた。ダウンロードはラップの音源だろうか。珍しく一五万ももらえるラップの仕事が来たと言っていた。大手の仕事だが、こんなにもらえることは滅多にない。体調がどうなるかわからないから、動けるうちに終わらせたいらしい。パジャマやバスタオルなど、持って行こうと思っていた荷物をまとめておいた。今日はがんばってお見舞いに行こうと思っていたが、石田さんが荷物を持って帰れるなら行かなくても済む。

目が覚めるとすでに石田さんはおらず、昼過ぎ。子ども手当やら印税が入ったといって冷蔵庫に二〇万円が貼ってあった。「昨日有近（真澄）がお見舞いに来た」とお見舞い金も机の上に。

食欲はないが、何か食べねば、と卵かけ御飯。

夕方、少し復調。神田さんから連絡あり、撮影の依頼。早々に打ち合わせしたいと言われ、今日の夜か月曜の午後と言われる。月曜は写真学校の授業があるから無理だ。今日の夜はシッターがいないし、と思ったが、場所はどこでも決めてくれていいと言われ、一時間くらいなら留守番させても大丈夫だろうと、二〇時からにしてもらった。家から三〇秒の喫茶店だ。

学校から帰ってきた上の娘と友達のひまちゃんから「おかあさん、わたしのすきなひとしってる？」と唐突に聞かれる。◯◯くんでしょ、と言うと「なんでしってるの！」とひまちゃん。「だって前に言ったもん」と娘はいうが、こういうことはいつ頃から話してくれなくなるのだろうか。まだまだ素直だなぁ、と思う。私は小三の頃には、そういう話は親にはできなかった。

二〇時までに夕飯と風呂を済ませておいた。二〇時からの打ち合わせは一時間ほどで終了。家に戻ると、ミュージックステーションがちょうど終わったところだった。「ほしのげんがおもしろかったから、ゆーちゅーぶでみてみて！」と娘たちから言われる。お父さんは星野源と一緒にライブしたことあるよ、と教えると大騒ぎ。相当昔の話だが。

もしや、と思い寝床で動画を探すと、案の定ベースは伊賀さんだった。大好きな友人だ。「ミュージックステーション見たよ。一生懸命弾いてるふりしてたね」と久々にメールを送った。

10月15日（土）晴れ

午前と午後、「天然スタジオ」で撮影二件。今月は一〇件以上の予約が入っている。毎月これくらいコンスタントに入ると嬉しいけれど、ここまで多い月は正直珍しい。宣伝も特にしていないのだが。

朝から体調が悪く、撮影を終える頃にはヘトヘトに。鼻が詰まって口呼吸での撮影はきつい。しゃべりづらいのでうまく指示が出せないのだ。熱はないがとにかく身体がだるい。

家に戻る前に下北沢の占いのお店へ寄ることに。占い師の先輩であるAさんに、ホームページ用の宣材写真の再撮を頼まれていた。こうしてお店に来るのも相当久しぶりになる。今日はAさんとBさんという、私も仲のよい先輩二人が担当の日で、石田さんが入院するまでは、この二人が入る日によく遊びに来て、占いを教えてもらったりしていた。ここまで占いの勉強を続けてこられたのも、この二人と仲良くなれたことが大きい。

石田さん大丈夫ですか、と聞かれ、ひと通りの事情を話した。占ってみたの？　と言われたが、怖くてできない。Bさんは先週、伊勢神宮に行ったそうで、病気に効くらしいお守りを買ってきてくれた。二人とも、もともとは先生であるJOJO広重さんの音楽のファンであり、BさんはECDのファンでもあるのだ。

来週から抗がん剤治療が始まる話をすると「抗がん剤治療って九割の人が抗がん剤に殺されるらし

いですね」とAさんがなにげなく言った。癌って、癌が原因で死ぬんじゃなくて、抗がん剤で死ぬことがほとんどなんだって、と。一瞬、びっくりした。そんなこと、これから抗がん剤治療をするという人間のそばにいる私に、どうして言えるのだろう？　私は、へーそうなんだ、と答え、気にとめないようにした。

　Aさんが、石田さんの病気を占ってみたいというので、気は乗らないがやってもらうことに。寿命を見るやり方もあるのだが、それではないと言う。私が習っている「断易」という占いは、今日の日付と数個のサイコロを振って出た卦《か》を方式に当てはめて見るのだが、文章力や読解力、そしてどう相手に伝えるかが重要になる。結局はその人の考え方と人生経験がモノを言うのだ。

　出た卦を見たAさんは、いつもの軽い感じでいろいろと説明してくれる。聞けばどこをどう見てそうなっているかが少しは私にもわかるが、どうやらよくなさそうだ。

「二箇所悪いところがあって、体の上のほうがすごくよくないって出てます」

「病院がよくない」

「石田さん自身にやる気がないって出てますね」

　当たっているといえば、当たっているかもしれない。

「これは……長くないかもしれませんね」

　ガラス張りのお店の外に、入ろうか迷っているお客さんが見えた。Aさんに、行きなよ、と言うと勧誘するために出て行った。私はBさんのほうのブースに座り、仕事運でも見てよ、と頼む。今日はどちらもまだお客が来ていないという。最近はどう？　と聞くと、ぼちぼちらしい。それなりにお客さんもつくようになってきたそうだ。

私の仕事運を見てもらいながら、隣のブースのお客さんの相談に聞き耳をたてる。どうやら不倫らしい。占いに来る人の不倫相談は多い。しかし、この「断易」という占いでは、不倫は悪とされている。男は奥さんを大切にすることで運気が上がり、奥さん以外の相手と関係を持てばそれこそ身を滅ぼすという、いわば男尊女卑の占いなのだ。来ているお客さんは女性だが、このまま続けていると、旦那さんも彼も運気が落ちますし、もちろんあなたの運気も落ちていいことないです、と説明している。それを聞きながら、なんで私はこんな占いを習ってるんだろう、とふと思う。

お客さんが帰り、Aさんがさっきの石田さんの占いの結果をBさんに見せる。よくないですね、とBさん。

「石田さんのやる気がないって、そんなの石田さんじゃないとわからなくない？」

思わず出てしまった言葉に怒気が混じっているのが自分でもわかる。本人が思っていることは本人にしかわからない、そんなのは、当たり前のことで、それがわからないから占いをするのだ。私は何に怒っているんだろう。

そうですね、と答えるAさん。

その場が静まりかえってしまい、いたたまれなくなった私は、

「当たるも八卦《はっけ》、当たらぬも八卦」

と誰に言うでもなく口にした。

そうだそうだ、と二人も同調する。

あー、体調悪い、と言って帰ることにした。Aさんは、写真のお礼に今度ご飯行きましょうね！と言ってお店の外まで見送ってくれた。私は振り返ることなく自転車に乗った。

家に戻って、どっと疲れが出た。撮影もあるだろうが、さっきの一件もあるだろう。身体が重いが、洗濯機に入っているシーツをコインランドリーに持って行かないといけない。コインランドリーは晴れているのに混んでいて、乾燥機が埋まっている。終わってはいるけどとりに来ない乾燥機を開けていいのかがわからない。すぐに終わりそうな乾燥機を待つことにし、置いてあるベンチに座った。

コインランドリー内にはもう一人、若い男の人がいるけれど、私が泣きそうなことには気づかない。気づいたところで、声をかけてくれるわけでもないだろう。私だって自分のことで精一杯で、人のしんどさにまで目が行き届かない。でも、もしも目の前で泣き出す人がいたら、それはそれで驚いて声をかけるだろう。どうしたの？　と。

実際、こうして本当にしんどいとき、誰にどうしてほしいのかがわからない。自分が身体や心を病んだときのことを考えると恐ろしくなる。一人で子どもを抱えるということは、常に一歩うしろに崖があるような、そんな風にしか思えなくなる。

目の縁に溜まった涙を、顔を少し下に傾けて、また瞼《まぶた》の中に収める。うつむいたまま、私は思う。こんな思いを、これまで何度してきたんだろう。

帰ってきた上の娘を家で待たせ、下の娘を迎えに行くことに。再配達だけは受け取ってねというと、わかった！　と張り切っている。少し前までは一人での留守番を相当嫌がっていたのに、もう平気になった。

下の娘を連れて家に戻ると「おじいちゃんきてるよ」と上の娘。また親父が勝手にやってきた。入院していることを知らず、石田さんに連絡して驚いたらしい。今日はお見舞いが多いから、来るなら一七時以降にしてと言われたという。

「あのね一子さん、もらえるもんはもらわなきゃだめだから」

そう言い出し、ネットの記事をプリントアウトしたものを渡してきた。障害年金は癌でももらえる、という話だった。区役所とかに行けばわかるから、やり方教えてくれるから、申請しないと損するよ。私は苛立ちを抑えながら、

「払ってないよ」

と一蹴した。石田さんは国民年金を払っていない。もらえるとしても、うちは、そもそも払っていないのだから、条件を満たしていないのだ。すると、嘘だろう、と親父は黙ってしまった。春に死んだ義弟の国民年金を親父はずっと払い続けていたのだが、

「あいつが自分で死んじまったもんだから、一円ももらえなかったんだよ」

と言う。最近は自分の介護認定をしてもらうために区役所に行ったらしいのだが、認定してもらえなかったんだよと笑う。石田さんは元気ですから、介護はいりませんって言われちまったよ、と。

金金金金、心底くだらない。

夜、いよいよ熱が出そうな気配が。子どもたちに夕飯を適当に食べてもらい、私は先に就寝。寝る前、堪《こら》えきれずAさんにLINEを送ると、すぐに電話がかかってきた。「拒否」を押してから携帯の電源をオフにした。

10月16日（日）曇り

昨日の夜、熱でうなされて目が覚めてしまった。これは明日、動けないかもしれない。明日から石田さんは抗がん剤治療に入る。その前に一度は娘たちの顔を見せてやらないと、と思っていた。フクユーに子どもたちを連れて行けるか聞くと、撮影しながらだと難しいという。ちょうど慶君の奥さんであり、友人のさくらが以前から「会わない？」と連絡をくれていたので、もし熱が下がらなかった場合、子守を頼めるかメールしておく。

思えばさくらとは、上の娘が生まれてからの仲だから、九年ほどになる。慶君もしかり。二人はこの九年のあいだに結婚した。子どもはまだいない。二人の結婚を報告するハガキの写真も私が撮った。子どもたちを会わせたのは、もうずいぶん前のことになる。いつぞやのクリスマスに、娘たちを二人の家に連れて行ったのが最後かもしれないことを思い出す。自転車で帰ろうとしたら上の娘がウンチをしていて、寒い駐車場でオムツを替えた憶えがある。五年ほど前ではないだろうか。

さくらから、

「行けるんだけど、一人で二人見るのは心配だから、だれか助っ人を呼んでもいいかな？」

とメールが届いていた。確かに不安だろうけど、もうかなり大きいし大丈夫だよ、と伝える。しかし、どれだけのことがその人にとって大丈夫か、不安でないかなんてわからない。私はずっと子育てをしているから慣れているだけで、さくらにとっては初めてなのだ。五年前で子どもたちの印象が止まっているとしたら、不安で仕方ないだろう。しかし、「まあ大丈夫かな」と言って、さくらは一人で昼過ぎにくることになった。

朝起きたときは三七度台だった熱も、昼前には三八度五分にまで上がる。娘たちはテレビを見たり、買っておいた知育菓子を作ったりで、薄暗い部屋のなか二人でずっと遊んでいる。私はさくらに、アクエリアスと大根買ってきて、とメールで頼む。どうしてもみぞれ鍋が食べたくなったのだ。昨日から何も食べていない。さくらは、数少ない甘えられる友人の一人だ。

正午過ぎにやってきたさくらに、早速子どもたちを病院へ連れて行ってもらうように頼む。バス停や行き方を書いたメモと財布を渡す。適当なところで切り上げていいから、と布団の中から声をかけると、わかった、と三人で賑やかに出かけて行った。枕元にはアクエリアスが置かれている。

一四時くらいには帰ってくるかと思いきや、結局一五時半過ぎに戻ってきた。

「あまやかしてもーた」

と、さくらが笑っている。子どもたちが、みてみて！　と買ってもらったお菓子を見せてくれる。

私がいつも買うのを許さない類のものが手に握られ、嬉しそうにしている。

石田さんは一五時にお見舞いの人が来ると言っていたので、それまでいてくれたらしい。さくらは優しいから、帰るタイミングがわからなかったのかもしれない。

子どもたちにお父さんどうだった？　と聞くと、

「げんきだった！」

といつもの返し。

「石田さんの親父さん来てたよ」

なんか言ってた？　と聞くと、

「俺も元気になったからな、あいつも元気になるんだ、って」

と。まさに言いそうな台詞。

腹減った？　飯作るよ、口に合うかわかんないけど、とさくらがみぞれ鍋を作り始めた。下の娘も手伝うと言い、一緒に大根をおろしている。さくらはマイペースでとても優しい。子どもにも合わせることができるので早速好かれている。昔遊んでもらったんだよ、と言っても覚えていないだろう。

「久々に人の作った物食べた。美味しい気がする」

と熱で味覚がないながらも、まともな食事を久々に口にした。三人がいないあいだに、何か食べないと、と棚にあったはっさくの缶詰をそのまま食べたが、やっと食欲が出てきた。

時間あったら、風呂も頼んでいい？　と三人で銭湯に行ってもらう。洗濯も干してもらい、二〇時過ぎには子どもたちも電気を消して布団に入った。今日はなんかなかったの？　とさくらに聞くと、家帰って慶君に夕飯作らなきゃいけないくらいだよ、と言っていた。さくらは画家だが、平日の昼間は普通に働いている。貴重な休みをと思うと、本当に申し訳ない。

帰って行ったさくらからメールが届いた。

「早めに帰っちゃってごめんね。口で言おうと思っても、全然うまく言えなくて。できることといったら今日みたいに普通のこと手伝うくらいしかできないけど、なんか、手伝うから。言ってくれ」

さくらは確かに言葉が少なく、いつもニコニコしている。だから嫌だと思っていても、言えないいんじゃないかと思うときもある。が、もうそんな仲でもないだろう。嫌なときやできないことは、ちゃんと言ってくれるはずだ。

「ありがとう、本当に助かったよ」

甘えられる人がいるという安心感は、何にも代えがたい。

そういえばさくらのお母さんは早くに亡くなっているはずだ。写真で見たお母さんはとてもおしゃれで、さくらに似てつるっとしたきれいな顔をしていた。印刷業を営むお父さんの趣味がカメラで、いい写真がいっぱいあるらしい。さくらの部屋の壁には額に入ったお母さんの写真が飾られていた。お母さんの話も今度聞いてみよう、そう思った。

今日は夕方に谷さん家族もお見舞いに来てくれたらしく、音源の売り上げの二〇万円をもらったという。谷さんのツイッターにも石田さんと一緒に写った写メが載っていた。

「石田さん元気そうでした！」

と書かれている石田さんはかなり痩せて見える。

3331 Arts Chiyodaでやっていた「インターネット闇市」というイベントでは、慶君がデザインした石田さんのロンTが売り切れたらしいいし、斧さんがやってくれていたTシャツの受注販売は七〇〇枚の注文があったらしい。ドネーションやお見舞い金が増えていく。これは、いつまで続くのだろう。これから先、いつが一番お金がかかって大変なのだろう。

明日だと思っていた抗がん剤治療は、明後日からだったらしい。一週間、抗がん剤治療で入院し、退院して三週間は家で療養。今後はその繰り返しになるという。明日だと仕事があって付き添えないのでよかったかもしれない。

10月17日（月）雨のち曇り

上の娘の「歯がぬけた〜」の声で起こされる。昨日の夜からグラグラしていたのだ。あと何本抜けるのか。

朝食、冷凍の肉まん。チンするだけでもフラフラする。この肉まんはRADWIMPSのドキュメント映画の撮影のときに一緒になった朝倉加葉子監督が送ってくれたものだ。つい先日、横浜中華街の点心の冷凍品がどっさり届いた。朝倉さんは女性の映画監督なのだが、日々現場でがんばっている朝倉さんらしい贈り物。現場は男社会で、女性カメラマン同士ということもあってかすぐに仲良くなった。あの撮影ももう一年前。私のキャリアの中でもかなりの大仕事だったように思う。

熱は下がったものの、まだまだ身体がだるい。鼻づまりからくる頭の重さもあるが、歩くとふらふらするので午後の写真学校の授業は休講にさせてもらう。下の娘を保育園に連れて行き、一人で寝ていたいのだが、どうしても保育園まで連れて行ける気がしない。体が動かないのだ。時間はどんどん過ぎていき、その間、近所の人に送り迎えを頼むか、保育園の人にお願いして迎えに来てもらうか考える。果たしてそんなことは可能なのだろうか。クラスのグループLINEでいっそ相談するか、と逡巡《しゅんじゅん》したものの、娘が「あめだからきょういきたくない」と言ったことで休ませることに決めた。娘の相手はできないが仕方ない。決めると肩の荷がおりたような気がした。

棚の奥に隠していた知育菓子を出し、一人で遊んでもらう。娘たちは知育菓子が大好きで、スーパーのお菓子売り場でもそればかりねだる。こんなのは私の子ども時代にはなかった。今日は小さなハンバーガーセットを作っている。「ねるねるねるね」の進化版らしいのだが、よくできている。それに飽きると、どうしてもディズニーツムツムがやりたいというので、とうとうアプリをダウンロード。もう仕方ない。

午前中にはよっちゃんから荷物が届いた。ユニクロの袋をそのまま梱包した荷物。開けると子ども服のガウチョパンツが二枚、アウターが二枚、ダウンが二枚、すべてお揃いでサイズ違いが入っている。よっちゃんは広島に住む親戚で、母の妹だ。昨日はよっちゃんと旦那さんが東京に遊びに来ていたので、昼ご飯を食べようと約束していたのだが、熱でそれどころではなくなってしまった。手紙と一緒にレシートが入っていて、三週間以内ならどこのユニクロでも返品交換ができるから好きにしてください、とある。昨日会えたら、子どもたちに服を買ってやるつもりだったらしい。子どもを連れて広島市内にあるよっちゃんの家に遊びに行ったのが、もう三年前になる。

よっちゃんと旦那のおじちゃんのことは大好きで、二人には石田さんの症状も話してある。姉ちゃんには伝えんでいいんね？　と聞かれ、そのときは、いいのいいの、何もできることないし、と言った。

「でもね、いっちゃん。なんかあったときにゃちゃんと言わにゃいけんよ。家族なんじゃけぇね」

なにかあったとき。石田さんが死んだときのことだろうか。

親とは七月に一方的に絶縁して以来、連絡をとっていない。が、もしも石田さんの病状を知っていたとして、どう思っているのだろう。あの子が助けを求めてくるまで、うちゃ手をださん、そんな風に言っている気がして、ぞっとする。このまま一生疎遠でいい。

夜、二日ぶりに風呂。もうだいぶふらつかなくなった。久々に上の娘の体を洗っていると、

「髪の毛のじょうずな洗い方おしえて」

と言う。ちゃんとできてるよ、というと、もっとつやつやにしたいのだそうだ。テレビやアニメの見過ぎ、あんなのは作り物だよ、とは言えず、なかなかああはならないよ、と言うと、今日席替えがあり、好きな男の子と席が近くになったのだという。だから髪の毛をつやつやにしたいだなんて、な

んという可愛さ！　私がとっくの昔に失なったものを目の当たりにし、戸惑う。

隣は誰？　と言うと、A君、というクラスで唯一の黒人の男の子らしい。A君は入学式のときから目立っていたので、私も憶えている。いいじゃん、お母さんはA君のほうが気になるよ、と言うと、A君は毎日遅刻してくるし、A君のお母さんはよくランニングしてる、と言う。今日も学校までの道で、雨の中ランニングしているA君のお母さんを見かけたらしい。何してる人なんだろうねー、と聞くと、授業参観必ず観に来てるから、お母さんも授業参観来たときに話しかけてみればいいじゃん、と娘。私はこの二年で一度しか行っていない。来月こそ行ってみようかな、と思う。A君も、A君のお母さんも、娘の好きな男の子も気になる。

二一時には就寝。今日は写真の学校を休んだが、週一とはいえこのまま続けていけるのだろうか、と考える。石田さんの病状が安定せず、明日の予定を立てることもままならない日々が続いている。なによりやることが山のようにあり休めない。周りからはひたすら「無理しないで」「休め」と言われる。私が逆の立場でもそう言うだろう。

これから先、仕事、家事、育児、そして石田さんの病気も一手に引き受けることになる。とりあえずいまは、写真を教えられる心情ではないし、生徒にも申し訳ない気がする。定期収入は心強かったが、今年度いっぱいか、今年いっぱいか。生徒のS君から投げられている、

「いい写真ってなんですか」

という問いに、ずっと答えられないでいる。

午後から咳がひどくなり、肋骨が折れそうな勢い。明日には回復したいが。

10月18日（火）晴れ

朝、どうしても起きられず、布団の中から上の娘に朝食の指示。「できない！」と怒っていたが、時間をかけてちゃんとできるとても満足げ。冷凍ご飯をチンし、シャケフレークを乗せる。以上。

鼻は詰まるけれどずいぶん調子がいい。なにより身体が軽い。保育園に送って行った帰りに耳鼻科へ寄ろうかと思ったものの、このまま乗り切ることに。午前から午後にかけて原稿書き。もうずいぶんたまってしまった。辛い日のことを書くのはしんどい作業。こういうことは体調が悪いときにはできない。だいぶ回復したということだろう。

今日から石田さんの抗がん剤治療が始まるらしい。メールをすると、いまはいつもの補水を点滴していて、このあと抗がん剤の点滴が始まるらしい。緊張するね、と送ると、うむ、と。

ちょうど面会開始時間の一四時くらいに「いよいよ抗がん剤です」とメールが届く。もうすでに始まっているものだと思っていたけれど、これからならすぐに様子を見に行けそう。準備をして病院へ急ぐ。抗菌室のようなところに入っているのかと想像するが、ここのところお見舞いに行けてないのでまったく様子がわからない。

緊張しながら病院に着くと、意外にもいつもの病室のベッドをリクライニングさせて起きている状態だった。おっ、といつものように片手を上げる。点滴が二本ほどぶらさがり、その一本が抗がん剤なのだという。点滴の袋に黄色いビニールがかぶせられている。なんともない？　と聞くと、なんともない、と。あまりに普通で拍子抜けしてしまう。

ベッドから、これ持って帰って、と指差したトートバックの中を見ると、洗濯物と雑誌数冊。コンビニの袋に入っているピカピカの雑誌を取り出してみると、ゴッホ特集の『pen』と『日経おとなのOFF』、特集は「笑う100歳に学ぶ心と体55の習慣」。

「なにこれ誰が持ってきたの」

「デミさん」

「え！　デミさんってBUDDHA BRANDのNIPPSだよね」

「そうだよ」

NIPPSはいまだに会ったことがないが、相当変な人だというのは聞いていたので、この二冊がおかしくて仕方ない。なんでゴッホ特集なの、と腹を抱えて笑っていると、それなんなの？　見てもないんだけど、と言うので、病院の待合室にありそうな雑誌、と教えておいた。

「（高木）完ちゃんも来た」

持ってきてくれたという、いとうせいこうの三〇周年記念のムック本もある。これもピカピカでめくった跡すらない。一ページも読んでないでしょ、と言うと、うん、と。その日はやたらお見舞いが多かったらしい。日曜日のことだ。

「人がずっといて疲れたんじゃない？　さくらも帰るタイミング逃したんだと思うんだよね、すぐ切り上げていいって言ったんだけど」

「違うんだよ、さくちゃん、親父が来たタイミングで帰ろうとしたんだけど、親父が子どもと会いたかったたからって引き止めて、お茶しようって下の喫茶店に連れてっちゃったんだよ、言ってなかった？」

「言ってなかった」

さくらも相当疲れただろう。

完ちゃんが来ているときに親父が喫茶店から戻ってきたらしく、今度は完ちゃんが捕まっていろいろ話を聞かされていたらしい。自分が病気になったときのことを、いつもの調子で一方的に話していたらしいのだが「俺は義則に命を助けてもらったから、今度は俺が助ける番なんだよ」という親父の言葉に完ちゃんは涙ぐんでいたらしい。

「えー、騙されてる」

「最初はみんなそうだよ」

親父のことを知らない人は仕方ない。

「どうやって助けてくれんだろね」

「さぁ」

なにげなくテレビ台の引き出しを開けて整頓していると、一枚のカラーコピーが伏せて置いてある。

なにげなくめくってみると、漢字の羅列が。

「うわっ！　なにこれ」

「あぁそれ、親父がなんか持ってきた」

また親父かよ。聞くと、石田さんのいとこである女性が、どこかのお寺で祈祷をしてもらったのだという。その証拠に、お経か何かの紙を写メに撮ったものを送ってくれたらしく、それを親父がカラーコピーしたらしい。

「こういうの高いお金払ってやるやつでしょ？　宗教でしょ？」

「祐天寺の寺だって言ってた。新興宗教じゃないでしょ」

「ありがたいけど、気持ち悪いよこういうの」

私がやってもらったわけではないのに、この紙の存在自体が嫌で仕方ない。なんでここにあるの、と聞くと、よくわかんないけど親父が持っとけって言うから、と。仕方なく、引き出しの底にたたんで入れておいた。吉祥寺の実家にも、そういえば金の龍の置物やら、盛り塩があったのを思い出す。

「こんなんで治るんなら、そりゃいいわな」

皮肉を言う私に、石田さんは困った顔をする。親父のすべてが嫌で仕方ない。

そうこうしていると点滴が終わったことを知らせる電子音が鳴った。すぐに看護師さんがやってきたが、いつもと様子が違い、ビニール製のエプロンに手袋、頑丈そうなゴーグルをしている。いかにも、飛散防止、という感じだ。

いまから二本目の抗がん剤を入れるらしいのだが、一本目より副作用が出やすいという。少しでも違和感があったら教えてくださいね、と言う。うしろには「ベテラン」と石田さんが密かに呼んでいる看護師の偉い人がついて見守っている。抗がん剤治療は慎重な作業らしい。点滴を入れて五分間は様子を見ながら血圧測定、そして三〇分後にもまた血圧を測りに来るという。こんな重装備で来られたらびっくりしちゃいますよね、と笑っている看護師さん。抗がん剤がちょっと手についたりするだけでも、皮膚がビリビリしたりするのだという。そんなものを体内に入れているのだ。

「もう二本目の抗がん剤も体にめぐっているはずですけど、どうですか？　違和感ないですか？」

「大丈夫です」

早い人は、点滴が始まってすぐに吐き気が出るらしい。これ読んどいて、と言われた抗がん剤について説明されたプリントには、副作用のことがいろいろと書かれている。抗がん剤と聞いていい話は聞かないし、石田さんも相当覚悟していただけに拍子抜けしているようだ。体に合っているということなのだろうか。

先生はリスクの話大好きですからねー、どうしてもあとから、聞いてなかった、じゃ済まされませんから、全部お伝えするんですよね、と看護師さんがニコニコしている。紙に書かれた副作用で、手書きで赤い線が引いてあるのは「吐き気」のところだった。脱毛も項目にはあるものの、線は引かれていない。禿げないのかなあ、と石田さんに聞くと、線が引かれてないってことは禿げないってことなんじゃゃない？　と。まあもともと禿げてるのでちょうどいいくらいなのだが。

こんなにも副作用が出ないとは。

「鈍感なのかしら」

と私が言うと、

「むしろ鈍感でいいじゃん」

と。少し失礼なことを言ってしまったかもしれない。

フクユーが来たところで交代して家に戻った。今日は久々にたくさんしゃべって笑った。抗がん剤治療が平気そうで安心したのが大きい。私の風邪はまだ長引いているが、ずいぶん気分が明るくなった。

このまま抗がん剤治療が無事に終わり、癌も小さくなってほしい。なにより、付き合い続けていかなくてはいけない病気であり、どうやったって日常は続くのだから。

あとがき

前作の『かなわない』が出版されて「ぼくは植本さんの本をつくりたいと思っています」と誰よりも早く声をかけてくれたのが、この本の編集をしてくれた柴山さんでした。

最初に打ち合わせをしたとき、テーマは「家族」でどうでしょうかと提案されました。植本さんには長い文章を書いてほしいので、エッセイで一冊にまとめませんか、という話になったのを憶えています。私は長文を書くのは苦手で、いつ書き終わるんだろうと自分でも思うほど、いつまでたってもテーマと書きたいことがまとまりませんでした。なんだか「家族」がわからない。とにかく気が乗らなかったのです。

そんな中、夏の終わりに石田さんの癌が見つかり、私は不謹慎ながらも「これだ」と思いました。これを書かなくては。書くということには、残すという一面もあります。石田さんが死んでしまうかもしれないとわかったとき、一緒に生きていたことをとにかく私が見て、書いて、残さないと、何もなくなってしまう、そう考えると怖くなったのです。こうして書き記した怒涛の日々は本当にあっという間で、書き終わったときに二ヶ月経っていないのが信じられないくらいでした。

「家族最後の日」というタイトルは、母との絶縁の話を書いたときに思いつきました。自分をこれ以上傷つけないためにも、生まれ育った家との関わりはやめようと強く決めたのです。そして石田さんが余命宣告をされたとき、これまでの私たちの家族の日々は終わったのだな、とも感じました。

私はこれまで、石田さんと向き合うことを避けてきたように思います。それは自分と向き合わない日々でもありました。家族として石田さんの癌から逃げている場合ではなくなり、日記を書くことでいろいろなことに向き合う日々が始まりました。いまでは家が一番落ち着き、そんな自分にホッとしています。だから私にとって癌が発覚した日は、私たちの家族が新しく始まった日でもあるのです。

あるとき、柴山さんが香港人であるお母さんの話をしてくれました。お母さんとの会話は広東語だから、いまだに細かいニュアンスまで伝わっている気がしないといいます。柴山さんは日常会話レベルの広東語しか話せず、香港人であるお母さんは日本語がほとんど話せない。そんな身近な人に、自分の伝えたいことが伝わっている気がしないというのは、どんなに寂しいことでしょうか。

でも、私と一緒だ、と思ったのです。母には話が通じる気がしない。だからいつからか、私は母に対して心を閉ざしました。この夏、久々に実家に帰ったとき「ここは外国みたいだな」と感じたのを思い出します。話の通じる人がいない、伝わる気がしない。よくこんな寂しい場所で育ったなとつくづく思ったものです。そんなところが柴山さんと私の共通点だったのかもしれません。

自分で書いた文章を読み返して、私はお母さんに対してずっと期待していたことに気がつきました。

そしてお母さんも、私に期待していたのだと思います。お母さんだから、子どもだから、家族だから。私はこれまで、好きな人ほど、相手に対して期待していました。でも、期待するからこそ、自分の思い通りにならなかったとき、勝手に傷つき、ぶつかります。相手をありのままに受け入れるということは、どうしてこんなに難しいのでしょうか。

「家族」というテーマを柴山さんが思いついたのも、自分が結婚を間近に控え、家族の意味を考えたくなったからだと言います。奥さんと一緒に婚姻届を出しに行ったとき、奥さんが読んでいた本が色川武大の『離婚』と内田樹の『困難な結婚』の二冊だったというエピソードがずっと印象に残っています。私も好きな二冊で、気が合うかも、と嬉しく思ったものです。

柴山さんには、私の不安な日々を、原稿を通して一緒に感じ、支えてくださったことに感謝しかありません。いつも助けてくれる文中に出てくる友人、知人、もう会えなくなった人達にもこの場を借りてお礼を言いたいです。

なんの因果か、石田さんが『失点イン・ザ・パーク』を出版したのもこの太田出版で、その一作は私が石田さんと結婚することになったきっかけだと思っています。私小説ってこんなにすごいのか、と感銘を受けた二〇歳くらいの私は、まさか自分がこんな形で石田さんのことを書くようになるとは思ってもみなかったでしょう。これからも石田さんにはたくさん書いてもらいたいです。

今現在、石田さんは自宅療養中でありながらも、退院翌日にはデモに出掛けたり、ＤＪをすると言い出したり、すっかり元の生活に戻りつつあります。しかし癌があることは間違いなく、改めて長い闘いになるのを感じます。この本が出る頃には、日記中ではできないと言われていた食道癌の手術が終わっていることでしょう。まだまだ未知なる出来事が待っているようです。

私はいま、自分の家族を見つけることができたのだと思っています。それでも、自分自身が日々変化するように、私の考える家族の形はこれからも変わっていくはずです。変わることを受け入れること。それは何より自由で、大切なことだと思うのです。

二〇一六年一二月

植本一子

本書は書き下ろしです。

植本一子

一九八四年広島県生まれ。二〇〇三年にキヤノン写真新世紀で荒木経惟氏より優秀賞を受賞、写真家としてのキャリアをスタートさせる。広告、雑誌、CDジャケット、PV等幅広く活躍中。著書に『かなわない』（タバブックス）、『働けECD——わたしの育児混沌記』（ミュージック・マガジン）がある。

ホームページ　http://ichikouemoto.com/

家族最後の日

二〇一七年二月一一日　第一刷発行

著者　植本一子
発行人　藤井直樹
編集　柴山浩紀
営業担当　林和弘
発行所　株式会社太田出版
〒一六〇-八五七一
東京都新宿区愛住町二二第三山田ビル四階
TEL　〇三-三三五九-六二六二
FAX　〇三-三三五九-〇〇四〇
振替　〇〇一二〇-六-一六二一六六
ホームページ　http://www.ohtabooks.com

印刷・製本　中央精版印刷株式会社

ISBN 978-4-7783-1555-9　C0095